Kadokawa Fantastic Novels
U0045624
6
歡迎來到實力至上主義的教室2年級篇
Welcome to the Classroom of the Second-year
衣笠彰梧×トモセシュンサク

「竟然一直盯著我的內褲看，
學長真是色狼呢。」
「不好意思，比起看妳的內褲，
我更提防的是萬一移開視線，不曉得妳會對我做什麼。」
就在我緊盯著天澤的時候，
她將臉從床鋪底下移出，轉過頭來。
天澤散發著難以想像是一年級學妹的成熟氛圍，
就這樣用爬的靠近我這邊。

體育祭　～排球競賽～

坂柳有栖

6

歡迎來到實力至上主義的教室2年級篇

Welcome to the Classroom of the Second-year

衣笠彰梧
KINUGASA SYOUGO
トモセシュンサク
TOMOSESHUNSAKU
6
歡迎來到實力
至上主義的教室
Welcome to the Classroom of the Second-year
2
年級篇

contents

彩頁、內文插畫／トモセシュンサク

三宅明人的獨白

我從未覺得自己是個特別的人。

我沒有什麼特別的優點，相反地也沒什麼嚴重的缺點，算是個平庸的人吧。

至今為止的人生只是按照自己喜歡的方式，沒來由地靠惰性一路活到現在。

有時會做些壞事，也做了不少親切的行為。

我並非好人，也不是惡人。如果要自己評價自己，我就是這樣的傢伙。

打從出生以來，我一直是個非善也非惡的人，就這樣一路走到現在。

升上高中之後，這點變得更加顯著了。

我開始學弓道，也只是閒著沒事時在電視上看到，想說可以來練練看，打發時間。

彷彿隨波逐流一般，只是普通地度過自己的人生。

對重大的事物不感興趣，反覆著不即不離的日常。

或許是很無聊的日常，但我認為這樣比較輕鬆，所以一直維持這樣的生活方式。

不知是否因為這個緣故，我在高中沒有交到像朋友的朋友。

雖然並不會覺得寂寞……這樣的我因為出乎意料的事情，交到了一些朋友。
啟誠、清隆、波瑠加與愛里。
包括我在內僅僅五人，這樣的小團體反倒讓我感覺莫名舒適。
應該會在這個五人團體中悠哉地度過剩餘的校園生活吧——伴隨著這樣的預感。
即使周遭的環境改變，我依舊是我。我一直認為只有這點是不會變的。
然而發生了一個很大的變化，無視了這樣的預測。
就是喜歡上某人這件事。
縱使至今也遇過覺得可愛或是美女的異性，但我不曾喜歡上別人。
是從何時開始的呢？

我開始會凝視波瑠加的側臉。

然後在全場一致特別考試中，波瑠加說要退學的時候，我確信了自己的心意。
我發現自己無法接受與她分散兩地。
不講道理，而是把感情擺第一。
即便要對同樣重視的小組成員——愛里見死不救，我也想要守護波瑠加。

我不曉得這樣的感情是否被允許。

我並非在區分優劣是非，而是優先了想守護波瑠加這件事。

但我沒有後悔。

「你願意陪我復仇嗎？」

這樣的低喃將我拉回現實。她看著這邊的雙眼和平常沒兩樣。

強勢且直率，有著危險的顏色。

但沒有一絲陰霾，具備著感受不到迷惘的堅定覺悟。

我沒有出聲回答。不，是發不出聲音。

她的復仇一定會讓朋友、讓許多班上同學感到困擾。

她大概是看穿了我這樣的感情吧，她笑了笑，背對著我獨自邁出步伐。

如果是以前的我，一定會平淡地目送她離開。

目送她離開才是正確解答。

沒錯，假如能目送她的背影離開，該有多輕鬆呢？

我現在才知道原來喜歡上某人是這麼麻煩、辛苦且棘手的事。

我……

無論今後會被多少人怨恨……

我的感情都不允許讓這傢伙獨自一人離開。

體育祭結束這一天，我——做好了根本沒有的覺悟。

勝利的代價

全場一致特別考試結束，隔了個週末後的九月二十日。

在上午六點半左右醒來的我打開電視，開始準備早餐。

雖然新的星期一到來了，等著我的應該是與到上週為止的生活相差甚大的日常吧。

至於為何會變成那樣，根本用不著嚴謹地推理。

讓班級蒙上陰影的主要因素，大致可以分成兩個。一個是因為被逼入絕境的櫛田大肆爆料，讓班上同學的關係產生龜裂。另一個則是原本退學者只限定於叛徒，也就是櫛田，但因為推翻了這樣的前提條件，大家對我和堀北的信賴產生了動搖。

要不要讓班上出現退學者？在這個選擇中，我跟大家約定好只會讓叛徒退學，並在這樣的前提下讓所有人投下贊成票。然後我實行了計畫，利用至今為止的布局把櫛田逼入絕境，打算讓她坦承自己是叛徒後再退學。

儘管原本有想相信櫛田的學生和對櫛田抱有好感的人袒護她，但她最終暴露出本性，開始爆料大家的祕密，讓自己信用掃地。

我已讓局面進展到只差一步就能讓櫛田退學的狀況，但在這時發生了出乎預料的事情。

就是堀北鈴音在完全知情的前提下，仍然主張班上需要櫛田這種人才的發言。

最令人震撼的就是堀北甚至斷言她絕對不會贊同讓櫛田退學。

本來是我約定只會讓叛徒退學，堀北不過是贊同了我的發言，話雖如此，她袒護櫛田的行動還是讓我大吃一驚。

在所剩不多的時間裡能做的選擇，只有讓櫛田留下，接受考試失敗的懲罰，或是讓櫛田之外的某人退學來通過考試。

總之，如同前述所說，我接受轉換了方針的堀北，提議讓其他人退學，導致班上同學對我的信賴大幅動搖。

有人被揭露淡淡的情愫，純粹地受到傷害。

有人被迫聽說朋友之間流傳的壞話，變得疑神疑鬼。

有人失去朋友，並怨恨朋友。

要列舉班上的狀況會變得這麼嚴重的理由，實在是不勝枚舉。

只不過，與爆料相關的影響並非應該慌張的問題，那從一開始就在預定之中。

為了陷害深受全班信賴的櫛田，這是無法避免的必要經費。

如果把這點當作單純的壞處，事情就簡單了。

但我不那麼認為。用那種思考方式無法累積經驗。是會錯失成長機會的機會損失。

在四個班級當中，我們是唯一選出了退學者的班級。班上同學深深地受到傷害，代價就是獲得了班級點數。不，重點在於改變對那種狀況的觀點。

不是以受到傷害來結束這件事，而是要看向未來。

正因為受到傷害，才必須當成獲得了加深羈絆的機會。

這麼做能夠讓堀北班變得更加強大。

雖然不清楚有多少學生察覺到這件事，總之必須面對這個問題，不能逃避。

堀北班的特別考試還在進行中。

一百點班級點數的重量與寶貴程度。這正好可以讓我們回顧並知曉自己的行為。

當然，若是就這樣置之不理，也可能會陷入泥沼，因此需要留意。

隨便放置也可能會讓傷口擴大得更嚴重。

用完早餐後，我一手拿著牙刷，一邊確認手機。

我在半夜也確認過一次，看來那之後也沒有收到什麼新的聯絡。

「話說回來——」

這樣的結局並不在原本的預定計畫內，特別考試迎向預料之外的發展這件事，至今仍讓我感到驚訝。即便從合理性、整合性、客觀性等各種觀點來看，當時的狀況除了讓一直固執於投贊成票，導致班級陷入混亂的櫛田桔梗退學之外，沒有其他選項了。

我原本判斷讓她退學對班級造成的傷害最小，並能夠立刻轉換好心情準備體育祭。

換言之，倘若由我的主觀來看，堀北選擇的「不讓身為叛徒的櫛田桔梗退學」這種想法是不存在的選項，也是不合理的失誤。

儘管感覺到明確的失誤，我還是支持那樣的堀北，轉換方向改成讓愛里退學。也就是說我選擇了委身於不合理的失敗。

至少我來到這所學校前，絕對不會做出這種選擇。

那麼，我現在接受這種選擇的理由是什麼呢？

堀北鈴音這個學生在某種意義上，對櫛田的感情比其他學生還要強烈。

親近的朋友——即使這樣的形容並不正確，還是可以說對堀北而言，櫛田無疑是個特別的存在。想留下對自己而言特別的人雖然是很自然的想法，但假如以這點為基準來做出判決，會留下不公平的結果。

更遑論這也能看做是堀北在逐漸確立領袖地位的狀態下濫用職權。

假設拿愛里的摯友，也就是波瑠加的觀點來當例子，大概很好理解吧。

以波瑠加的角度來看，一直固執於要選出退學者的櫛田才是惡人、才是應該被排除的存在。

還有我和堀北也是以排除那個惡人為前提在進展話題。

所以她才會對選出退學者這件事投下自己的一票。

明明如此，卻因為堀北優待櫛田，導致摯友吃虧且被退學。

這樣就算聽到她說下星期開始再繼續加油，也不可能接受。

但不能忘記的是堀北的選擇也絕非什麼輕鬆的決定。

在被迫做出艱難選擇的那場特別考試中，堀北明確地得出自己的答案。

然後她背負著成為眾矢之的的風險，宣言要讓櫛田留下來。

光是這樣，也是一般學生不可能做出的判斷。堀北抱持著被人在背後指責不公平的覺悟，相信讓櫛田留下來「對班上有利」。

「當然，就算這樣，在目前這個階段，也很難說那是正確解答就是了。」

在進行全場一致特別考試的前半階段中，櫛田可以對班級帶來利益的價值顯然比愛里要高上許多。雖然在櫛田大肆爆料後，也還能說她比較有利，但原本很大的差距確實縮小了。再加上櫛田本身也不能說是已經改過自新，目前這個階段可以預測櫛田今後也會繼續擺出對班級不合作的態度。

換言之，可以說處於沒有任何人能保證留下櫛田肯定對班級有利的狀態。

以進化的方向來說，堀北的想法是錯誤的。

唯獨這個結論不會改變。儘管如此，我仍支持了堀北的想法，理由只有一個——這麼說很露骨，但我想看看堀北的成長、目標方向和發展的結果。

綾小路清隆這個人不可能選擇的行動，最後會演變成什麼結果呢？

我想要看看留下櫛田會讓班級產生的化學反應。

是靠著些微差距抓住通往A班的門票，證明那樣的選擇是正確的？

還是班級因此瓦解，並得知那樣的選擇是個錯誤？

又或者會帶來其他預料之外的變化呢？

至少我認為產生負面連鎖效應的可能性相當高就是了……

我試著從手機啟動ＯＡＡ，只見佐倉愛里的名字已經從班級的名冊一覽表裡被刪除了。簡直就像那個學生打從一開始便不存在一般。

我將手機放進制服的右邊口袋，然後拿起書包前往玄關。

除了班級內的事情，其他班也有讓我感到在意的舉動。

就是龍園與坂柳都希望彼此是在學年末考試中戰鬥的對手。在搶奪班級點數這個前提下，龍園那邊指名A班並不奇怪。但坂柳又如何呢？我想不到她指名在那個時間點還是最後一名的龍園班有什麼好處。是因為她跟一之瀨聯手，還有判斷先擊潰龍園比較好嗎？

不曉得坂柳與龍園之間交換過的「約定」是否也有相關。

這方面也要多留意一下比較好吧。

雖然以堀北班來說，變成了最棒的狀況……

我在與平常一樣的時刻離開房間，前往宿舍外面。

走出電梯後，可以看到堀北穿著熟悉的裝扮坐在大廳的沙發上等著某人。她瞥了我一眼，卻絲毫沒有要站起來的樣子。

但似乎因為周遭正好沒有任何人在，她慢了幾拍後，站起來走近這邊。

「妳在等櫛田嗎？」

我在她說話前先這麼開口，於是她雖然語塞了一瞬間，仍回答道：

「好像都被你看透了呢。對。儘管我週末也去了她的房間好幾次……」

堀北嘗試進行精神照護，卻連接觸都辦不到啊。

畢竟那大概是櫛田在人生中從未體驗過的屈辱吧。她應該不想這麼快與堀北面對面吧。堀北說不定從一大早就在這裡等待著櫛田下來。

比起這個，更讓我在意的是從堀北的雙眼下方可以輕易看出她睡眠不足。

「看來櫛田的事情讓妳挺煩惱啊。」

「咦？啊，不是那樣喲。我的確是睡眠不足，但這是因為其他理由。她一次也沒有離開房間呢。無論我造訪幾次，她都假裝不在。完全閉門不出呢。就算這樣，我還是抱著一定要見到她的打算，一直埋伏在外，不過……」

「妳說她一直閉門不出……這表示妳一直在玄關旁邊等著嗎？」

就算只有週六日，假如她從早到晚都埋伏在外等著，也相當了不起啊。

「我反覆按門鈴，在外面等待。就算這樣，她的房間還是一聲不響，靜悄悄的。」

就算櫛田房間裡放著足以閉門不出兩、三天的糧食，也不奇怪。

「而且也需要顧慮周圍的眼光對吧？被其他班知道櫛田同學窩在房間裡不出門這件事，也沒什麼好處。」

堀北繃緊神經，一直在走廊等待櫛田出來。那無疑是苦行般的假日。

如果是一般學生，感覺會敗給堀北這份熱情，不愧是櫛田，完全不為所動。

也就是說櫛田沒有展現出任何同情，撐過這幾天了嗎？

「因為前幾天的事情，她無法像以前那樣生活了。」

「既然妳選擇留下櫛田，幫忙善後確實也理所當然啊。」

堀北顯露出決心，點了點頭，她並非完全沒有任何想法吧。

「綾小路同學你……週末過得如何呢？」

過得如何——當然是指綾小路組的事。因為我指名要讓愛里退學，以堀北的角度來看，應當會認為這比她留下櫛田這件事爆發出更多問題才對。

「我跟啟誠和明人有稍微聯絡了一下，但就只有這樣而已。」

而且我們也沒特別聊關於愛里的話題。與其說沒提到，應該說不曉得該怎麼提起比較正確，至於波瑠加則是連已讀的跡象都沒有。雖然我並不熟悉應用程式的使用方法，但就算她沒有退出群組，即使已經封鎖了我，我也不會感到驚訝。

「你還沒能跟長谷部同學好好談談呢。」

「哎，是啊。我實在沒勇氣聯絡波瑠加。」

堀北露出感到過意不去似的表情後，低頭表示歉意。

就算強硬地與她碰面，現在要互相敞開心房也是不可能的。

與其嘗試修復關係，不如我主動退出，讓他們三人繼續維持小組關係還比較實際。

換言之，在旁守望是最好的選擇吧。

即便在這個過程中，波瑠加一直怨恨著我，那樣的她總有一天也會派上用場。

如果能變成那樣，以班級來說反倒正好，但也必須先做好準備，應付沒有變成那樣的情況。

假若波瑠加一直怨恨著我、堀北，還有整個班級，她因為個人因素對班上造成危害的可能性也不能說是零。

雖然她的能力對班上而言可有可無，但缺少一顆還算好用的棋子，讓班級最大數值減少這件事，當然是個壞處。

也可能發生明人和啟誠的戰力因此跟著降低的連鎖效應。

「現在不管說什麼都無法傳達給她吧，只能等待了。」

總之可以確定的是，這件事不該在這種地方討論。

確認彼此的狀況後，堀北靜悄悄地倒抽一口氣。

「因為我強行選擇留下櫛田同學，改變了你們的關係。」

縱然直接宣告要愛里退學的人是我，但那也是我主動扛下的任務。

至少關於這個部分，是我該負責。

「妳沒必要為同一件事情道歉兩次。如果妳認為那樣是正確的，那樣就行了。」

「但是你袒護了我。不，不只是這樣……」

她彷彿在整理腦中的思緒一般，仔細地編織著話語。

「在那種狀況下，即使我誘導大家讓佐倉同學退學，長谷部同學一定直到最後也不會讓步。也就是說我們會無法避免拖到時間結束的懲罰。」

因為有這個週末的冷卻時間，她似乎能好好地看清楚狀況了。

宣告某人退學這個任務的負擔有多麼重大，還有付諸實行有多麼困難。

在限制時間裡的戰鬥，比想像中還要嚴苛。

雖然她對能夠避免最糟糕的事態鬆了口氣，眼神看起來還是有些不安。

至少，她一直在對因為拖到時間結束，沒有任何人退學這條道路尋求著救贖。

三十九人一個不缺的世界。即使失去班級點數，守護了夥伴這件事讓大家加深羈絆，再次以Ａ班為目標的ＩＦ路線。堀北也明白那是一種逃避現實的思考。

所以才會把彷彿要湧現出來的那種思考壓抑在深處。

「那場考試，你好像打從一開始就能看見全貌了。」

「我並不是預知了未來，只是設想了各種可能性去面對而已。」

「就是這點很厲害呀。即使能做出某種程度的想像，一般人也無法完美地看透一切。像課題的內容，還有該怎樣發言才能讓對方按照自己所想的行動。這些都是在計算之後成立的。」

她開始慢慢地察覺到我能看見的世界與我在思考的世界。

「妳要反省與分析也很好，但現在應該先設法解決班上的問題，沒錯吧？」

「對……沒錯。也是呢……」

「最好不要以為有跟之前一樣的環境在等著妳。」

「這點我當然早有覺悟了。長谷部同學肯定怨恨著我，而且幸村同學和三宅同學也是同樣的心情吧。還有我也知道有些學生無法接受我為了留下櫛田同學而採取強硬的行動。」

雖然堀北說她早有覺悟，還很難說她在真正的意義上理解了這點。

對自己做出的決斷帶來的變化，她能夠保持平靜到什麼地步呢？

如果單純是正面變化倒還無所謂，但這次幾乎正好相反，是負面變化。

大家應該不會把她當作增加了班級點數的功臣吧。

「你該去學校了。」

現在的堀北為了應付櫛田已竭盡全力，所以此時與她長談也沒有意義呢。

「畢竟隨便引人側目也沒什麼好事嘛。」

這個宿舍並非只有堀北班的學生們居住。

像坂柳和龍園這些應該稱為敵人的班級學生，也同樣在這裡生活。

雖然我不認為能夠掩蓋關於櫛田的本性，就算這樣，也完全沒有必要讓人看見我們主動暴露出破綻。

班級確實獲得了一大筆點數。

能否順利地面對其代價，就看今後學生們的表現了。

不過，在那之前——

為了解決班上的問題，首先要設法處理很快就浮現出來的問題點啊。

1

來到教室後，我立刻察覺氛圍果然與特別考試前大不相同了。

首先，有幾名學生將視線看向我這邊。

即使大多是平常沒什麼交情的學生，也沒什麼好驚訝吧。

只要想到我至今一直是站在旁觀與靜觀其變者那方，我之前可說是很反常地介入了事情。

像我和櫛田的關係、還有一直以來的表面態度等等，有很多讓人無法理解的部分。

儘管感到在意，但也沒幾個學生能夠直接來詢問我本人。

「早安，綾小路同學。」

在這當中，松下一看到我，就很開心似的走近了這邊。

「早。」

松下出人意料的行動讓其他學生看向我的視線轉變成驚訝。

雖然松下有時會在遠處朝我揮手，像這樣只是來上學就向我搭話，說不定是第一次。

顧慮到前幾天的事情，或是有其他企圖呢？

松下對我的實力有很高的評價。我試圖讓櫛田退學的事還有周旋方式，豈止不會拉低她對我的評價，甚至還有可能讓評價上升。在讓愛里退學的過程中，松下也是出聲表示贊同，認為那也沒辦法的學生之一。

「你終於要為了升上A班採取行動嗎？」

「這可難說啊。」

我避開輕微的試探，這麼糊弄過去後，松下好像認為沒有必要繼續追問下去，便很乾脆地作罷了。然後她只將視線看向旁邊。

「暫時可能會有不少事情，但我覺得你可以不用放在心上喲。」

她這麼說道後，又補充了這麼一句：

「但我想綾小路同學你一定也不會放在心上吧。」

她將場面話和真心話都說了出來。

「重點在於綾小路同學和堀北同學以外的事，沒錯吧？」

看來比起堀北，松下似乎更加理解……不，是精準地解釋了我是以怎樣的心情承受著這次的結果。

問題在於篠原和波瑠加，還有小美與櫛田吧。

現在提到的這幾個人，是在全場一致特別考試中特別受到惡意中傷的學生們。

篠原有時會以非常刺人的視線看向這邊。

那視線並非針對我，而是針對松下。不過松下本人感覺若無其事。

「週末的時候我們一直在喬行程要約見面，結果還是被臨時放鴿子了。」

察覺到篠原在看自己的視線後，松下小聲地這麼低喃。

「女生在這種時候大多會記恨很久呢。」

「還真辛苦啊。」

「哎，雖然是這邊不好啦。」

畢竟原本開端是惠和松下她們揶揄篠原與池這對情侶嘛。被人在背後說了關於容貌的壞話，篠原會生氣也是理所當然的。

「這點程度是家常便飯喲。以前也發生過更嚴重的狀況嘛。」

對於都只是泛泛之交的男生來說，無法得知女生之間的關係。

好像很想知道，又不太想了解啊。

之後也沒有學生特地來向我搭話，時間就這樣流逝。

然後堀北稍晚也來上學了，但沒有看到櫛田的身影。

儘管須藤和一部分學生試圖向堀北搭話，因為堀北在差一點要遲到的時間才來學校，鐘聲很快就響起，學生們都各自回到自己的座位。

櫛田週末時並未在堀北面前現身，她似乎打算繼續躲藏下去。

另外還有幾個空位很引人注目，我們就在這當中迎接了早晨的班會。

來到教室的茶柱老師也立刻注意到了有好幾個空位。

「櫛田、長谷部與王三人缺席嗎？還真是稀奇呢。」

我們不清楚她們缺席的詳細原因，但茶柱老師不同。

「長谷部與王兩人有提出身體不適的申請，所以照一般流程受理。櫛田則是沒有聯絡，所以之後我會打電話確認情況。應該馬上就能判斷她單純是睡過頭，或是身體不舒服到甚至站不起來吧。」

雖然夾雜了略微誇張的描述，但她判斷櫛田十之八九是裝病才這麼發言的吧。

在漫長的校園生活中，出現缺席者並不是什麼稀奇的事情。

不過有三人同時休息，是這一年半來首次發生的狀況。至今就算有人缺席，茶柱老師也不曾表示過什麼。異於一直平淡地進行處理的方式不同。如果這是一般學校，缺課造成的影響都要由自己本身來承擔。

倘若蹺課一星期，會影響到內申成績（註：指日本升學選拔時，向志願學校提出的參考成績），也可能會跟不上授課內容。

然而在這所學校，一個人的責任同時也是所有人的責任。

縱使大家都沒說出口，茶柱老師也明白我們在意的是什麼吧。

「別露出那麼不安的表情啦。若只是請一、兩天假，也不會對班級點數造成影響。碰巧有三人同時身體不適的情況也有可能發生。」

她斷言在這個瞬間不會對班級造成影響。

這番斬釘截鐵的話語大概讓班上同學鬆了口氣。

「說是這麼說，要是缺課太多次就未必沒影響了。如果還是裝病，也會慢慢浮現問題吧。」

她注視著沒有請假的櫛田的座位，這麼回答。

「哎，雖然說裝病或許有些誇張，但我的意思是身體不適卻提不出具體病名，這樣缺席是有限度的。可能的話，希望她早日康復啊。」

即使不願意，班上同學的視線也會聚集到堀北身上。在全場一致特別考試中，堀北將自己的想法擺第一，宣言要留下櫛田。當然，大多數人的矛頭都會轉向堀北身上。

儘管承受著那些矛頭……說得更好懂一點，也就是眾人的視線，堀北仍絲毫不為所動。

即便看不見內心，但要是她現在動搖，就太不像話了。

注視了這樣的狀況後，茶柱老師咳了一聲清喉嚨，強硬地將學生們的意識從堀北身上拉開。

「缺席者也讓人掛心，但可不能只關注那件事喔。全場一致特別考試也結束了，你們必須邁向下一場戰鬥才行。」

她將手心稍微放在背後的螢幕上，讓畫面顯示出來。

「關於體育祭的詳情，我想說明一下會套用在本年度的特殊規則，你們要仔細聽好。」

之後等待著我們的體育祭如同往年一樣，與去年是相同的內容——學生們一直這麼認為。

「特殊規則……意思是會舉辦不同於去年的體育祭嗎，老師？」

比任何人都對體育祭更卯足幹勁的須藤提出這樣的疑問，茶柱老師先點了點頭並說道：

「這表示包括無人島考試在內，學生會長提議的這所學校的新存在方式正逐漸受到認同。這場體育祭會實際嘗試排入大量重視個人實力的方案。」

在無人島考試中，擁有高學力，最重要的是身體能力也出類拔萃的高圓寺非常活躍，不僅獲得了班級點數，他本身也領到龐大的個人點數。

他可以說是澈底象徵了實力主義的學校。而相對地沒有實力的學生們，也暴露在退學的危機中就是了。與那時一樣，重視個人實力的體育祭。如果只用這句話來理解，對於像啟誠一樣學力優秀，相反地對身體能力感到不安的學生們來說，可能會是場嚴苛的考試。

「應該也有不少學生感到不安吧，但是這次體育祭的內容有調整成不會因為個人的實力不足而退學，或是只有個人蒙受損害。畢竟不是每個人都很擅長念書和運動，能完美地體現文武雙全嘛。」

為了避免輕微的恐慌，茶柱老師溫柔地向我們說明。

與到上週為止截然不同的溫柔說話方式，讓一部分學生感到驚訝似的面面相覷。

已經用不著多說，體育祭的概要與規則顯示在螢幕上。

體育祭的概要及規則

概要

由各種項目所組成，全年級參加型的運動祭典。

舉辦時刻：上午九點到下午四點（正午到下午一點為休息時間）

學生們參加自由選擇的項目獲得分數，以班級為單位競爭綜合分數。

規則

・每一名學生會在體育祭開始時得到五分。

・參加體育祭的學生必須參與五項不同種類的比賽。

・報名各項比賽，可得到一分作為參加獎。

・得獎者根據比賽項目，可獲得追加分數。

・要報名第六項以後的比賽，每次支付一分即可參加（無法獲得作為參加獎的一分）。

・每一人最多能夠參加十項比賽。

・假若在參加比賽數未滿五項的狀態下結束體育祭，將沒收所有獲得的分數。

・除非有逼不得已的理由，否則若不參加已報名的比賽或棄權，將失去兩分。

・參加完比賽的學生應在規定的幾個指定區域內幫忙加油。

上述的內容顯示在螢幕上。

光是大致看過這些概要與規則，就能得知內容和去年完全不同。

「這就是本年度體育祭的概要與大致的規則。跟平常全校學生守望一項比賽的情況不同，將在同一時刻於各種場所進行各項比賽。」

「感、感覺好像會很忙啊。」

須藤在腦海中大略想像了當天的光景，感到困惑。

「雖然參加比賽，最優先的是以獲得前幾名為目標這件事，但也需要擬定周密的行程。如果為了獲勝打算出場許多比賽，將會是一場忙碌的體育祭吧。比賽大致可分成兩種，首先是被稱為基本比賽的項目。這是指一個人就能參加的比賽，所有基本比賽都是固定報酬，第一名可獲得五分、第二名可獲得三分、第三名可獲得一分，還有作為參加獎的一分。另一種是被稱為特殊比賽的團體賽。這是兩人以上才能參加的比賽。團體賽的報酬設定得比較高，參加比賽的隊伍全員將平等地獲得分數。報酬很吸引人，但相反地需要團隊合作，此外也具備所需較為耗時等缺點。」

個人賽與團體賽明確地被區分開來，而且團體賽能獲得的分數比較高。

拿到最後一名時沒有任何風險，對不擅長運動的學生來說，是令人感激的考量。

「團體賽的報酬因比賽而異，你們再自行確認吧。」

一旦理解就是相當單純的規則，意外地有很多非做不可的事情啊。

無關成績好壞，只要參加體育祭並結束比賽，就有初期被給予的五分與參加獎的五分，總共可獲得十分。倘若有學生因為某些意外無法滿足最起碼的必要條件，每出現一個這樣的人，就會減少十分。

假設以全員參加為前提來排定計畫，目前有四十人的一之瀨班將得到四百分，缺少兩人的我們班則是三百八十分。必須在起跑點背負著落後二十分的不利條件來戰鬥。

目前已知個人賽的報酬是只要拿到第一名就有五分。我們班需要比一之瀨班多拿到四項第一名。雖然感覺也沒差多少，但每個人能參加的比賽最多十項。

換言之，不可能請須藤卯足全力參加十五、二十項比賽，不擇手段地大量搶分。這說不定會意外地形成重擔啊。

「是否要支付分數參加第六項以後的比賽，全看個人與班級的選擇，也就是可以自由決定。然後校方會以體育祭結束時的綜合分數來決定年級別的排名。」

螢幕切換畫面，顯示出年級別的報酬。

班級別排名報酬

第一名　班級點數一百五十點

第二名　班級點數五十點
第三名　班級點數零點
第四名　扣除班級點數一百五十點

倘若從一般考試的觀點來看，感覺班級點數的變動有些偏大。這是因為體育祭是大型的全體活動，還有在目前公布的文化祭中，班級點數的變動比較平緩的緣故嗎？

「以上就是班級別的報酬。接下來公布對於個人的報酬。」

光是班級別的報酬也足以構成參賽動機，但還不僅止於此。

既然號稱是講求個人實力的體育祭，也有準備個人報酬是必然的發展。

須藤將身體向前傾，緊張地嚥下口水，等待著螢幕切換畫面。因為他比任何人都有自覺，這是一年當中自己最能閃耀發亮的活動。

個人賽報酬（年級別、男女分開）
第一名　個人點數兩百萬點或轉班券（有限制）
第二名　個人點數一百萬點
第三名　個人點數五十萬點

高額的個人點數報酬讓須藤擺出勝利姿勢。

除此之外，上面還記載著至今不曾看過的一段文字。

「轉、轉班券該不會是——？」

班上同學都驚訝地騷動起來，至今不曾這麼混亂過。

「校方對於引進這次的新制度，也是採取相當謹慎的態度。畢竟引進保護點數也是前所未聞的事情，在那之後還沒過多久，又要引進新制度嘛。不過展現了個人實力的學生能往上爬也是理所當然的權利。」

這所學校裡的勝者只有能在A班畢業的學生。

即使校方判斷在體育祭這種講求身體能力的大型考試中，能拿到年級第一的成績就夠格保有轉班權利，也不奇怪。

畢竟以定位來說，體育祭似乎也不算是特別考試嘛。不過令人在意的是個人點數兩百萬點與轉班券具備同等價值這件事。本來轉班所需的個人點數應該是兩千萬點。也就是這次的報酬還少了一個零。明明如此，卻會被賦予轉班的權利。這不相稱之處的答案，轉班券後面那句有限制應該掌握著關鍵吧。

「有限制是指……轉班後有一天又得回到原本的班級嗎？」

「不，那不可能吧？那樣根本沒意義啊。」

對「有限制」這個詞感到動搖的須藤與池從較遠的位置這麼對話。

「校方會給予轉班的權利。話雖如此，還不能在這個時間點確定一切也是事實。因此這個『有限制』是指使用期間。只有在第二學期內能夠行使這項權利。換言之，就是若在第三學期開始前沒有行使，這張券將會無效。」

所謂的有限制，也就是指附帶使用期的轉班券啊。

如果是這樣，在某種程度上也能理解為何它與兩百萬點具備同等價值。

倘若能保有到畢業後，實際上等於是A班確定券。但既然有期限，就必須具備能夠認清哪個班級最終會獲勝、或是哪個班級會晉升A班的眼光。

假如從目前的班級轉到其他班，最終卻是原本待的班級升上A班畢業的話，應該會對自己陷入這張轉班券的誘惑陷阱懊惱很長一段時間吧。

就算沒碰到那種最糟糕的狀況，要使用轉班券也需要相當大的勇氣。

畢竟要放棄自己已經待了一年半以上、很熟悉的班級，可不是那麼簡單的事情嘛。

假設須藤獲得了那個權利，客觀地思考他是否會捨棄堀北和朋友們跑到A班時，便無法輕易想像他轉班的模樣。

縱然是備受注目的體育祭，但也並非只靠一次活躍就能確實地升上A班。

看來有必要先牢牢記住這點啊。

只不過，這僅限於二年級生的狀況。倘若年級不同，價值也會跟著改變。

如果是一年級生，說不定也會有人捨棄還沒有多親密的現在這個班級，轉到感覺有希望獲勝的班級，或是單純地轉到Ａ班。

另一方面，對三年級生們而言，這可以說是能夠轉到南雲班的最強權利。

因為那實際上等於在Ａ班畢業。無論是哪個年級，被賦予這種極為有限的選擇——也就是轉班的權利，都十分有價值。

這在今後會帶來怎樣的影響，也需要觀察吧。

校方應該也會觀察反應，判斷是否要再次準備類似的票券吧。

綜合來看，大概是個取得有意思的平衡，讓人深感興趣的報酬吧。

「校方會請拿下第一名的男女學生各自選擇其中一邊的報酬。須藤，假如你打算在個人賽中以第一名為目標，就要先仔細想清楚。」

可以看出須藤的背緊繃起來。

不是盲目地以夥伴為優先，直接選擇兩百萬點，而是要放眼未來。

要選擇目前待的堀北班，或是轉到遙遙領先其他班級的坂柳班呢？

他有權利去面對自己的將來，仔細地考慮。

「那麼，接著再稍微詳細說明吧。比賽有事先公開的項目，與當天才會公開的項目這兩種。換言之，校方也準備了不少當天直接上場挑戰，沒得準備的項目。」

除了一百公尺賽跑和障礙物賽跑等基本的比賽之外，還顯示出幾個感覺很有趣的奇特項目。ＰＫ、投籃對決、網球單打或男女混合雙打等等。有很多一般體育祭看不到的比賽。

「因為有人數限制和舉辦時刻等因素，你們未必能參加到所有想報名的比賽。倘若硬要安排跟行程不合的預定計畫，也可能會來不及參加，被視作棄權。別忘記那也會背負著失去原有分數的風險。」

以學校整體來看，身體能力也十分優秀的學生，有必要請他們儘量有效率地參加能夠獲得分數的項目。就這層意義來說也需要動腦，而且誰能參加哪個項目也要看運氣，或是講求我們看穿局勢的能力。

只不過，假如在目前的狀態下舉行體育祭，學生們八成會陷入恐慌吧。

要是體育祭當天有學生一舉湧向特定的項目，根本沒辦法好好比賽。

當然，校方不可能沒有理解到這一點。

「從今天晚上十點開始，可以透過專用的應用程式預約報名公開的項目。全年級都是先搶先贏。直到體育祭正式開幕的一星期前都受理取消報名，但只有三次取消機會。最後的預約截止期限是正式開幕兩天前，若沒有在那之前登記到上限的五項，會自動被分配到還有空缺的項目。」

茶柱這麼說，接著螢幕上顯示出推測是應用程式畫面的行程表。

「先試著報名一百公尺賽跑吧。」

切換成另一個畫面。『一百公尺賽跑：同年級、男女分開，最多七人參加型的項目。總共四場賽跑。能夠自由預約登記任一場。此外，假如有空位，也能在當天報名參加。參加者應在自己的比賽開始五分鐘前到達場地，完成報名手續。比賽結束後不需要留在當場等候。第一場預定開始時刻：上午十點十五分。』

從這些內容可以得知能夠參加一百公尺賽跑的，男女合計最多五十六人。無論報名第幾場，因為比賽是從十點十五分開始，所以必定要在五分鐘前到達現場才行。從比賽結束後不需要留在當場等候的說明來看，只要參加第一場比賽，就能在短時間內開始移動到下一項比賽。另一方面如果是參加第四場比賽，就會受到長時間的限制。即使是相同的比賽和報酬，也會在時間上多少吃虧。

「此外還有很重要的一點，目前或是在學期間曾經一度參加過社團活動的學生，無法報名參加有社團經驗的項目。拿平田來說就是足球，拿須藤來說就是籃球，校方不會認可他們報名相關的項目。」

有參與社團活動的學生並非單純居於優勢，而是相反地會受到限制啊。

的確，因為首先就沒有學生能勝過像洋介或須藤這種內行人，所以校方想要避免比賽變成有社團經驗者之間的對決吧。

如果須藤去踢足球、洋介去打籃球，其他學生也會有充分的勝算。

國中時代曾專注於社團活動，但在高中沒有參加同樣的社團。這樣的學生雖少，但也確實存在吧。或許這方面也會多少造成有利或不利的狀況呢。

「話說回來，這感覺好像在預約電影座位啊。」

一直認真聆聽說明的須藤發出來的話語，可說一針見血。

「確實可以說系統很類似吧。誰選了哪個項目、預約了哪個時間帶，都會即時反映出來。」

「這表示也會有人因為不想跟我戰鬥，而取消報名對吧？」

須藤哼了一下鼻子，看似自豪地雙手環胸，這麼低喃。

「沒錯。不過，那樣的學生遲早會撞上只有三次取消機會的高牆。」

能夠參加各項比賽的人數還有時間都是固定的，因此為了擬定行程，也想儘快確保擅長的比賽與特定的賽程。可是，若很早預約，被強敵盯上的風險當然也會提高。但能夠逃避的次數有限制，就連是否要預約都會感到猶豫。在報名的同時也會進行牽制並刺探對手的情報戰。

從體育祭的準備階段開始，就彷彿在網路上進行對戰一般。

「此外，假如在個人賽的結果中有學生同分同名次，個人點數將會平等地均分，同時無法獲得轉班券。」

萬一學生私下串通好，產生了大量的同分第一名，可以獲得大量轉班券的話，以制度來說就失敗了。這是為了避免發生那種情況的措施吧。

總之，只要積極參加比賽，一個人拿下所有報酬，就能得到鉅款或轉班券。

可以說是十分符合實力之名的報酬。

縱使不打算轉班，兩百萬也能運用在各種用途上。更可以用來存到夢想中的兩千萬點，為確定升上A班鋪路。

另一方面，對運動沒有自信的學生，應該儘可能只報名強制參加的五項比賽就好吧。倘若使用寶貴的原有分數參加第六項以後的比賽卻無法獲勝，將會失去一分。在班級別的戰鬥中，這會造成很大的劣勢。只不過，這也要看怎麼戰鬥。茶柱老師說明完並離開現場後，教室彷彿沸騰的熱水一般，一口氣慌張了起來。

「好耶，鈴音，立刻來開作戰會議吧！」

須藤首先這麼大喊道。聽說規則後，他更有幹勁了。

洋介也自然地站起身，邁步走向堀北那邊。到目前為止，都是和平常一樣的發展。

但有一部分學生投以冷淡的視線。

真的可以交給堀北嗎？以堀北為中心無所謂嗎？這樣的疑惑在班上打轉。

「在討論這次的體育祭前，我有一件事應該先告訴大家。」

堀北在被先發制人前採取行動。她從座位上站起並轉過頭來，讓所有人都能看見自己的臉。

「在上週末舉行的特別考試中，我違背與大家的約定，強行選擇了不讓櫛田同學退學。首先希望大家讓我為這件事謝罪。」

堀北這麼說並低頭道歉。她抬起頭的雙眼之中，也寄宿著強烈的意志。

「但是，以結果來說，我認為自己做了正確的選擇。她是能成為班上力量的存在喲。」

「我不那麼認為。」

篠原率先否定堀北這番話，她是櫛田爆料的被害者之一。

「現在已經知道櫛田同學是那種人，不會有任何人相信她。雖然現在感覺還沒有人把櫛田同學的事情告訴其他班的人，但那也只是時間的問題吧？」

暫且不提喜歡或討厭櫛田這個人，篠原直接切入應該思考的重要因素。

既然無法改變櫛田今後也會以同班同學身分存在的事實，若要以這點為前提進展事情，最好極力避免把對班上不利的「真相」洩漏出去。

換言之，特地把櫛田的本性很黑暗、是個有危險思想的人這件事告訴敵班並散播出去，也可能會因此自掘墳墓。

只要保持沉默就算賺到——這件事很單純，要實行卻意外地困難。

尤其是目前提出抗議的篠原，還直接被櫛田搞得很難堪。

就算她已經爆發出來也不奇怪，看來她目前還在壓抑著不滿。

篠原看起來無法理解那麼做的好處。既然如此，即使有理解這一點的聰明之人——例如像洋介這樣的存在事先堵住她的嘴，也沒什麼好訝異的。

不過，她能夠保密到什麼時候也很難說就是了。

對於櫛田的疑惑和不安面臨極限時，會一口氣迎向崩壞吧。

「欸，堀北同學。妳真的能說留下櫛田同學是正確的決定嗎？回答我。」

聽到篠原說的話，堀北只是將視線望向她那邊，這讓篠原不耐煩地催促堀北解答。

「這問題並非現在這個瞬間就會有答案。這點無論是我、篠原同學或其他班上同學都一樣。櫛田同學有必要在剩餘的校園生活中展現出存在感。」

「那算什麼呀？我現在就想知道答案。不管怎麼想，櫛田同學都只會妨礙班上。」

「或許全場一致特別考試的確傷害了妳，也傷害了現在缺席的王同學和長谷部同學。但櫛田同學這一年半來對這個班有所貢獻的事實並不會消失。還是說妳有自信比她留下了更多成果？」

縱然引發了嚴重的問題，過去的功勞也不會因此消失無蹤。

櫛田在整合班級、照護同學心靈，以及拉高全班的學力與身體能力的平均值這些方面有不小的貢獻。

至少可以確定篠原個人未能留下超越櫛田的功勞。

「妳無法善意地承受我欺騙了大家，還有櫛田同學一直固執於要讓人退學這件事，也是無可奈何。但即使讓櫛田同學就那樣退學，妳能立刻主張那就是正確答案嗎？就算班上的平均分數降低，在特別考試中落敗，妳也能擺出若無其事的表情嗎？」

「這……那種事不試試看怎麼會知道呢？」

「是呀。那麼，我打算做的事情也是不試試看就不會知道喲。」

無論如何，結果都一樣是不確定的未來。

僅憑篠原的力量，要駁倒堀北並不簡單吧。

「我可以說幾句話嗎？」

在堀北與篠原互瞪著彼此時，洋介一邊舉手一邊站起來。

「有件事讓我有些在意。如果要最大限度活用櫛田同學的技能，就有必要讓她的祕密保留在班級裡面。所以我才拜託班上同學們別說出去。」

「我想也是。假如沒有某人私下發出指示，現在應當已經洩漏出去了。」

即使到了星期一，關於櫛田的傳聞也沒有到處流傳這件事，似乎也讓堀北感到疑問。

「但堀北同學沒有拜託大家幫忙保密，這是為什麼？」

「因為對於想陷害她的人來說，不管怎麼下封口令都沒有意義。只差在流傳到全校皆知的速度算快或慢而已。」

無論過程如何，這下學生們也會做出決斷吧。要任憑一時衝動，將櫛田的本性昭告天下來報復她，還是為了班級保密呢？

「就算平田同學沒有拜託，我也不會說出去喲。因為放假時我們正好有機會聚在一起，討論之後覺得把這件事洩漏出去也沒什麼好處。當然假若要說對現在的櫛田同學沒有任何想法，那是騙人的。」

不愧是腦筋轉得很快的松下。雖然她也是因為櫛田的爆料受到影響的其中一人，但她非常清楚自己主動把這件事擴散出去的壞處。

因為被人爆料，所以要爆料回去。就算那麼做，也只能得到暫時的成就感而已。

「我一定會帶她回來。假如我辦不到……到時我打算負起所有責任。」

負起責任——這種強烈的決心讓原本露出敵意的學生們也緊張地倒抽了一口氣。

篠原也不例外。

「……妳真的會負起責任嗎？」

「我是抱持這種覺悟選擇留下櫛田同學。有什麼萬一時，就由你們來制裁我吧。」

也能看到明人與啟誠默默地注視這光景的模樣。

不難想像他們是以怎樣的心情在聆聽這些話。

總之，因為堀北強烈的一番話，這件事暫且達成共識，來到了自由時間。

堀北的視線並非看向我，而是看向某個人物。那個人物也回望著堀北，沒多久後堀北離開了教室。就在這時，坐在隔了一個空位旁邊的高圓寺站了起來，同樣地離開教室。

我有些在意這個情況，決定稍微打開教室門確認看看。

「妳好像有話要跟我說，是什麼事呢？」

「關於接下來的體育祭，我有事情想跟你確認。」

「呵呵。我沒有必要協助……這樣的認知應該沒錯吧？」

「那當然了。我只不過是想確認你的意願而已。這點程度的事情，告訴我也無妨吧？」

是否要把高圓寺的活躍納入計算中——戰略也可能因此產生變化。

被這麼詢問的高圓寺咧嘴一笑，將手放在堀北的肩膀上。

他這個動作似乎讓堀北感到不快，雖然堀北試圖甩開他的手，但高圓寺的手臂一動也不動。

「看來妳是個非常Lucky的Girl呢。」

因為高圓寺的手仍舊放在自己的肩膀上，堀北露出有些不高興的表情，但仍反問他這番話真正的意思。

「這表示你有幹勁嗎？」

「儘管無人島考試和尋寶遊戲時已經賺了不少，但現在是挺需要用錢的時期嘛。也就是說以我的立場來看，沒有不參加的理由。」

原本以為在無人島考試中也展現出壓倒性實力的高圓寺，今後應該不會有什麼行動了，但這表示如果是個人能拿到龐大金額的特殊考試，他也會鼓起幹勁。

以堀北的立場來看，這可說是天上掉下來的禮物。即使只是多賺一分，只要他肯幫忙出力，就沒什麼好抱怨吧。更不用說假如是高圓寺，很有可能輕鬆賺到十分或二十分。

只不過，這次的報酬裡也有讓人在意的內容。

堀北看起來也像猶豫了一瞬間，但她還是去觸及這件事情。

「假設獲得了轉班的權利……你會怎麼做？」

高圓寺無庸置疑地是二年級第一難搞的問題人物——不，應該說是自由人。

倘若他自己決定想那麼做，就不會對捨棄現在這個班級感到迷惘。先不提高圓寺今後是否對班級有幫助，但至少堀北並不認為班上減少學生有好處吧。而且在無人島考試和體育祭等等關係到大筆金額的特別考試中，他有時也會認真地挑戰。這麼一來，他也可能會變成擋住我們去路的強敵。

「關於這點No problem。因為我目前並不認為其他班級有吸引我到值得捨棄與堀北Girl的契約呢。」

「目前是嗎……」

換言之，視條件而定，他也隨時都有可能轉班。

「在今天這個時候還是Safety的。」

雖然覺得這樣完全算不上安全，有多少班級想要拉高圓寺進自己班，也令人感到懷疑。即便有好處，同時也背負著壞處嘛。

「好吧，我就先接受你的說法。但要是你因為一時興起一直惹事，這邊也會無法信任你。我可以當作你會獲得足以進入前幾名的分數吧？」

「妳大可那麼認為。我不會跟任何人聯手就是了。」

他似乎打算只靠個人能夠參加的比賽來賺取分數。如果是高圓寺，就算他在所有比賽中都拿下第一名，我也不會感到吃驚。這表示他很有可能最多獲得五十五分。

「你真的對升上A班沒興趣嗎？」

高圓寺用笑容回答這個問題，然後回到了教室。

「你的興趣是偷聽嗎？」

是從稍微敞開的門扉察覺到了嗎？或是打從一開始就知情呢？

高圓寺在我背後停下腳步並這麼詢問。

「要說我不在意體育祭的動向，那是騙人的。」

「我就當作是那麼回事吧。」

「可以問你問題嗎，高圓寺？」

「現在的我因為很期待體育祭的報酬，心情非常好。我就回答你吧。」

「你跟堀北有約定。但那並不是絕對的保證。就像堀北抱著會招致全班反感的覺悟讓櫛田留下來一樣，你也有可能遭到切割。關於這點，你有什麼想法嗎？」

我在試探他是否對自己的約定能否被遵守感到膽戰心驚。

儘管高圓寺背後的目的是想要到個人點數，但他畢竟曾經站在以強勢的態度贊成選出退學者的立場嘛。

「這一切都是經過計算才成立的。假如有最終我被鎖定成退學候選人的狀況在等著，我會在前一個階段投下反對票。我表示信賴堀北Girl的Talk，也是因為有這個大前提。」

「原來如此啊，你並不是澈底信任堀北呢。」

「我不可能將自身安全託付給他人，你也一樣吧？」

「或許吧。」

高圓寺看起來隨性且自由，但背後也存在著經過計算的思考。

而且在經過計算的狀態下，他仍舊持續保持著自由。

無論怎麼分析每一個學生並找出答案，唯獨無法看透這個男人。

2

「綾小路同學，你接下來有空嗎？」

迎接午休後沒多久，堀北便這麼說道，同時走近這邊。

「我打算跟惠——」

「我們要一起吃飯。對不起喲？清隆不能借妳～」

惠跑過來之後，像要制止堀北的邀約一般，強硬地插進我們中間。

她張開雙手，表示拒絕。

「應該說我覺得妳這樣邀請有女友的男生不太好耶～？」

「是嗎？但想借用他的人不是我，而是其他人。而且也不是女生喲。就算這樣，妳也無法允許嗎？」

堀北將手機朝向這邊，因此惠搶在我之前窺探手機畫面。

「八神……拓也？誰呀？」

「傳送訊息的人是誰都無所謂，重點在於內文。」

八神傳送給堀北的內文，似乎是大約一小時前傳送過來的訊息。

『學姊能在午休時找綾小路學長來學生會室嗎？是學生會長這麼希望的。倘若很難應付，就由我直接登門拜訪，還請聯絡我一聲。』

上面這麼寫著。

「我姑且也是有作為學生會一員的職責。要是他們說找我班上同學有事，我也沒辦法拒絕他們的請求。」

這表示她即使無可奈何，還是來幫忙轉達這件事了。

「南雲學生會長好像很想見你，你又做了什麼嗎？」

「我什麼也沒做。」

最近是沒做啦——我在內心這麼補充。

「要是我被你拒絕，八神學弟就會過來這裡。如果這樣你還是拒絕……說不定南雲學生會長會直接找上門呢。那麼，我該怎麼回覆才好呢？」

堀北單純負責聯絡。無論我怎麼回覆，她只會平淡地進行處理吧。

「抱歉啊，惠。要是無視學生會長的命令，之後會很麻煩。」

「嘖。哎，既然是學生會長，那也沒辦法嗎……佐藤同學～我們一起吃飯吧～？」

惠表現出她能夠理解「也只能接受這種狀況」的態度，立刻飛奔到佐藤她們身邊。

「她轉換心情的速度還真快呢。」

是感到佩服或傻眼呢？堀北這麼低喃。

「我現在就過去。」

「那麼，我先向八神學弟這麼報告了。」

「既然在學生會有交換聯絡方式，用不著特地經由八神，南雲學生會長直接聯絡妳不是更快嗎？」

「我在學生會交換聊天室的聯絡方式的人，只有直接來問我的八神學弟。」

我感到理解並離開教室後，堀北也配合我來到走廊上。

「雖然不曉得是因為什麼理由，但我建議你儘量別惹他生氣。」

我跟給予建議的堀北在途中道別，決定無可奈何地前往學生會室。

畢竟只要想到他可能會直接闖進班上，還不如自己主動赴約會輕鬆好幾倍啊。

抵達學生會室前面的我，溫和地敲了敲門。

過沒多久，我確認裡面傳出南雲的聲音後，打開了門扉。

跟預測的一樣，學生會室裡除了南雲之外，看不到其他人的身影。

「嗨，綾小路。最近生活有什麼不一樣的地方嗎？」

他先稍微試探我的反應。

打亂我生活的不是別人，就是眼前這個學生會長本身下達的指示。每天從三年級生那邊感受到的視線壓力絲毫沒有減弱。反倒連原本對我不熟悉的三年級生們，也都理所當然似的記住了我這個人。對學長姊而言，最有名的學弟肯定是我吧。

縱然不清楚詳情，他們也知道我是反抗了南雲的學弟。

「沒什麼太大的變化──雖然很想這麼說，但多少也有些煩惱呢。」

要裝作什麼都沒發現很簡單，但如果不表現出這邊感到吃不消的模樣，也可能會讓他的行動越來越誇張。

「我身為學生會長，也可以陪你商量煩惱喔？」

「或許只是我多心了。真的很傷腦筋的時候，我會求助學長的力量。」

倘若在某種程度上讓南雲感到舒暢，他也可能會就此收手。

……不，這麼想實在過於樂觀看待了，南雲希望的只有我直接性的敗北。不可能因為這種程度的事情就感到滿足。

儘管覺得有一定的收穫，但南雲當然不可能就這樣罷休，他改變話題。

「你已經聽說體育祭的規則了吧？這表示我們能夠直接對決的時刻到嘍，綾小路。體育祭的比賽中也有不分年級的，你就在那些比賽中跟我戰鬥吧。」

「這是對學弟的嚴厲管教嗎？我看過南雲學生會長的ＯＡＡ。除非是運氣成分很重的比賽，否則我不管怎麼努力都沒有勝算。結果顯而易見喔。」

我只能選擇謙遜的回答，但南雲不會接受這種說法吧。

「你這傢伙就會這麼回答呢。以為只要表現得謙虛一點，我就會滿足。不，責怪你這點也沒用啊，畢竟你現在只能選擇表現出謙虛的態度嘛。」

看來他也是個可以識破我這種膚淺想法的男人。

「我知道你提不起勁。以我的立場來說，陪你玩太久也是浪費時間。所以在這次體育祭裡，你只要在跟我的直接對決中拿下一勝，到目前為止的事情我就既往不咎。」

「一勝是嗎？」

這條件遠比我想像中還要寬鬆許多。

「只要拿下一勝就好嗎——你好像這麼想呢。對你來說，這很簡單是嗎？」

「不是那樣的。不過，我覺得這樣我也有機會了。」

「畢竟如果提出要你全勝——不，提出要你領先我這種條件，可是學生會長之恥嘛。」

應該不是單純自尊心在阻擾吧。他反倒是拿自尊心當盾牌，想要設法把我拖上場比賽。

「只不過我有個條件。無關勝敗，我指定的五項比賽你都要參加。只要缺席一場，就算你輸了。」

「我輸的話會有什麼下場呢？獲勝的學生會長你應該會感到滿足才對吧？」

「如果是那樣就好了。要是你輸了，不僅煩惱的原因不會消失，說不定還會像這樣經常被我叫出來呢。又或者會比至今更頻繁地感到苦惱也說不定。」

「我也得考慮班級的方針，能給我一點時間嗎？」

「哎，你現在也只能這麼說吧。我給你一星期的時間。你要在下星期一前聯絡我。」

「我知道了。若事情已經說完，我可以就此告辭了嗎？」

「別這麼慌張嘛。還是說你等一下有安排什麼計畫嗎？既然被我找出來，你應該沒有隨便跟別人約定吧？」

「嗯，是啊。我沒有安排什麼計畫。」

「聽你這麼說我就放心了。」

南雲有時一邊用手機在確認著什麼，一邊跟我談話。

他似乎還不打算放我走。

「打擾了。」

許久沒聽見的聲音從門扉對面傳來。

「咦———」

一之瀨手上拿著塑膠袋。

「……讓你久等了，南雲學長。」

「今天不能陪妳一起去買，真是抱歉啊。」

「不會……」

「啊，這個？這陣子我每天都跟帆波兩人在學生會室吃午餐。畢竟學生會的工作也很忙嘛。

我的左右手也閒不下來呢。」

我一直在想午休時間與一之瀨擦身而過或碰面的機會也減少了，原來是這麼回事。

如果她待在一般學生不會進入的學生會室，當然不可能看到她。

「兩人待在一起的話，也會被迫聆聽很多煩惱。沒錯吧，帆波？」

「是、是的。」

「我有告訴她今天會有客人。你也陪我們一起吃飯吧，綾小路。」

從塑膠袋裡露出來的便當數量有三個。

看來南雲在結束跟我的話題的同時，從一開始就打算讓我在這裡用餐了。

要拒絕很簡單。以一之瀨的立場來說，要跟現在的我同桌吃飯，在感情上也很難受吧。

但我已經被抓住話柄且遭到包圍，所以無處可逃。

「你剛才說過等下沒什麼計畫對吧？就是這麼回事，坐下吧。」

被團團圍住的狀況下，學生會長又這麼命令，我等於沒有否決權。

我坐到與南雲有些距離的座位上。

一之瀨平常似乎都在南雲身旁用餐，她將塑膠袋交給南雲後，在南雲身旁坐了下來。她沒將視線看向這邊，略微低著頭開始準備吃便當。

南雲不可能沒注意到一之瀨這種不自然的模樣，應當會回想起在船上的對話。

「體育祭的規則跟去年有很大的不同呢。」

「我反倒希望你能感謝我啊。假如用和去年一樣的規則舉行體育祭，百分之百是我贏嘛。」

去年的體育祭規則是分成紅白兩組對戰。

三年級生全體在南雲的掌握中。換言之，這表示他也能讓跟自己不同組的學生們故意落敗。

無論剩餘的一年級生與二年級生怎麼努力奮鬥，勝算都等於零吧。

過沒多久，原本應當是由三人在進行的對話，變成只靠南雲與一之瀨在交談，因此我一個人默默地將午餐的便當飯菜送進嘴裡。

在他們兩人都還吃不到一半的時候，已吃完便當的我蓋上蓋子，將餐盒拿在手上。

「怎麼，你已經吃完了嗎？空盒子放在那邊就好嘍。」

「謝謝招待。」

雖然我這麼回應，但南雲的眼中早已沒有我，他將視線望向一之瀨。

一之瀨似乎也為了避免意識到我的存在，而與南雲面對面。

「我先失陪了。」

逗留在這裡也沒用，因此我離開了學生會室。

「這是他為了展現優勢的戰略嗎？」

在旁人眼中，我看起來大概像遭到羞辱吧，但倘若無法對我本身造成精神上的傷害，就毫無意義。假如他想要那種效果，應該多準備幾個學生會的成員，讓他們旁觀才對啊。

那樣一來，至少可以讓周圍把我貼上可憐男人的標籤。

話雖如此，但就剛才的樣子來看，南雲今後也會持續接觸一之瀨吧。

視情況而定，即使發生足以讓關係產生變化的事情也不奇怪。

我一邊邁出步伐，一邊思考那會帶來什麼影響。

成為南雲的一部分，會讓一之瀨帆波因此成長嗎？

照常理來推想，她得到的寵愛說不定能足以接收學生會長寶座。

從成為會長的自信當中——不，這種想法稍微太天真了。假如南雲對一之瀨的執著是起因於我，他也有十足可能反倒會在最後一刻捨棄掉一之瀨。倘若一之瀨在盡心盡力之後仍無法當上學生會長，反而是貢獻度較低的堀北受到推薦的話，一之瀨的精神撐不到一年就會崩潰。

就這層意義來說，南雲的周旋方式也不容小覷呢。

雖然也有必要留意南雲這個人，但此刻我還有其他應該做的事情。

逼近眼前的體育祭也是，還有關於那之後的文化祭，也需要著手進行準備。考慮到班級的狀況，我請身為提議者的佐藤、松下與前園先暫停準備，但還是必須先確保女僕咖啡廳的店員。

原本想算進店員的愛里已經不可能參加，目前也無法期待波瑠加會參與。櫛田這張強力的王牌，也可以說灰飛煙滅了吧。

而且就算想學習這個領域的基礎，現在也無法隨便拜託同班同學。

在班級的關係產生龜裂的情況中，提出女僕咖啡廳的話題不僅有被人敬而遠之、覺得「你在說什麼啊」的風險，還有可能成為情報洩漏出去的原因吧。

「女僕咖啡廳……嗎？」

雖然我對這個節目一竅不通，但從花費的預算來看，也需要獲得龐大的營收。

有必要擬定為了獲勝的戰略，還有調查競爭對手會推出怎樣的節目啊。

3

在進行了體育祭具體規則說明的隔天早晨班會。

跟昨天一樣，班級裡的氣氛絕對算不上明朗。

原因在於三名同班同學的空位。繼昨天之後，今天也缺席嗎？無論是誰都可能因為生病或身體不適請假休息，這種事並不稀奇。但這次缺席的三個人，大家應該都認為她們是由於其他因素缺課吧。

在連續缺席的情況下，一般來說必須前往位於櫸樹購物中心內的醫院，請醫生開診斷證明。相反地只要有診斷證明，就不會變成太大的問題。換言之，就算沒有發燒，只要主張有哪裡不舒服，醫院方應該也會讓人休息兩、三天。

只不過就茶柱老師在班會上的說法來看，她們三人都沒有到醫院就診。

除了櫛田以外的兩人好像有聯絡導師，但依舊不清楚校方會容許這種狀態到什麼時候。問題在於她們三人明天以後也繼續缺課的情況。波瑠加是因為愛里退學而缺席。王是因為暗戀洋介這件事暴露而缺席。而櫛田是因為被揭穿本性而缺席。無論哪個原因都跟生病毫無關係。

如果她們就這樣連續缺席三天、五天，甚至一星期，會有什麼後果呢？校方當然也不會認為她們的缺席是巧合，就算開始派人調查原因也不奇怪。茶柱老師也曾說過，那樣遲早會開始對班級點數造成巨大的影響。

而且在看不見的地方也開始產生幾道龜裂。

櫛田爆料的犧牲者不只王。池與篠原這對新成立的情侶被捲進來遭到波及一事，也是令人感到不安的因素。實際上篠原看起來都沒跟據說在背後講她壞話的惠、松下與森說話的樣子。

雖然佐藤和前園這兩個學生在那時沒有被點到名字，但篠原也沒有跟她們說話。關於這點，無法澈底排除可能是因為同樣的理由。

即使平常接觸的小圈圈不同，我們班的女生之間原本就有密切的人際關係。

現在卻很明顯地澈底產生了隔閡。

為了爭取分數，已經到了想開始決定團體賽成員的時期，但我們班還無法到達那個階段。

倘若就這樣開始分組，只會加快內部分裂的速度。正因為明白這點，堀北也無法展開行動。話雖如此，也不可能從中斡旋，讓局面演變成雙方握手言和的發展。不只是堀北，洋介也很清楚這點。

在這樣的氛圍中，時間也是不斷流逝，早晨的班會結束了。

隨後，我的平板收到了一封訊息。

『我有些事要說，麻煩你跟在我後面過來。』

是茶柱老師發出的簡短指示。

茶柱老師離開教室後過沒多久，我裝作要去上廁所，起身離開座位。

我充分發揮靠走廊最後頭座位的優點，沒有被任何人看見。我在前往職員室走廊上的轉角，發現背對牆壁站著的茶柱老師。

「您居然會以這種方式找我出來，還真稀奇呢。是急事嗎？」

我有一瞬間以為是關於那三人缺席的事情，但似乎也並非那回事。

「沒錯。有件事必須先告訴你才行，是關於佐倉的事情。」

「關於愛里的事？」

愛里離開這所學校後已經過了一段時間，邁入新的一星期。事到如今還有什麼必須先告訴我才行的事情嗎？

「因為她要退學，校方當然也進行了相關的手續。例如整理行李與回收個人點數。哎，就是這些必要事項……也就是所謂的善後啊。」

雖然她表達得很直接，但還是稍微含糊其詞了。

因為自己班上的學生少了一個人，對此有些感傷的緣故嗎？

「在校內事先購買的東西，基本上是學生的所有物，要怎麼處分那些東西是她本人的自由。無論要留下或帶走都不會產生問題。校方會在職員室正式受理退學申請……但其實在那之前發生了一件意料之外的事情。」

「意料之外的事情嗎？」

「對。我們發現在全場一致特別考試結束後，佐倉使用了大約五千點她持有的個人點數的痕跡。應該說我們正難以決定要怎麼處置這件事比較妥當吧。」

「退學者的個人點數會被剝奪吧？」

「對。但剛才也說過，要在正式受理申請後才會成立。不過，校方認為這也是極為偏向灰色地帶的事情。舉例來說，就像校方不會認可將個人點數轉讓給特定學生這種行為一樣。」

「說得也是呢。畢竟若是在確定退學後，把所有個人點數轉讓出去，可能會衍生出問題嘛。不過這是說愛里將五千點轉讓給了某人嗎？」

「不，不是那樣的。佐倉她──」

我聽說了出乎意料的個人點數用途。

在聆聽說明的同時，領悟到自己也並非毫無關係的存在。

「──就是這麼回事，所以我才想跟身為相關人物的你先說一聲。當然你沒有義務要背負這件事。倘若你要拒絕，就由我們這邊處理掉吧。」

在確定退學後所剩不多的時間中，愛里採取的行動。

我對那個答案抱持著某種預感，同時判斷自己該怎麼做。

「畢竟也不是多大的金額，請老師就這樣維持現狀吧。」

「也就是說你會代替她支付，沒錯吧？」

「那樣就沒問題了對吧？」

「對。為求方便，會當作是你用掉的個人點數，所以站在校方的立場，也不會當成是違規行為吧。」

「我明白了。」

我確認了從老師口中取得這不會構成問題的保證。

「我想問你一個問題，這件事也跟你有所關聯……嗎？」

茶柱老師對我投以稍微像在刺探般的視線，這麼問道。

「不，並沒有。這是她在那段有限的時間中，自己思考並導出的結論吧。」

當然，我現在也還不清楚詳情，但隨著時間流逝，答案會自然而然地浮現出來吧。

「總之，儘管是個小問題，但能解決掉一個問題，對我而言也是喜訊。畢竟班級現在是這種狀況，並非都是些值得開心的事情嘛。」

她以班導身分擔心班級的模樣，總覺得很不適合。

「你那眼神是什麼意思？」

「沒事。確實就如同老師所說，班上目前並不穩定。我原本打算強硬地改正其中一部分，但說不定沒那個必要呢。」

「這話什麼意思？」

「現在請老師在旁守望每一個學生逐漸成長的模樣。」

雖然茶柱老師看起來似乎有些不滿，但還是靜靜地點了點頭。

無法避免的必經之路

再重複一次，這個班級被迫同時站在好幾個困難之前。

領袖不被允許只是旁觀到處有腐蝕在進行的這種狀況。

那傢伙大概想靠自己解決所有問題吧。凡事都想靠自己的心意並非壞事，但假如是超出實力的事物，那只是單純的理想論。不，就算具備能夠解決問題的本領，也有只靠一個人無法澈底應對的事情。現在講求的是依靠夥伴，還有挑選出在合作的同時改正夥伴的道路。我從週末到今天這個時候為止，沒有做出任何具體伸出援手的行動。我用手機看完今天的新聞後，決定等放學後陸續去玩樂的學生們都離開，再起身離席。

一直在等待這個時機的男人，急忙追趕在我後面。

我早就猜到倘若掌握不到線索可以解決並為此感到焦急，他遲早會來接觸我。

「那個……清隆同學。今天晚上能請你抽出一點時間嗎？我有些事情想找你商量。」

雖然有些在意周圍的情況，他仍這麼小聲地向我搭話。

「我晚上預定要跟惠見面。不能現在就來談嗎？」

其實我並沒有安排那樣的計畫，但我故意撒謊，試著觀察他的反應。

「這……」

他當然不會說好吧。

有參加社團的洋介，無法在放學後立刻獲得自由時間。

體育祭將近，社團活動也會暫時停止，因此他現在想儘量先參與社團吧。

「我開玩笑的。我會跟惠也先說一聲，約會就等下次吧。」

「謝、謝謝你。」

「為求保險起見，我先再確認一次，你有事要找我商量對吧？」

雖然早就心知肚明，但我刻意這麼反問。洋介點了點頭，並沒有感到不可思議。

「嗯，我認為應該早點行動。」

「這樣啊。總之，如果約在我房間就行，晚上的時間就交給你。」

洋介聽到想要的答覆，彷彿小孩一般放鬆臉頰，露出了笑容。

「假如可以，能讓輕井澤同學也一起出席就幫了大忙，你意下如何？」

「惠也一起？讓她一起出席，她當然會很開心吧，但不會妨礙到你嗎？」

「有好幾件非得解決不可的事情，我也想借用她的力量。」

惠擁有女生的情報網，她是否在場會有很大的差異。我用不著詢問，也知道洋介打算著手的是關於櫛田、篠原與波瑠加她們的事情。

「這樣的話……約大概七點半可以嗎？」

「沒問題，我會準時打擾的。」

洋介很高興似的瞇細雙眼後，便快步前去參加社團活動了。

若有人發生問題，就會立刻伸出援手。

「這是班級的第二個問題點啊。」

當然也是無可奈何的一面。既然到目前為止，在洋介傷腦筋時對他伸出援手的人是我，便無法避免變成這種情況。

雖然要破壞一路建造起來的東西並不簡單，但這是沒辦法避免的必經之路。

那麼，總之先聯絡惠，要她在晚上七點半左右來我房間吧。

1

下午五點半，我回到房間慢慢等候洋介到來。這時手機收到了通知。

『現在可以去找你玩嗎？』

我的女友惠傳來了附帶可愛貓咪貼圖的訊息。

與洋介約定的時間是晚上七點半，她現在就過來也太早了吧。

『我們順便一起吃飯吧？』

在我回覆之前，又收到了追加訊息。看來她似乎企圖跟我一起吃晚餐。

對於惠這樣的聯絡，我只是簡短地送出了「好啊」。

「既然這樣，得煮點什麼才行呢。」

雖然也可以端出昨天的剩菜，但說到能迅速地煮好，又是惠愛吃的食物……

我打開冰箱，一邊瞪著裡面的東西看，一邊思考菜單時，門鈴響起了。

我打開玄關的門，就看到惠笑咪咪地朝我露出笑容的身影。

即使有些驚訝，我仍不慌不忙地緩緩邀請她進房。這是因為現在我們已經公開關係，沒有必要顧慮讓她進入房間的時機。

「妳來得還真早呢。」

惠一面脫掉鞋子，一面用熟練的動作進入房間。

「因為我是在搭電梯前聯絡你的嘛～」

她似乎不管我是否在家或有其他計畫，總之打算先來造訪。

我暫且放棄烹飪，跟惠一起坐在桌子旁邊的地板上。

「是因為最近老是待在清隆的房間嗎？變得好像自己的房間一樣熟悉。」

「那真是太好了。我倒是沒有被惠邀請去房間過呢。」

「咦、咦咦？因為那樣有點難為情……哎、哎呀，等我哪天心血來潮吧！」

雖然她沒有坦率地答應，但既然是女生的房間，應該也有很多原因要考量才對。

還是避免深入追究吧。

「這麼說來，惠周遭的人對我們的關係有什麼表示嗎？」

「你說女生們？她們意外地很輕易就接受了呢。應該說……沒什麼。」

她原本想說些什麼，但又糊弄過去。我有些在意，因此試著追問。

「怎麼了？」

「哎呀，沒什麼啦？因為在一般人之間姑且算是有平田洋介這個品牌。有很多女生說我這樣很可惜。」

原來如此啊。也就是說女生們不懂她為何要特地換一個無品牌的男友。

的確，在把我和洋介做比較之後，露骨地談論這種話題也不奇怪。

「就某種意義來說，我在這件事上也是受害者。照理說明明是我向洋介同學提出分手才對，現在卻變成搞不好其實是我被甩了。」

既然她換的新男友是無品牌，其他人會這麼瞎猜也是沒辦法的事。

「可是該說那種人只有一部分嗎？畢竟清隆的評價最近也像星鰻一樣急速上升嘛。」

「應該說像鰻魚一樣吧。妳怎麼會講錯成那樣啊？」〔註：日文會用「うなぎ登り（字面直譯為鰻魚往上游）」來比喻氣溫、物價或評價等急速上升，或事情的件數急速增加的情況〕

就在我懷疑她根本是故意講錯的時候，只見惠揚起嘴角賊笑著。

「就算是我，也知道這種程度的知識啦～」

「想必是家庭教師很優秀吧。」

「我一直都很感謝老師。多虧了祕密的個人授課，我的分數也逐漸往上爬。」

學力慢慢提升的惠，在九月初的ＯＡＡ上，學力已經上升到Ｃ的四十八。

也就是說她的知識水準總算有一般學生的平均值了。

就在聊了幾分鐘這種無關緊要的話題後，我站起身，再次前往冰箱。

「我打算做蛋包飯，妳要吃嗎？」

我沒轉過頭，這麼問道。於是惠立刻發出很高興似的聲音。

「我要吃、我要吃！麻煩番茄醬多放一點喲，大廚。」

這並不是我第一次像這樣親手做料理給惠吃。

我們開始交往後，就定期有在房間招待她吃飯的機會。

目前惠幾乎沒有要主動做料理的樣子，但那樣倒也無所謂。

因為只要由想做的人去做就行了，用不著分男女，性別根本沒有關係。

我並不討厭做料理，而且惠也吃得很開心。

喜歡聊天的她會巧妙地向不擅長聊天的我搭話，將氣氛炒熱起來。我們像這樣互相扶持，應該算是取得很不錯的平衡吧。

我從冰箱裡拿出雞蛋、番茄醬與雞肉，還有奶油。再從架子上拿沙拉油過來後，材料就大致準備齊全了。我拿出冷凍的白飯，用微波爐開始準備解凍。在解凍的期間準備好洋蔥。其實也想要放紅蘿蔔，可惜沒有庫存。然後我把洋蔥放到砧板上，就在我拿起菜刀時，感覺到背後有個氣息。惠走近我身邊，小鳥依人似的貼著我的背。

「妳在做什麼？」

這樣多少有些危險，因此我停下動作，只用話語這麼詢問。

「我只是看看情況～」

雖然惠這麼回答，但她的側臉貼著我的背，照理說根本沒辦法觀察情況。

「你可以無視我的存在喲，我不會亂動的。」

「是嗎？了解。」

我暫且按照她說的，無視她繼續作業。我在砧板上將洋蔥切丁成五毫米左右。在我這麼處理洋蔥的期間，惠也沒有離開我身旁，一直緊貼在我背後。接著我放下菜刀，伸手拿碗想打蛋，惠

卻趁這個時候將雙手環繞我的腰部，抱住了我。

「妳這次又在做什麼？」

「嗯……？我只是看看情況～」

「看起來實在不像只是在看看情況喔？反倒是妨礙工作呢。」

雖然不到警告的程度，我提醒她這樣多少會讓我作業效率降低，不過她看來沒放在心上。

「啊～好幸福。還有其他這麼幸福的事情嗎？」

她簡短地這麼低喃後，雙手更用力地抱緊了我。她看起來反倒很滿足的樣子。

「妳的幸福還真是廉價啊。應該有其他更厲害的幸福吧？像是買了想要的東西，或是看到想看的電視節目。」

「那種事情根本不夠幸福。」

「剛才的例子是隨便說說的，但實際上有其他幸福吧？」

「不，沒有。就算有，我也不需要。有現在這樣的幸福，我就心滿意足了。」

如果她因為這樣的小事就感到滿足，我也沒什麼好多說的就是了。

「我可以繼續做料理了嗎？」

要用這種姿勢繼續做菜，實在是太不方便了。

「咦～？要怎麼辦呢～？」

惠探頭看向我這邊，她不時瞥向我的眼睛，同時露出微笑。

「我希望有什麼獎賞，來獎勵我當個乖孩子呢～？」

「冰箱裡有巧克力。」

「不對～我不是那個意思啦……清隆感覺少根筋呢。哎，雖然這才像清隆的作風。那麼，我就乖乖地在旁邊等著～」

惠似乎在自己內心對什麼感到滿足，她離開我身邊，坐到了床上。

好啦，這麼一來，暫時可以專心做蛋包飯了。

惠一邊輪流看著手機與電視，一邊等待料理完成。然後我們兩人圍著桌子，比平常稍微早一點享用晚餐。

「這麼說來呀～關於篠原同學那件事──」

我沒有特別提起，但惠這麼說道，開始這個話題。

「雖然我也有不對，但那個爆料好像威力很強，她根本不肯跟我說話。」

「那是當然的吧。」

關於容貌的美醜，評價會因為每個人各自的喜好與品味而異，但一般認為長相較出眾者對較為遜色者做出瞧不起對方的發言。這件事本身不能說是很稀奇的現象，而是到處都會發生的事。反倒有很多情況並非懷抱著惡意，只是把內心的想法說出來而已。

「妳們討厭篠原嗎？」

「一點都不討厭喲。該說篠原同學是有趣型的女生嗎？她常負責炒熱氣氛，很受歡迎。」

「原來如此。正因為這樣，妳們才會無意識地揶揄她跟池在交往的事情嗎？」

「……應該是吧。我們笑著聊了篠原同學聽見會覺得受傷的事情。」

看來有反省之意，惠像感到後悔似的低喃道：

「我說了那些壞心眼的話，你會因此討厭我嗎？」

「我不打算否定別人講別人的壞話這件事本身。即使有程度上的差異，但要找出完全不會講別人壞話的人比較困難。」

討厭總是盛氣凌人的社團學長、討厭看起來很跩的教師。有抱怨過這種事一、兩次也無妨。雖然在揶揄相貌或關於學力的指謫上也有太過火的一面，但果然身為人類，就算不小心把那些話說溜嘴也不奇怪。

「不過基本上還是必須避免讓那些壞話傳入當事者的耳裡。」

「也是呢。」

「從那個櫛田口中洩漏出去算是非常特殊的例外狀況，應當讓人大受震撼才對。這表示把祕密告訴某人一定具備著風險。」

櫛田洩漏女生們曾經揶揄關於篠原相貌的事情，當然深深傷害了她。

不只是這樣。對篠原並未抱持壞印象的朋友、身為篠原男友的池、還有池的朋友，這些人當然都不會對惠她們有好感。

或許下次就換篠原她們用引人注目的聲音到處講惠、松下和森她們的壞話了。

一旦開始這種負面連鎖效應，便需要耗費相當大的勞力才能阻止。

「然後呢？妳應該不是只有覺得抱歉而已吧？妳做了什麼？」

雖然從松下那邊聽到了簡單的說明，但也必須從惠口中聽聽她怎麼說。

「我有幾次想解開這些誤會……即便不是誤會，但我試圖用交談解決傷害了她的事情。不過目前感覺是沒空商量。」

「是沒得商量喔。」

「對，就是那個……我、我是故意說錯的喲？」

這次是真的說錯了啊。

看來惠她們姑且是在嘗試用自己的方式修復與篠原已經崩壞的關係。

「所以說呀，你覺得我該怎麼跟她和好？」

「妳問我嗎？」

「這是當然的吧。如果是清隆，感覺會幫忙想出高明的作戰。」

儘管目前好像還沒找到打破僵局的關鍵，但惠也跟洋介背負著相同的問題。

「我現在正在思考，再給我一點時間。」

我暫且這麼告訴她，先將答覆往後延。

「我說呀，雖然是另一個話題，但我可以問些有點奇怪的事嗎？」

我沒有阻止，繼續聽她說。於是惠用興致勃勃的表情抬頭仰望我，並這麼詢問：

「清隆在特別考試時以ＯＡＡ為基準，讓佐倉同學退學了不是嗎？假如——」

惠跟我對上視線後突然語塞。

「還是算了，沒什麼。」

「妳很在意假如妳在ＯＡＡ上是最後一名，我會怎麼做嗎？」

惠非常好懂地瞠大了眼睛。

「我在有人提到池時也說過，就算成績半斤八兩，朋友數量也有壓倒性的差距。我不會讓妳退學。」

「那麼，如果我也沒朋友呢？在女生裡面的地位也很低的話？」

變得不安起來的感情讓惠接連不斷地吐出話語。

「這種議論是白費工夫。倘若要用那種假設來說，輕井澤惠根本是另一個人了。那麼一來，我跟惠應該也不會發展成現在這種關係才對。」

「……這……原來如此。或許是那樣也說不定，但……假設那種根本是另一個人的我，又沒有跟清隆在交往的話，會被退學嗎？」

儘管理解到這是沒有意義的討論，她好像還是忍不住想問。

「如果妳的能力就像剛才說的那樣，大概是吧。」

「唔……」

「雖然我懂妳在感覺上會受傷的心情，但那並不是妳自己。真的是另一個人了。妳曾經被人霸凌受到傷害，為了在高中逆轉情勢，確立自己在女生裡的地位。先是利用洋介，然後與我相遇並交往，這才是輕井澤惠吧？」

在我回答到這邊時，惠很明顯地一臉不滿地噘起嘴唇。

「無論是怎樣的我，你都會保護——這才是清隆的正確答案喲？」

「……原來如此。」

即使那並不是自己，她也希望我會宣言保護輕井澤惠。

我學到在這種情況是不需要講什麼道理的。

我轉換方向，讓惠躺在我的大腿上，撫摸她的頭來討好她。躺在我大腿上的惠彷彿將身體蜷縮成一團的貓，享受了大約幾分鐘這樣的時光後，惠保持那樣的姿勢開口說道：

「欸，清隆。你切割掉佐倉同學這件事，我覺得沒什麼關係。因為清隆做的事情絕對不會有錯。但是堀北同學讓櫛田同學留下來這件事，真的正確嗎？櫛田同學絕對是個礙事的存在吧？」

櫛田桔梗是讓班級產生龜裂的罪魁禍首。惠覺得沒有讓她退學的壞處非常大。這是很自然的反應，沒什麼好稀奇的。

無論是誰都感到疑問。雖然感到疑問，但因時間緊迫，也無法輕易發言。然後最終會認為只要自己能得救就好。這種熱度開始冷卻，大概是在考試後那兩天休假時的事吧。有人會思考這樣真的好嗎？也有人會覺得幸好自己不用退學。接著，也會有人害怕下次說不定會輪到自己。

「櫛田具備但愛里沒有的東西，妳知道那是什麼嗎？」

「咦？學業成績跟運動能力對吧？畢竟櫛田同學挺厲害的，不管什麼事都能很快上手。」

「表面上的理由是那樣沒錯，但重點並不在於那裡。」

「……什麼意思？」

「就是她有可能成為一片讓堀北鈴音覺醒成領袖的重要拼圖。她說不定能夠成為對堀北而言可稱之為搭檔的存在，而不是洋介或惠。」

「櫛田同學嗎……？」

「堀北本身大概還沒有澈底理解這一點吧。她只是在已經沒有時間的緊迫狀況中，相信了自己的自覺而已。」

「那就是櫛田同學具備，但佐倉同學沒有的東西……」

「只有櫛田才具備的觀點、只有櫛田才擁有的思考、只有櫛田才能主張的發言。這些東西是無關有沒有人緣，都能發揮出來的要素。就是這一點推動了堀北。」

儘管在某種程度上可以理解，但惠本身無法坦然接受吧。

這也是理所當然的反應。這是不確定的未來。

假設做出那個選擇的堀北是正確的——這只不過是紙上談兵。

「她很清楚那麼做會被波瑠加還有跟她比較親近的人物怨恨吧。不過，結果不是一、兩天就能出來的東西。現在只能溫暖地守望啊。」

「可是長谷部同學應該會更加怨恨清隆你吧？」

「是啊。」

在考試逼近結束時間的狀況下，要達成全場一致的難度。

就算堀北提名其他人選，要達成全場一致也近乎不可能。

而且班級點數被倒扣，也是令人難以接受的現實嘛。

這麼一來，除了由我採取行動之外，沒有其他救濟之路了。

「如果能說出結果、結論和答案就很簡單。但現實就是無法那麼做。」

「你是說堀北同學？」

「假設眼前有個跨欄，高度介於好像能跳過去與跳不過去之間。倘若挑戰失敗，無法跳過跨欄，說不定只是摔倒、說不定只是腳擦傷，又或者假如運氣很差，說不定會骨折。」

我讓惠想像有個非常接近自己實力的跨欄擋住去路的狀況。

「為了確實跳過那個跨欄，妳覺得有必要怎麼做？」

「咦……？唔……嗯……在跳之前先練習很多次？」

「如果無法練習呢？」

「那只能硬著頭皮直接跳了吧？好像只能這麼做了……」

「就跟那種狀況一樣。堀北無法停下已經起跑的雙腳，試圖跳過眼前的跨欄。」

「也就是說堀北同學挑戰失敗，摔倒了嗎？」

「不，目前算是她跳躍之後腳撞上跨欄的地方吧。她受傷的程度輕重、是否會就這樣摔倒？還有她本身沒事，或者會受重傷？這些都還沒有決定。」

要避開那個跨欄很簡單，只要不去跳，稍微繞遠路就好了。

雖然這個部分也是我會想觀察堀北的地方。

從入學當初壓根無法想像的事情，讓我自己也再次感到不可思議。

「原來是這麼回事呀。可是，我果然還是無法澈底接受堀北同學的判斷。畢竟她毀約了嘛。而且她還斷言要保護櫛田同學。」

確實，即使堀北班也有威脅的一面，但到目前為止，紀律過於寬鬆這點也是事實。

在這時掀起一陣波瀾，讓眾人得知自身安全並非已獲得保障。當然大家對堀北的信賴會產生強烈的動搖吧，但這部分可以在今後的特別考試中挽回。雖然附帶的條件是她能夠繼續貫徹更接近A班的目的。

在我們閒聊著這些話題時，時間已經過了晚上七點。

我收拾吃完東西的空盤，前往廚房想趁現在先洗一洗。

「欸～欸～來這邊我們一起聊天嘛～」

「我現在要洗碗，待會再說吧。」

「咦～？那樣馬上就到七點半了耶～」

等洋介來就會開始討論事情，因此能聽見惠發出不滿的聲音。

我把那些嘀咕當耳邊風，開始洗碗。雖然惠暫時安分了一陣子，但她似乎漸漸地無法忍耐，又再次提出要求。

「好啦好啦，你別客氣，過來這邊呀。欸？好嗎？」

惠一邊這麼說，一邊用手心咚咚地敲了敲床鋪三、四次。

「真拿妳沒辦法——」

原本想在洋介來我房間前先把碗盤洗一洗的，但我放棄這麼做了。

我在惠指定的地方坐下，於是她很開心似的用食指戳了戳我的右臉頰。

「以男生來說，滑嫩到有些囂張呢～你有做什麼保養嗎？」

「頂多會用化妝水。」

考慮到對十幾歲的肌膚造成的負擔，我認為基本上不需要做更多的保養。

「是哦……」

惠雖然可以理解，但好像其實根本不在乎這種事，總之感覺她只是想摸，並沒有停止戳我臉頰的行為。

我抓住惠的手，將她拉近身邊，奪走她的嘴唇。

原本以為她可能會大吃一驚，但她反倒像一直在等我這麼做一樣，害羞地笑著。

「今天來到你房間後，我一直在等你這麼做喲。」

「……原來是這樣啊。」

不得不說我對這方面的觀察力還太嫩了啊。

然後我們以近乎無言的狀態，反覆重疊著嘴唇。

反覆接吻的滋味是蛋包飯，是有點奇特的體驗。

「喜歡你……」

我溫柔地擁抱著抱住我的惠，於是一陣寧靜的沉默籠罩著房間。

那並非尷尬，而是一段舒適的時光。

我們就這樣只是互相擁抱著，大概過了幾分鐘時間呢？

彷彿要撕裂寂靜一般，房間的門鈴響起了。

突然被拉回現實世界的惠冷不防感到難為情，她慌張地拉開距離。

房門有上鎖，其實她不用著急，不過……我能理解這種心情。

挪出一小段時間讓惠冷靜下來後，我們兩人一起迎接洋介到來。

還穿著制服的洋介造訪了我的房間。

「社團活動結束後，我跟學長他們一起去了櫸樹購物中心。」

洋介察覺到我注目著制服，這麼向我報告。

「歡迎光臨，不用客氣，請進來坐吧～」

看到惠簡直像把我房間當自己房間的態度，洋介很開心似的露出微笑。

可以知道這是因為洋介從入學後就比任何人更早守望著惠，看到她現在這種明朗的態度與純粹的模樣，才會這麼高興吧。

「打擾了。」

洋介細心地將鞋子排整齊並進入房間，我在他坐下時送上茶水。

「謝謝你。」

「那麼，你要商量的內容是什麼？」

長時間限制他也不是辦法，因此我主動催促，好讓他方便開口。

當然我已經預測到所有內容就是了。

「嗯。是關於班上的事情。我想輕井澤同學也很清楚，照目前這種狀態進入體育祭大概很危險吧。特別是女生那邊，我想妳們要攜手合作也很困難吧。」

洋介將視線看向惠那邊，認為那方面應該是惠比較清楚。

「剛才我也跟清隆談了與篠原同學之間的事。老實說，現在根本沒辦法討論關於比賽的事情呢。」

畢竟要從重新改善朋友關係這點做起嘛。

「因此我在想有沒有什麼好辦法，我想求助清隆同學的力量。」

剛才同樣來向我求助的惠，也露出那樣的眼神。

既然這樣，我也不客氣地來說些話吧。

「洋介，你在來找我之前，有找其他人商量過這件事嗎？」

「咦？沒有……現在是我第一次找人商量。因為我覺得要是隨便告訴別人，被人知道我在嘗試修復班級關係的話，事情會無法順利進行。」

如果對方坦率地想要借用力量算是幸運，但要是被知道這邊試圖從中斡旋，說不定反倒會讓對方抱持警戒心。

也可能會讓對方感到猜疑，認為溫柔的話語背後恐怕藏著什麼企圖。

「妳也一樣嗎？」

「我還是希望有人給個指示嘛。」

「那麼，希望你們今後不是第一個先來找我，而是去找身為班級領袖的堀北商量。」

「但我覺得堀北同學現在光是為了櫛田同學的事情就分身乏術了。現在拿其他班上同學的問題去找她實在──」

「那假設是我在應付櫛田，你會去找堀北商量嗎？」

「這……很難說呢。或許我還是會找清隆同學商量……」

洋介想像那樣的情況，接著老實地這麼承認了。

「堀北同學做得很好。但我認為如果是清隆同學，便能以大局來觀察所有事物，然後幫忙做出準確的判斷。」

「我也會那麼做喲？應該說只要交給清隆，就可以得到完美的答案嘛。」

「我在之前的特別考試時也說過。你們並非隨時都能依靠我。就算有些不安，也必須實行首先去找堀北商量這個步驟。」

「但是──」

「會成為她的重擔、她未必能想出解決方法──所以不會拜託她、不能拜託她。你們認為這樣堀北能在真正的意義上成為領袖嗎？如果是像龍園、坂柳或一之瀨那樣的領袖會怎麼樣？即使

他們正在處理其他問題，也會想要第一個先找他們商量不安因素吧？」

重要的是去依靠人還有被依靠。堀北和整個班級正來到反覆成功與失敗，逐漸成長的地方。

「失敗是一種經驗。無論是誰，都是從一加一的問題開始挑戰。當然，堀北早已脫離那個階段，但就算這樣，她的經驗還是壓倒性的不足。」

在提出解決方法前，不能缺少互相討論與摸索解決方法的步驟。

「希望你們可以等那傢伙回答因為櫛田的事情忙不過來，才來找我商量。」

「……原來如此。我明白清隆同學想說什麼了。」

洋介認真地理解這番話，他點了幾次頭，在自己的內心消化話語的意義。

「雖然累積失敗的經驗很重要，但這跟考試的分數不同。我認為這不是考差了只要下次再加油就好的事情。這是在處理學生心靈的重要事情呢。假若產生裂痕的關係因為不成熟的判斷而崩壞……那將是無法挽回的問題喔。」

這方面不愧是洋介，看來他並非只是因為可以輕鬆得到答案，才來找我商量的樣子。

「你的判斷很正確。可是，你的推測似乎有點太天真了。同班同學之間的友情產生龜裂這點是事實吧。還有朋友之間的誤會、爭執和人身攻擊，有時也的確會發展成無法挽回的問題。」

若是從人身攻擊逐漸脫軌成騷擾、無視與霸凌，也會產生最糟糕的情況。

不過，那真的是最糟糕的情況。

「惠，妳們跟篠原的爭執是那麼危險的狀態嗎？」

「嗯……聽你這麼說，哎，算是吵架的延伸吧。因為這邊的立場是加害者，所以不好亂說話就是了。我們也沒有騷擾別人。應該也沒有幾個女生討厭篠原同學吧。」

因為想得太過嚴重，反倒煽動了多餘的不安——這是我的見解。

「而且你們並不打算只叫堀北解決問題對吧？」

「那當然了。如果有我能辦到的事情，無論是什麼我都打算做。」

「那就好。只要你們兩人以堀北為中心高明地周旋，在我的計算中能跨越大部分的事情。」

只不過，光憑這句話，無法澈底消除他們的不安吧。

我在這時先補充一件很重要的事情。

「當然，或許會有就算與堀北協力也無法解決的事情。到時我也會伸出援手。」

我會這麼說是預估到只要後援完善，洋介跟惠都能毫不迷惘地行動。雖然兩人表現出可以接受的態度，但洋介似乎還有在意的事情，表情沒有澈底變明朗。在這之後我們暫時交換情報，在將近晚上八點時，我催促他們回房。

「那個……方便的話，可以讓我們兩人單獨談一下嗎？」

要回房的時候，認為這樣下去不行的洋介這麼開口說道。

「ＯＫ。那麼，我先回去嘍。」

惠這麼回答表示還有話要說的洋介，快步地離開現場。

房門關上後，洋介再次轉過頭來。

「清隆同學。明天我會找堀北同學商量這件事。只不過，在目前這個時間點，你內心是否有明確的道路呢？」

「老實說，關於波瑠加與櫛田的問題，我沒有能夠立刻解決的主意。我想期待你們可以在討論之後高明地引導她們。」

「也就是說……關於小美，作法又不同了是嗎？」

「姑且算是吧。雖然要花時間，但有機會。若是很趕，要用強硬的粗暴療法也不是不行。」

「粗暴療法？如果有能辦到的事情，我認為應該去實行。」

即使是在談論對自己有好感的女生，洋介也用跟其他時候沒兩樣的態度表現出反應。

「都說是粗暴療法了吧，我不推薦那麼做。」

「是怎樣的方法呢？」

「就是洋介你直接去見小美，回應她的心意。」

洋介露出壓根沒想到可以這麼做的反應。

「其實我也喜歡小美，希望妳跟我交往——只要你能夠讓事情發展成這樣，她明天就會來上學了。」

即便要說出口讓我有些抗拒，但我現在能想到的解決方法只有這個。

「假如對象不是洋介你，我也不會講這種蠢話。但是，既然你曾經因為被惠拜託而假裝跟她交往，我想這麼做說不定是可能的。」

的確──洋介這麼低喃，但他的表情並沒有變明朗。

「我跟輕井澤同學會同意表面上交往，是因為我們兩人都沒有夾雜戀愛感情。這和假裝回應小美的心意而與她交往不同。畢竟這樣只會在之後深深傷害她而已呢。」

「雖然我不打算推薦這個主意，但不是你說的那樣。即使不清楚小美是在哪個階段喜歡上你的，但包括其他人在內，不能否認有學生從入學後沒多久就對你抱持戀愛感情。換言之，在你同意跟惠交往，藉此保護她不被霸凌的時候，說不定也有因為這個謊言間接被甩掉，而感到受傷的女生。」

「這──」

如果惠跟洋介是認真地在交往，就足以構成正當的理由。

既然並非那樣，縱然狀況不同，在做的事情也沒多大差別。

「假如現在小美哭著來求助於你，說你要是不肯跟她交往，她就再也不敢去上學呢？你能斬釘截鐵地拒絕她，說你辦不到那種事嗎？」

洋介不禁語塞。恐怕洋介無法做出那種選擇吧。

「若無法拒絕，你能做的選擇只有兩個。就是告訴小美你並不喜歡她，在這樣的前提下與她交往，或是撒謊說你也喜歡她，跟她交往。」

倘若在這段過程中萌生出真正的戀情，也有可能發展成最棒的結局。

「我還是覺得……我不該那麼做。」

即使他可以理解我的主張，但感情上果然還是無法接受呢。

「那畢竟是個強硬的解決方法。縱使現在要花上一段時間，但已經處於播種的階段。」

「我知道了……話說回來，清隆同學真的很堅強呢。佐倉同學退學這件事，看來絲毫沒有對你造成影響。」

洋介平靜地這麼說道，從他身上看不出悲傷或憤怒之類的感情。

「我的手上……還殘留著當時的感觸。」

他俯視自己張開的雙手，注視著手心。

「就是指尖碰觸平板按下贊成的感覺，我無法忘懷。」

為了同班同學日夜奔波的洋介，很少會這樣示弱。

但他站在跟我同樣的立場思考愛里退學的責任，因此感到痛苦。

「我知道洋介當時在想什麼。愛里在那場考試中沒有危害任何人，你不可能贊同讓她退學。不過，就算這樣，你還是忍耐住了。你明明也能在最後一刻主張你無法接受，但你克制住那種心情，沒把那些話說出口。」

有人遭遇不合理對待。要是洋介訴說出那種狀況，讓大家去直視班上同學們也會恢復冷靜。倘若因為考試時間快結束的壓力而變得狹隘的視野拓展開來，也有可能無法達成全場一致吧。

「我們班可以升上A班……這才是最重要的……我這麼說服自己。」

即使理智可以明白，仍無法接受。大概是這樣吧。

「長谷部同學、櫛田同學和小美都缺席。這種情況會持續到何時呢？看到成績排名後段的學生被切割，班上同學都戰戰兢兢。到上週為止的開朗班級彷彿虛假的，現在變得鴉雀無聲呢。」

儘管為了解決問題而採取行動，他也會好幾次因為同樣的事情感到痛苦，這麼自問自答吧。

「我很清楚你無法接受我和堀北的選擇。但是，你只能接受這個現實。只能理解並仔細體會我們班目前究竟有多少程度的實力。正因如此，堀北才需要許多支柱。她有時會準確地選對路，有時也會選錯路。而且有時也會選擇不確定的道路吧。」

就算努力說服自己，也並非所有事情都能在洋介內心成功消化掉。

「我——在想自己是否應該選擇拖到時間結束……才對……」

再也忍受不住的洋介微微地顫抖著肩膀。

對洋介而言，他並不想拘持犧牲某人這種想法。

即便如此，在那種狀況下，他還是做出了決斷，這可以當作是他確切的成長。

「……我變堅強了嗎？還是說我崩壞了呢？又發生類似情形的時候，我不曉得自己會做出怎樣的決斷，我好害怕。」

因為他低著頭，我無法看見他的表情，但他用袖子擦了一下眼睛後，抬起頭來。

「明明最痛苦的是清隆同學，我卻說這麼軟弱的話，對不起喔。」

「沒關係的。我跟堀北都在特別考試中被洋介幫了好幾次。可以預測到今後會有更嚴苛的戰鬥。希望你一如往常，為了班級協助我們。」

洋介點了點頭。雖然內心的傷痕還殘留著，他仍略微露出了笑容。

洋介將手伸向玄關的門，他忽然停住動作。

「……今天有很多事要謝謝你。」

「你會怨恨我讓愛里退學嗎？」

與其他學生不同，洋介不會表現出來，就算他其實在怨恨我，也不奇怪。

「……若只看這一點，是那樣沒錯吧。但我相信你喔。」

儘管是自己思考並說出來的話，他似乎無法接受，又這麼補充道：

「……不對，是我想要相信你。」

倘若這是盲從，我認為洋介這樣的思考很危險。但他的雙眼深處確實擁有自己的意志。我相信你，所以別背叛我啊——蘊含這種堅決的要求。

「那麼，晚安。」

這樣應該成功幫洋介消除掉一部分的負擔了吧，但說不定也反過來給他造成新的負擔呢。假若能以這次事情為契機，將膿徹底排出的話倒是正好，不過……究竟能期待有多少效果呢？

總之，必須一步步確實地善後才行吧。

2

即使到了隔天，那三個空位果然還是沒有改變。

當然，持續陷入混亂的教室內至今仍沒有要冷靜下來的樣子。

為了在根本上解決問題，首先大前提是那三個人來上學。

「唷。要不要一起去廁所？」

正當我在桌上滑著手機等下堂課開始時，須藤這麼向我搭話了。

罕見的邀請。儘管只是去廁所，他的表情仍十分認真。

想小解只是個藉口，他另有其他目的。

跟洋介與惠沒兩樣，首先都想透過我來開始做什麼的行動。

「好啊，說得也是。」

因為也沒有理由拒絕，我便從座位上站起來，順著跟須藤兩人一起去廁所的發展，不引人注目地離開教室。

這種時候，每次都覺得自己的座位位置實在太方便，幫了大忙啊。

然而，有一名學生立刻追趕在我們後面。

「須藤同學。我有些話想跟你說，現在方便嗎？」

對方似乎有事要找須藤，看準了我們來到走廊上的時機。

「什麼事啊，小野寺？」

小野寺發現站在旁邊的我，支支吾吾起來。

「啊……原來你跟綾小路同學在一起啊。對哦，你們剛才好像在聊天嘛。」

乍看之下，我也在場或許讓小野寺不方便開口。

但在休息時間過來邀我的是須藤，因此我沒有選擇權。

「我們兩人要去廁所啦，有什麼急事嗎？」

「呃，該怎麼辦呢？」

感覺是不想讓我聽見的事情，她看起來有些猶豫的樣子。

「我可以在這裡等嗎？可能的話，我想儘快先跟你說。」

小野寺判斷如果只是去廁所，馬上就會回來。

但聽到她這麼說，這次換須藤露出有些尷尬的模樣。

畢竟假如他有事找我商量，應該不會只花一、兩分鐘就結束吧。

「那麼，我現在聽妳說吧。我先讓綾小路在旁邊等。」

就在小野寺已經打算等一下再說的時候，須藤這番出乎意料的回答讓她感到困惑。

雖然小野寺看起來感到有些抗拒的樣子，但她輕輕搔了搔後腦杓，開口說道：

「這次體育祭的個人報酬，不是會男女分開來評價嗎？我想須藤同學當然是打算以拿下男生第一名為目標，這樣的想法沒錯吧？」

「那是當然的吧，因為這場體育祭正是我可以閃耀發亮的最大機會嘛。」

須藤充滿自信地回答，表示根本用不著問。

那強而有力的回答讓小野寺看似滿足地點了點頭。

「其實我也算是賭上這場體育祭。畢竟拿下女生第一名可以往A班前進一步，而且能在自己擅長的領域中戰鬥的機會也不多嘛。」

小野寺的游泳實力有口皆碑，但她在去年的體育祭上也展現出短跑選手的一面。

OAA的身體能力也無可挑剔，是在各項運動上都具備非凡才能的學生。

可以想見小野寺擁有能適應各種比賽並足以獲勝的實力。

「如果是妳，說不定能拿下第一名啊。我會認真替妳加油喔。」

「謝謝。可是，就算在個人比賽中能獲得一定的勝績，也無法保證可以拿下第一名對吧？」

「為什麼啊？只要一直拿到第一名──」

雖然須藤認為只要一直拿到第一名就好的想法也不算錯，但實際上有可能因為意料之外的形式落敗。

「因為團體賽的分數比較高，對吧？」

我這麼補充，於是小野寺又露出了僵硬的表情，但還是表示同意地點了點頭。

看來小野寺對我抱持著不信任感。

我在前幾天的全場一致特別考試中，捨棄了自己小組的夥伴。

即使有學生表現出這種反應，也沒什麼好訝異的。

「哎，的確啊。如果有人專門在團體賽中拿第一，可能很不妙。說是這麼說，要組隊並不簡單吧？鈴音也說過，就算把五、六個人緊緊綁在一起，也可能會出現弊病。而且這麼說或許不太好，但我實在不怎麼想聚集五、六個人來參加團體賽啊。」

假如所有人都與自己相同水準，須藤本身也能夠接受吧。

但實際上也會出現扯後腿的學生。也很有可能因為這樣輸掉比賽。這就是所謂的團體賽。

「嗯。我也不想找太多人。但是──若是確實能夠獲勝，可以兩個人參加的比賽呢？而且其中也有只限男女搭檔才能參加的比賽對吧？」

這時須藤也開始察覺到小野寺向他搭話的目的了。

「須藤同學跟我互相合作，不會有什麼傷腦筋的事情。既然要組隊，我自然想選個最棒的搭檔嘍？」

這會變成班級的分數，也不會影響到他們想分別拿下男女第一名的目標。

「所以才找上我嗎……哎，說不定是那樣吧。」

「就是這麼回事。當然，也要須藤同學願意才行啦。而且班上現在氣氛有點糟糕不是嗎？佐倉同學退學，再加上長谷部同學與王同學都缺席。」

小野寺有一瞬間將視線看向我，但又立刻重新看向須藤。

「所以我們才必須拉著班級前進才行。」

雖然小野寺因為認同須藤的實力才提出的邀請讓須藤感覺還不錯，但是他的回應卻有些閃爍其詞。

「就憑我實力不足嗎？」

「沒那回事啦，小野寺妳的實力哪有什麼好抱怨的啊。」

即使絕對信賴她的身體能力，須藤似乎有其他感到在意的事。

「你不想跟堀北同學以外的人組成搭檔？」

「咦?不……不是,沒那回事……」

她說中了啊,須藤。小野寺的指謫讓須藤露出有些尷尬的表情。

與喜歡的對象組成搭檔。這的確是對須藤而言在實力以外的部分非常重要的事情也說不定。

既然無法參加游泳比賽,就算拿堀北與小野寺來比較,也沒什麼太大的差距吧。

「還有高圓寺在吧?雖然不想承認,那傢伙比我還強喔。」

「他的確實力高強吧。但高圓寺同學無法信任。最重要的是我討厭他。」

小野寺斬釘截鐵地否定高圓寺。

小野寺認真地表示想跟須藤組隊,須藤會怎麼回答呢?

「如果我拒絕……妳要怎麼辦啊?」

「要說其他在班上具備實力,感覺又能信賴的人……哎,大概就平田同學吧,但要邀請他組成搭檔有點不方便呢。我也不想讓人有什麼奇怪的誤會。」

要是跟非常受女生歡迎的洋介組成搭檔,可不是被一、兩個人嫉妒就能了事。

「所以如果被須藤同學拒絕,到時就是靠我自己一個人盡力而為了吧?」

她絕對不是語帶威脅,而是平淡地述說事實。

能夠想像她即使沒把握拿到年級第一名,但穩紮穩打地幫班上爭取分數的模樣。

須藤原本因為堀北的名字感到動搖,不過看到這樣的小野寺,他立刻重新露出正經的表情。

因為他自覺到自己因為無聊的理由試圖拒絕小野寺的邀請。

「……好啊，小野寺。我們一起組成搭檔吧。」

「真的？」

「對，就靠我們的力量來幫忙支撐這個班級吧。」

須藤這麼說並筆直地伸出手，向小野寺要求握手。

小野寺盯著他的手看了一會兒後，也用力地回應他的握手。

「請多指教，須藤同學。一定要靠我們兩人拿下男女第一名喲。」

小野寺對契約成立感到滿足，便回到教室。

「好像有點出乎意料，但這樣就行了對吧？」

「我覺得是。雖然你大概也想跟堀北組隊，但與其會受到多餘的雜念干擾，不如跟小野寺組隊，發揮出百分之百的力量比較好。」

「……也是。」

儘管剩下大約五分鐘，我們還是按照原本的計畫，前往廁所做個樣子。

「那個啊，關於我要說的事情……就是寬治與篠原，還有他們周遭的事。」

「與櫛田之前的爆料相關嗎？」

「老實說，他們兩人的關係也彆扭起來，我覺得這樣不好啊。」

「以你的立場來說，他們兩人分手比較有趣不是嗎？」

「我是開過那種過火的玩笑啦，但我認真地希望他們能順利交往。」

我不禁像在試探他似的這麼問了，但看來須藤是真心感到擔心。

「不巧的是，我跟那些學生的關係很薄弱。我沒有能特別幫上忙的事情喔。」

「能不能至少給我些建議？」

「沒辦法在不溝通的情況下解決問題。關於櫛田的發言是真是假，現在暫且當成另一回事，說不定有必要彼此都把內心話暴露出來一次啊。」

「那樣不會很不妙嗎？情況也可能會變得比現在更緊張喔。」

「是啊。所以需要可以控制場面的人。能夠設身處地聆聽雙方說的話，而且必須在話題好像要陷入混亂時讓大家冷靜下來才行。」

「我、我辦不到喔？」

「既然這樣，只能拜託辦得到這些事的人呢。」

我沒有說出答案，讓須藤自己思考。

「其實這種任務原本應該是由櫛田負責，對吧……？」

「是啊，但現在沒辦法那麼做。既然不能拜託櫛田，只能找其他學生了。」

這種事情簡單到根本算不上問題。

「平田嗎？」

即便是須藤也立刻就想到答案。

雖然須藤跟洋介感情不好，但現在不是可以說這種話的狀況。

「好，我稍微低頭拜託他幫忙吧。」

儘管須藤與洋介是會保持距離的關係，說不定會以這次事情為契機，產生什麼變化。

「謝啦，綾小路。」

「我什麼也沒做。是你靠自己思考之後，自己想出了答案而已。」

班級就像這樣運轉下去。

3

同一天。各個班級——不，是所有年級都為了體育祭正式地開始行動。

就跟去年的經驗一樣，已經知道一部分的比賽項目，因此學生們擠出時間，利用操場或午休時的體育館開始進行接近正式比賽的練習。

尤其是由兩人以上進行的團體戰，應該會想要儘可能挪出時間練習才對。

我前來體育館偵察情況，裡面到處迴盪著許多充滿活力的聲音。

從一年級生到三年級生，在某種程度上能夠自由使用的區域是固定的，為了讓學生們能公平練習，校方似乎還細心地連設備都幫忙準備齊全。今天的二年級生在練習排球與桌球。

最先闖入我眼簾的，是某個班級有許多人參加這件事。

不僅如此，他們還異常地熱血。他們吶喊出聲的同時，也很積極地討論關於比賽的訣竅。

「可以看出A班非常認真呢。」

「是啊。」

今天我與洋介一起來到這裡，他冷靜地分析學生們，這麼說道。

「畢竟純粹按照班級來競爭的運動比賽，並不是A班擅長的領域嘛。」

「嗯。無論好壞，他們大多只有平均的身體能力，能名列前茅的只有一部分學生吧。」

因為知道以綜合能力來說相當不利，他們才會攜手合作，努力地想儘快提升實力。他們應該打算累積練習的次數，以能夠靠經驗爭取分數的比賽為目標吧。

即使沒能確認到關鍵的當事者身影，但這肯定是坂柳的指示。

雖然也有一之瀨班和龍園班的學生，但他們看起來還在摸索的樣子。另一方面，沒看到任何一個堀北班的學生。原本以為至少會有一、兩個人露面，但就算有人前來這裡，在這種狀況下也是什麼都辦不到，只能呆站在角落。

「我們班還沒能脫離全場一致特別考試。就算要在這種狀況下努力練習，事情也沒有那麼簡單呢。」

「確實還殘留著不安因素啊。不過，也未必都是些陰暗的話題。」

我將須藤與小野寺聯手，以拿下二年級生男女第一名為目標這件事告訴洋介。這少數的好消息讓洋介稍微露出了笑容。

「倘若能在個人比賽與雙打比賽中不斷獲得第一名，應該可以穩穩地拿下冠軍。」

「如果是那兩個人，就有充分的勝算呢。」

雖然非常有希望，就算這樣，要讓班級獲勝，光靠他們兩人的力量還是不夠。

即使是東拼西湊，也需要儘快建立能夠暫時合作的體制。

「這麼說來，須藤同學來拜託我，說今天放學後想在社團活動前跟我見個面。該不會這背後和綾小路同學有關？」

「我什麼也沒做。應該是須藤自己思考之後，決定要拜託你的吧？」

「大概是跟篠原同學相關的事情吧。」

「須藤也認為不能就這樣放著不管吧。」

「但小美怎麼辦？」

「我在想那邊由我來處理好了。」

「由清隆同學你嗎？」

我表示要放置或者交給適當的人才處理，洋介便面露難色。在這次騷動中，他特別拘泥於小美，是因為覺得「自己有錯」的因素比其他學生都更加強烈吧。當然，洋介完全沒錯就是了。

一直貫徹靜觀其變的我，判斷只有小美需要有人稍微幫她一把。

不能把洋介當成關鍵人物使用，也是理由之一。

儘管如此也只能去做

最後一次看到櫛田同學，是在上週末的特別考試時。

那之後過了一個星期，直到星期五的放學後，我一次也沒見過她的身影。

不僅如此，王同學和長谷部同學也沒有來上學。

從星期一到星期五的五天期間，她們已經五天沒來上學了。

這段期間事情當然也不會等人，就這樣不斷消逝。

為了體育祭仔細地進行討論與事先調查，學生會的工作，與平常的課業。我一直從正面不斷承受著蜂擁而上的波浪，有時也會覺得膝蓋在顫抖，差點往後倒下。

但是，我不能在此時此地倒下。

我宣言絕對會帶櫛田同學回來，卻還沒獲得任何成果，這樣的我根本沒有唉聲嘆氣的權利。

我有幾次想要聯絡綾小路同學，但還是打消了念頭。

若是開口求助，他可能會伸出援手。

也可能會幫忙導出我在尋求的答案。

但是，至少這次的事情必須由我靠自己的力量解決才行。

「班會到此結束。」

茶柱老師結束今天最後一場班會，離開教室後，我立刻追了上去。

「老師，方便跟您聊一下嗎？」

「我是無所謂……對了，我們邊走邊聊吧。」

這個時間去上廁所的學生也很多，因此在走廊上很引人注目。

茶柱老師察覺到這邊的意圖，便提議邊走邊聊。

「櫛田同學、王同學和長谷部同學已經缺課五天了。」

「是啊。其中兩人表面上還是一樣會聯絡我說要請病假，但沒有出現在應該要就診的醫院。

至於長谷部則是一味主張要請假，沒有說明任何詳情。」

絕對不能說是完美的缺課方式。

這種粗暴的拒絕上學方式，感覺也像對我的懲罰。

「她們是否處於一直在接受嚴厲懲罰的狀態呢？」

大概無法聽到什麼具體的答案吧，但我還是試著詢問看看。

「妳用不著那麼擔心。尤其是像王與櫛田這樣的模範生們，在校方制定的規則上會被給予較長的緩衝期。至於長谷部因為不是問題人物，目前也沒有演變成多嚴重的事態。如果是沒有什麼實際成績或平日素行不良的人，就另當別論了。」

「多虧了她們平日素行良好——是這麼回事嗎？」

「就是這麼回事。而且，有明明活力充沛卻很會找理由缺課的學生，也有笨拙地傷透了心，鬱悶一個星期都走不出來的學生。要看透真相十分困難。既然如此，只能觀察學生到目前為止在學校生活的態度和成績來判斷。」

光是聽到她告訴我這些事，就感覺我的內心變輕鬆不少。

「再說學校也不是魔鬼。不會想要硬逼學生上學，侵蝕孩子的心靈。總之，目前缺課的三人至今都沒有遲到的紀錄，上課態度也很認真。她們充分具備給予緩衝期的資格。」

茶柱老師用溫和的語調這麼告訴我。

她看起來跟平常判若兩人，甚至讓人覺得背後是否有什麼陰謀。

曾聽班上同學在談論茶柱老師以特別考試為契機產生了變化，看來說不定是真的。

「最重要的是，校方也理解自己在實施嚴苛的特別考試。」

就算發生讓人缺課的事情也不奇怪，所以現在才會被原諒這麼做呢……

確認周遭沒有人之後，茶柱老師暫且停下腳步。

「不過，也差不多快到期限了。假如她們下星期也繼續缺席，你們拚命獲得的一百點也會毫不留情地逐漸減少。」

趁這個週末想辦法解決吧——這是老師話中隱藏的訊息。

但是，我真的能回應那個訊息嗎？

明明原本只打算詢問目前的狀況，自己的軟弱卻開始慢慢顯露出來。

「謝謝老師，真的幫了大忙。」

「等等，堀北。妳應該還有什麼話想說吧？」

「……沒有，不能再給老師添更多麻煩了。」

「不聽聽看怎麼會知道是否算麻煩呢。還有一點時間，就算只是找個人說說，也會輕鬆一點吧？」

茶柱老師完全看透了我膚淺的精神狀態呢。

要說不會感到猶豫是騙人的，但我決定先鼓起勇氣試著說出來。

「我讓佐倉同學退學，獲得了班級點數。這樣的行為真的正確嗎？」

「妳對自己的決斷感到後悔嗎？」

「當時我自認是正確的判斷。可是……老實說，我現在感到動搖。」

「雖然很想告訴妳答案，但我實在無能為力。」

「我明白。您身為教師，不能回答這種問題呢。」

「不是那樣的。只是在目前這個時間點，還無法證明妳是正確的而已。確實也有學生認為妳的決斷略微獨裁且只顧自己方便吧。畢竟妳也因為別人的評價感到痛苦，開始覺得自己選錯了答案嘛。」

這番話真是刺耳呢，我無法反駁。

「不過，這是那麼重要的事情嗎？無論怎樣的人，都沒有打從一開始就很完美的人。會算錯簡單的加法和乘法，從錯誤中學習，然後繼續向前進。我也是沿著充滿錯誤的人生在前進。」

「老師也……一樣嗎？」

「接受相同的特別考試時也是。別說正確或不正確，我甚至無法在時間內做出回答。關於這點，妳則是給了一個答案。妳算是做得很好了吧。沒有人不用累積經驗就能拿到一百分。在那場特別考試的階段，妳被認同為領袖，獲得了權限。然後抱持切割掉某人的覺悟守護了櫛田。妳接下來要讓其他人認同那是正確解答。」

老師說的話很像一個老師。

因為至今幾乎沒發生過這種事，我感到有些困惑。

「可以不用在目前這個階段試圖拿到一百分。要合理地切割掉ＯＡＡ最後一名，或是以約定為優先接受不便之處——畢竟妳碰到的是這種二選一。」

「說得……也是呢……」

我明白。雖然明白，還是會感到迷惘。

「不過——我也在想自己那時說不定變得看不見周圍。我不禁會想倘若能更用心傾聽，說不定能得出更好的正確解答。」

「人有時也會變得看不見周圍。然後在冷靜下來後，有時也會迷惘自己的判斷是否正確。」

可是，我沒有那樣的經驗。我十分懊悔，在無意識中握緊了拳頭。

「這是因為妳到目前為止所做的判斷，說好聽點是正統，說難聽點就是單純吧？當然，那才是普通的作法。是這所學校的特異性首次要求妳做出新的選擇。」

「是……」

雖然收到強而有力的建議，我還是無法找到適合的答案。我大概露出了很窩囊的表情，但茶柱老師並未感到傻眼，反而十分溫柔地對待著我。

「妳是在校方提出的規則中奮戰的吧？」

「可是，我打破了不會讓叛徒以外的人退學的約定。」

「妳打從一開始就決定守護櫛田，為了讓大家投下贊成票，才撒謊跟大家那麼約定的嗎？」

「不是！那時我真的是抱持著那種覺悟……我說真的。」

「既然這樣，就沒有任何問題。遵守約定是很重要的事情。不過，就算是大人，有時也會違反約定。我明白妳之所以會改變想法，是因為妳察覺到留下櫛田才是正確解答，而做出那樣的行動。對於現在瞧不起妳的人，要不當一回事或直接無視都是妳的自由。有人會繼續跟隨妳，也有人不會。要把將近四十個人的班級統合起來這種事，就算是龍園、坂柳或一之瀨，也無法輕易地辦到。其他學生也是，即使表面上唯唯諾諾，也不曉得內心其實是怎麼想的吧。」

茶柱老師這麼說道，溫柔地將手搭到我的肩上。

「別害怕失敗。我不想當個不會認同、無法原諒孩子失敗的大人。」

「老師，我還不算已經失敗了。」

「……說得也是啊。只不過，我的意思是我打算守望妳做出的選擇直到最後。」

老師露出有一點傷腦筋的表情後，重新看向我的雙眼。

她嚴厲卻充滿愛的細心話語，讓我有些說不出話來。

「您變了呢，茶柱老師。」

本來不打算說出口的，卻不禁說了出來。因為這是我坦率地感受到的真心話。

「至今一直冷淡對待學生的我，現在才擺出教師的樣子，很奇怪嗎？」

「有一點驚訝，但並不奇怪。」

「是嗎，那就好。」

茶柱老師好像也覺得說太多了，她咳了兩聲清喉嚨，改變話題。

「關於櫛田的事情，綾小路有表示什麼嗎？」

「您說綾小路同學嗎……？不，他沒有表示什麼。硬要說的話，感覺他像是在觀察我會怎麼

做。」

「原來如此。也就是說那傢伙認為這是應該由妳來解決的事情吧？」

「說不定只是他受不了我這種單純的任性。」

「這可難說。不過，綾小路在櫛田那件事中做了很果斷的行動。假如他無法信任妳，我很難想像他會這樣放置不管。」

「您對綾小路同學有很高的評價呢。我記得老師曾經說過綾小路同學是最嚴重的瑕疵品。」

「妳竟然記得那麼古早的發言啊。」

「他比ＯＡＡ的評價還要優秀。」

「妳對他的信賴與評價，也上升了不少啊。」

「雖然在個性上多少有些缺陷，但這也不是他才有的問題……之前那番話是什麼意思呢？還是老師誤會了？」

綾小路同學無庸置疑地十分優秀，比我這種人更加冷靜且沉著。

我感受不到他被揶揄成瑕疵品的要素。

「妳沒必要把教師的每一句發言都當真。妳跟他共有的相同時光，是我的好幾倍吧？」

「就算這樣，還是希望老師可以告訴我。」

「……這個嘛，我對他的評價從以前到現在都沒變。不，我認為那評價的可信度更高了。」

綾小路同學是瑕疵品——老師沒有改變這句話是真實的主張。

「可是，現在要為那件事感到煩惱還太早嘍。因為妳有其他必須儘快解決才行的問題啊。」

「說得……也是呢。」

雖然感到在意也是事實，但那件事的確也可以等之後再說。我必須設法讓櫛田同學、王同學與長谷部同學三人來上學才行。

「櫛田很棘手嗎？」

「目前不管做什麼都是白費力氣。無論我造訪幾次或試著等待，她都不肯開門。」

「那還真是辛苦。」

姑且不論週末，平日我去上學的期間，她能夠到便利商店等地方盡情採購。

切斷她的糧道也毫無意義。

就算試圖用手機聯絡，她也沒有開機。

「她只是感受到我在門的另一頭手足無措的樣子，以此為樂吧。」

「無法斷言沒那回事啊。話雖如此，但假如妳不採取行動，事態就不會有進展，只會慢慢惡化。」

「是……」

「光靠自己的力量實在束手無策時，求助其他人的力量也是個辦法。」

「但是感覺會樂意協助說服櫛田同學的班上同學……頂多就平田同學吧。他現在應該也無暇顧及到這邊吧。」

他正忙著善後王同學和篠原同學她們的問題。

「如果是平田，的確能幫上……不，但假如對象是櫛田，可就難說了吧。正攻法、理智、好人——就算帶那種人過去，我也不覺得緊閉的房門會輕易地打開。」

「總覺得好像也能理解老師想說的話，因為她並不坦率。」

「不巧的是我目前沒有想到適合的人選，但妳多留意同班同學以外的人，或許也不錯喔。」

「但是要說服櫛田同學，表示要面對她的真心。把這件事告訴外人會造成相當大的損害。」

「衡量利弊也是必要的功課吧。不過，告訴別人這件事未必一定不能獲得原諒。例如我們這些教師，有一部分知道櫛田的過去，即使是不知情的其他教師，只要慎選對象，他們也不會洩漏出去吧。我認為祕密這種東西，有跟沒有一樣就是了。」

能夠打動櫛田同學心靈的人物……

不，就算無法打動心靈，只要有人能夠成為打破僵局的關鍵……

「我差不多該走了。或許是多管閒事，但最後再讓我說一句話吧。最重要的是堀北妳想怎麼處置櫛田，妳要仔細思考這件事。」

我想怎麼處置櫛田同學……嗎？

「謝謝您，老師。託您的福，我下定決心了。」

即使還沒有想出答案，但用來掙扎的活力又再次湧現了。

「別放在心上。身為教師，這種程度的事情——一定是理所當然的吧。」

茶柱老師這麼說完，回到職員室。

我從樓梯這邊目送著她，直到看不見她的背影為止。

1

在櫸樹購物中心買完東西，回到宿舍後，我發現伊吹同學在電梯旁邊瞪著入口看的身影。

我無視她並按下電梯的按鈕，於是她宛如決堤似的發起脾氣。

「別無視我！」

她用唾液彷彿會噴到臉上的氣勢逼近過來。

明明我接下來要展開有所覺悟的長期戰，她究竟想做什麼呢？

即使就這樣搭進電梯，感覺她也會跟過來呢。

我無可奈何地停下腳步，目送打開了門迎接我的電梯。

「無視？妳找我有什麼事嗎？」

「這個！這篇文章是什麼意思呀？告訴我答案啦。」

她瞪著我看的同時，將手機的畫面擺到我眼前。

刺眼的光芒照亮著眼球，只能看見白光。

「妳是笨蛋嗎？這樣近到都看不見了，可以再稍微離遠一點嗎？」

「真是的！看好！」

雖然她真的只有稍微離遠一點，但光是看到一部分內容，我就立刻猜到上面寫著什麼了。

「是一篇讓人感到佩服，寫得很好的文章呢。一定是充滿知性的人寫的吧。」

「妳別自賣自誇了！話說，這篇文章那裡稱得上充滿知性？」

「妳試著唸出聲，應該就會明白了吧？」

「什麼？『如果妳因為與我無關的事情退學，當然算是妳輸給了我。妳最好別變成那種傻瓜喲』……這哪裡知性？不對，不管這個了，快告訴我意思啦！」

「妳唸了還是不明白嗎？」

「完全不懂。我這星期一直在思考，但還是不明白。那又怎麼樣？」

她從鼻子發出哼的一聲，雙手交叉環胸。

她無法把簡單的忠告當成忠告來理解，實在出乎我的意料之外呀……

不，反倒想當成有發揮潛在性的效果呢。

「妳現在問這些也沒有意義喲，畢竟看來沒有問題。」

「啥？什麼意思？妳再說明得簡單一點，讓我也能聽懂啦。」

她的理解力真的很糟糕呢。

天分都點在運動神經和格鬥能力上面了嗎……

「我是為了不讓妳被退學，才傳授了祕密策略給妳。因為妳好像不受同班同學喜歡，假如出現跟退學相關的課題，妳也可能會有危險。如果我像這樣激勵妳，妳就算不願意，也會試圖留在學校對吧？」

「難道說……妳在擔心我？」

她並非感到驚訝，而是打從心底露出覺得噁心的表情，退避三舍。

「妳別擅自那樣解釋。我只是還有事情想要請妳協助而已。要是人手變得不足會很傷腦筋，而且就算妳在上次的特別考試中被退學，也只是龍園同學的班級會獲得一百點，妳的退出不會造成任何損傷。既然都要退場，不如請妳在有懲罰的考試中消失，還比較划算。」

即使我這麼解釋，她也絲毫沒有露出感到信服的表情。

「我可以回去了嗎？」

儘管一言不發地在生氣，她仍然讓路給我，我瞥了那樣的她一眼，再次按下電梯的按鈕。

然後在搭進電梯裡時，我發現伊吹同學沒有追上來。

「妳不回房間嗎？」

「我不想跟妳一起搭電梯。」

「真幼稚呢，我們不是碰巧一起搭過幾次了嗎？」

「我現在沒那個心情。」

「是嗎，那隨妳高興。」

我按下關門鈕，前往櫛田同學居住的樓層。

接下來必須一直堅持到她願意打開房門為止。

在逐漸上升的電梯裡，我思考著這樣真的能打破僵局嗎？

如果不想一些其他辦法，情況應該不會改變吧？既然如此，我接下來要做的事情只是在浪費時間。抵達目的地的樓層後，電梯門打開了。

但我無法踏出前往外面的一步，僵硬在原地。

該怎麼做，該怎麼做才能夠與櫛田同學對話呢……

只有時間不斷流逝，電梯門就這樣關上了。

在我按下開門鈕前，電梯動了起來，開始往樓下移動。

「真是的，我真沒用呢。」

在抱持這種雜念的狀態下，就算能與櫛田同學面對面，最好也別認為能夠說服她。感覺好像白費了茶柱老師給的溫暖建議一般，實在過意不去。

電梯筆直地回到一樓。

電梯門打開後，低頭看著手機的伊吹同學沒有注意到這邊，踏出一步。然後她感覺到電梯內有人而抬起頭，看到我之後微微地發出了聲音。

「為、為什麼妳會在這裡呀？」

關於這一點，她會嚇到的確也很正常。

「妳不搭嗎？」

「我說過不會搭了吧！妳故意的？」

我搖了搖頭，伸手打算再次按下關門鈕。

這時，我看到移開視線的伊吹同學，總覺得有些在意。

在按下關門鈕的前一刻，我將手滑到開門鈕上，目不轉睛地盯著她看。

而她對電梯遲遲沒有關門這件事感到可疑，並看向這邊。

說不定打破僵局的關鍵就掉落在意外之處。

這應該是實踐茶柱老師的建議之時吧……

「怎樣啦？」

「……我在想乾脆請妳協助好了。」

「啥？」

雖然這會是很大的賭博，但說不定能成為打破膠著狀態的素材。

我一直看不見打破僵局的關鍵，說不定可以打破這種僵局的是令人意外的伏兵。

儘管覺得這麼做有些魯莽，但現在只能嘗試各種方法了呢。

「進來吧。」

「妳要我說幾次我不會跟妳一起搭電梯？」

「別說這麼多，進來就是了。」

「……搞什麼呀。」

確認伊吹同學即使感到煩躁，仍然搭進電梯後，我按下關門鈕。

「我有事情想請妳陪我商量。」

「啥啊啊啊啊？要我陪妳商量？不不，我怎麼可能答應啊。」

「但妳不是搭上電梯了嗎？」（註：這邊的「答應」跟「搭」電梯，在日文中都是使用「乗る」這個動詞。）

「是妳叫我搭的吧。」

「既然這樣，答應陪我商量也無妨吧？」

「不，這根本不合邏輯吧。」

「這對妳而言也不是壞事。然後，關於要商量的內容——」

「妳別擅自說下去啦。光是妳要找我商量這件事，就已經是壞事了耶？」

就在我們進行這樣的對話時，電梯抵達櫛田同學的房間所在的樓層。

我先走出電梯，接著轉頭看向還在電梯裡的伊吹同學。

「出來吧。畢竟這邊不曉得哪裡有人在偷看或偷聽，這也是為了保險起見。」

「我才不管，我要回去了。簡直莫名其妙耶。」

伊吹同學按下關門鈕想打道回府，但電梯門沒有關上。

「看來電梯也希望妳出來呢。」

「是因為妳從外面按鈕在妨礙我吧！」

「話說回來，妳有喜歡的東西嗎？例如很重視的事物之類的。」

「……這有什麼關係嗎？」

「別管那麼多，回答我。」

「——唔。」

「唔？」

「不，啊～啊……是什麼呢？我完全想不到，大概是草莓什麼的。」

「妳舉的例子意外地可愛呢……夠了，忘了剛才的話題吧。」

「是妳先開口問的，這什麼意思呀！話說妳差不多該把手從按鈕上放開了吧？」

伊吹同學變得越來越不高興，我決定開口切入主題。

我領悟到趕緊共享話題，將事情往前推進也對她比較好。

「我接下來要去見櫛田同學。」

「所以呢？妳擅自去見她就好了吧。」

她「啪啪」地狂按關門鈕，但當然毫無意義。

「事情沒那麼簡單呀。她這一星期都曠課，一次也沒露面。就算造訪宿舍，她也完全沒有要出來的樣子。我想請妳把她從房間帶出來，妳明白了嗎？」

「啥？慢點，為什麼我得做那種事才行呀？」

「這也是在幫助人喲。」

「我才不管咧。即使對象是自己班的人都不會這麼做了，我怎麼可能協助妳的班級呀？」

我早就算到儘管告訴伊吹同學這件事，她也不可能爽快地答應幫忙。

但如果有好處，就另當別論了。

因為電梯門一直開著，警告聲開始「嗶嗶」地響起。

「好吧。既然這樣，我給妳成功的報酬。」

「我才不需要。妳要是以為錢能打動我，就大錯特錯了。」

「嗯，是那樣沒錯吧。但我提供的報酬，應該會是妳強烈期望的東西喲。」

「……我不覺得有那種東西就是了。」

伊吹同學的心無法輕易打動。但只要拿出某樣東西，她的想法就會一百八十度大轉變。

「在體育祭中，可以事先登記最多五項想參加的比賽對吧。可以自由選擇要參加哪種比賽或哪一組。雖然這種措施的主要目的是讓學生用來達成必須項目，或者避開強敵……但相反地也是能夠與希望的對象戰鬥的系統。」

我說明到這邊時，原本毫無幹勁的伊吹同學雙眼發亮起來。

「我想妳一定為了跟我戰鬥一直在等待，沒有預約對吧？但是，不巧的是我不打算到最後一刻才決定。視情況而定，我也很有可能專挑剩最後一個名額的比賽報名。換言之，就算妳想伺機而動，也永遠沒有機會跟我戰鬥。」

「……妳的意思是只要我肯幫忙，妳就會跟我戰鬥？」

「對，妳可以挑一項喜歡的比賽和我戰鬥。當然為了班級，我是完全不會手下留情的，所以妳會無法獲得勝利分數。如果這樣妳也無所謂的話。」

「哈！挺有意思的嘛。但是我無法接受才一項比賽。最少也要三項。如果妳肯以兩勝一敗的形式跟我決勝負，我就協助妳。」

「三項？真是獅子大開口呢……」

警告聲響徹周圍，我擺出在思考的模樣。

「我不會讓步的。」

我想也是。只憑一項比賽就決定勝負會讓人無法接受這點，我也有同感。

話雖如此，但要是比兩場或四場，也可能會打成平手。雖然打從一開始，比三場決勝負就在我設想的範圍內，但如果開頭就這麼提議，伊吹同學也可能會要求比五場。

假如妳比三場就能接受，這個妥協的條件就跟預定的一樣呢。

「……好吧，我會配合妳參加三場比賽，這樣就行了嗎？」

「就這麼說定，不准之後反悔。」

伊吹同學這麼說道，走出了電梯。

我鬆手放開按鈕，於是電梯緩緩地開始關上門。

「當然了。只不過──要請妳幫忙到這次事情解決為止喲。」

「妳明確地告訴我怎樣才算達成目標吧。」

「就是讓櫛田同學從星期一開始來上學，就只有這樣。」

「感覺很簡單呢。話說就算櫛田缺課，那又怎樣啊？無論誰都會有身體不舒服的時候吧？」

茶柱老師說過關於櫛田同學的祕密，其實有跟沒有一樣。

只是重點在於這並非可以隨便洩漏出去的事情。

我決定坦率地聽從那個建議，說出一切。

假若伊吹同學是那種會到處張揚的學生，只代表我沒有看人的眼光。

即使會把自己逼入更糟糕的絕境，現在也需要突破困境的道路。

告訴她的內容是關於櫛田同學的事。當然，我不會故意隱瞞。

伊吹同學應該也知道櫛田同學至今過著怎樣的生活。但是，我向她說明櫛田同學的本性與想法，還有直到變成現在這種狀況為止的細節。

在我進行說明的時候，伊吹同學看起來興趣缺缺似的隨便面向其他方向聆聽著。

一般來說，看到對方表現出這種態度，可能會感到不滿，但不可思議的是，我卻覺得自己好像被她這種態度給救贖了。我將櫛田同學現在為何會曠課的原因一五一十地說明完畢後，伊吹同學感到傻眼似的嘆了口氣。

「真無聊。」

伊吹同學對櫛田同學的本性絲毫不感興趣，平淡地針對事實述說感想。

「妳沒有大吃一驚呢，妳原本就知道些什麼？」

「並沒有。只不過，我不相信有什麼正經的好人。無論是櫛田、平田還是一之瀨都一樣。越是愛擺出我是好人樣的傢伙，背地裡肯定越是陰險。」

「妳的想法很有意思呢。」

說不定意外地有一針見血的部分。

「那麼，龍園同學在妳心中的評價相當高嗎？畢竟他在表面上……不，包括私下在內，都不是個好人。」

「我更討厭他。要順便說的話，我最近也討厭起像綾小路那樣好像人畜無害的傢伙。讓人超級不爽。」

到了這種地步，反而讓人好奇這世上有人能讓伊吹同學抱持好感嗎？

「哎，我不討厭把那種傢伙拉出來。我反倒想問她至今一直裝好人的事情被揭穿，感覺怎麼樣呢。」

如果伊吹同學做得太過火，我必須阻止她才行，但感覺我似乎有必要效法一下那種強硬的態度呢。

「只要把窩在房間裡的櫛田拉出來就行了吧？」

「對。」

伊吹同學相當有自信，她腳步輕盈地走向櫛田同學的房間前。

「妳打算一個人動手？」

「妳安靜地在旁邊看著。」

既然這樣，讓我見識一下她的本領吧。

伊吹同學走到櫛田同學的房間前面，接著突然按住肚子，當場蹲了下來。

「……啊，好痛……好痛啊！」

然後她發出響徹走廊的哀號。

我有一瞬間無法理解她在做什麼，茫然地注視著那光景。

「肚、肚子突然好痛……不、不行，我撐不到回房間……！」

咦……肚子痛？難道這就是妳想到的方法？

用借洗手間這個理由，讓櫛田同學開門？

姑且不論這種老套的想法，演技實在差勁到無藥可救……

說到底，伊吹同學的房間根本不在這層樓。

就算在同一層樓，衝回自己房間肯定也比較快。

「廁、廁所，借一下廁所！」

她迅速地狂按櫛田同學房間的門鈴，想叫她出來。

即使持續這樣的動作大約十秒鐘，櫛田同學也沒有要從裡面出來的樣子。

問題已經不在於我跟這次事情是否相關了……

很明顯地搬錯救兵，我不禁想抱頭苦惱。

持續演了幾十秒後，伊吹同學露出嚴肅的表情，回到這邊來。

「她應該不在家吧？」

「我想她肯定待在房間裡。」

「真的嗎？如果不會被剛才那樣的演技騙到，櫛田那傢伙挺冷血的耶。」

「是、是呀。」

因為她好像是認真地這麼說，這時還是別吐槽比較好呢。

我指示伊吹同學安靜地跟我走，然後打開電表箱，裡面安裝著櫛田同學房間的電表。

「這裡可以看見圓盤對吧？假如這個圓盤轉動的速度緩慢，她不在家的可能性很高。但倘若她在家裡使用電視或電腦，轉動速度就會變快。」

目前圓盤的轉動速度略微快速。

「這樣妳就知道她在家的可能性比較高了吧？」

「……妳居然知道這種像小偷一樣的事情呢。」

「上週末在等她出門的期間，我也做了不少功課。嚴禁濫用喲。」

不，我才不會那麼做——伊吹同學用冷淡的眼神看向我。

「妳有想到其他方法嗎？若沒有，可能要立刻向妳發出戰力外通告（註：日本職棒術語，指球員已被排除在球隊戰力外）——」

「我搞錯作法了。」

「咦？」

「雖然要賭一把，不過沒差吧？我會強硬地把櫛田給拉出來。」

儘管覺得想要她提出根據，但看到她的氣魄，我判斷可以再一次交給她處理。

我保持距離，然後她再度走到櫛田同學房門前——

「欸，櫛田。我聽說了很多關於妳的事。據說妳至今一直裝乖的事，在考試中穿幫了啊？」

我還以為她要做什麼，結果她竟然開始痛罵櫛田同學。

大腦有一瞬間運轉起來，認為應該阻止她，但就算那麼做也沒有意義。

因為就算阻止伊吹同學，她說的話也已經傳入櫛田同學耳中了吧。

「還真是難看啊。從人氣王第一名跌落下來的感覺如何？啊，如果要論好人排行榜，一之瀨還在妳之上嗎？從第二名跌落下來的感覺如何？」

與剛才生硬的演技相比，她煽風點火的技術要好太多了呢。

會絕妙地感到火大，大概是因為說的人是伊吹同學吧。

但沒有聽到任何回應。果然不能用粗暴療法嗎……

站在房門前的伊吹同學面不改色，而且也沒有要住口的意思。

「讓我看看妳窩囊的表情嘛。」

她還用右腳腳尖以挺強的力道踢著房門。

「剛才堀北害我累積不少壓力，我實在很想消除一下壓力呢。」

伊吹同學絲毫沒有想要拯救櫛田同學的意思。

她對八成待在房門另一頭的櫛田同學宣洩這些真心話。

「踹別人的房門或許挺紓壓呢，我也稍微能理解龍園的心情了。」

她用力地反覆踹門的行動，像是也為了讓自己發洩了。

在她這樣踹了幾次門後，從室內傳來了聲響。

伊吹同學不管室內的動靜，打算更用力地踹門時，房間的門鎖突然打開了。

「——這樣讓我很困擾，可以請妳停止嗎，伊吹同學？」

便服打扮的櫛田同學現身了。

沒想到櫛田同學竟然會對伊吹同學這種粗暴的作法產生反應……

我這一星期來的努力究竟算什麼呢？我有點受到打擊。

「看吧，出來啦。妳果然是這種傢伙。」

伊吹同學對櫛田同學的性格瞭若指掌，說不定其中有伊吹同學才能理解的部分。

「妳那種誤會讓人很不爽，可以住口嗎？」

「哦？原來是這種感覺呀？比起裝乖的妳，這樣還讓人比較有好感呢。」

「我一次也沒有對妳抱持好感過喲，就跟那邊的堀北同學一樣。」

從她還會加同學稱呼這點來看，她的精神狀態似乎穩定下來了呢。

因為躲藏起來也沒有意義，我不客氣地走到櫛田同學的房間前面。

「方便的話，能讓我們進去房間嗎？我在外面等到很疲憊了。」

「哎，就算想關上門也沒用啦。」

伊吹同學將一隻腳牢牢地卡在房門縫隙間，因此櫛田同學無法關上門。

櫛田同學目不轉睛地俯視伊吹同學伸出的那隻腳，然後狠狠地踩了下去。

「——痛！」

櫛田同學不斷用力地轉動腳踝踐踏，伊吹同學也沒有要收回腳的意思。

「真的耶，門關不上呢。」

「妳給我差不多——一點！」

在伊吹同學試圖強硬地開門闖入時，櫛田同學立刻往後退，一臉嚴肅地迎接我們進門。

「請進吧，這說不定是第一次也是最後一次，慢慢坐吧。」

她的說法彷彿別有含意，她應該抱持著這種程度的覺悟吧。

一直維持現狀讓班級感到困擾，對櫛田同學而言是輕而易舉的事。她肯定是因為下定了某種決心，才邀請我們進房。

這是第一次也是最後一次的機會——想必是這樣吧。櫛田同學的房間讓人一眼就能看出她維持得很乾淨整齊。在愛乾淨這點上，她給人比我更加注重整潔的印象。

「哦、哦~妳收拾得還算整齊嘛。」

伊吹同學露出感到佩服與驚訝的模樣，環顧房間裡面並這麼說道。

櫛田同學看到她這種態度，回道：

「感覺伊吹同學的房間很雜亂，四處還散落著脫下來的衣服呢。」

「唔……妳、妳明明沒看過，懂什麼呀？」

不管怎麼看，都能明顯看出被說中了事實啊……

「坐下吧，我不會端飲料或點心出來招待，沒差吧？」

「嗯，不用費心。」

被櫛田同學催促坐下的我們，有一瞬間四目交接後，保持距離坐在同一邊。

櫛田同學坐在我們的對面，變成隔著桌子二對一的狀況。

「那麼，妳們好像一直在我房間前吵鬧，到底有什麼目的？」

「妳應該明白吧？是關於妳這一星期都曠課沒來學校的事情。」

「是喔。」

櫛田同學漠不關心地回應，接著說道：

「明明都發生了那種事情，妳覺得我還能去上學？雖然不會感到驚訝，但妳也跟這女生講了我的事情對吧？妳這樣算一種報復行為吧。」

「不是那樣的，她不會隨便告訴別人。」

「哦？妳很信任她嘛？」

「並沒有，純粹只是她沒人可以說而已。」

「喂。」

伊吹同學用拳頭敲打桌子並瞪著這邊看，但我無視她。因為我說的是事實嘛。

「就算是那樣，妳也沒有顧慮到對方的心情呢，我感到受傷了。」

「妳有資格說這種話嗎？」

「就算我沒資格，這也不構成堀北同學可以不用顧慮別人心情的理由吧？」

我們立刻展開銳利的言語交鋒。

「將話題往前推進吧，我很清楚自己有思慮不周之處。可是一開始抱持敵意設下圈套的人是妳，沒錯吧？」

櫛田同學原本只是單純的同班同學。

然而她始終把我當成應該退學的對象。

「關於這點我不會否認。但那也沒辦法吧，因為我實在無法忍耐呀。」

「我該怎麼做才好呢？就算現在回顧過往，也想不到明確的答案。」

「我明白喲。畢竟我也思考過好幾次相同的事情。然後我找到了一個結論——為了無法忍受堀北同學存在的我，妳應該積極地自主退學吧？」

「別強人所難好嗎？那不是結論，只是單純的謬論。」

「是謬論呢。不過只有這個謬論可行呀。」

即使她會回答我的問題，但實在難以說是友善的對話。

可是這就是櫛田同學的真心話，這點也是千真萬確的吧。

一開始打算多少聽聽她怎麼說的伊吹同學，雙眼漸漸變成死魚眼。

「妳能把一切都當成過去的事，協助我們嗎？」

「雖然早就知道妳要講這些啦，別笑死我好嗎？」

「妳具備那樣的實力與價值。」

「我知道。」

她甚至沒有露出謙虛的態度，立刻這麼回答。

「超級自我意識過剩……」

對於這麼小聲低喃的伊吹同學，櫛田同學沒有訂正自己的話，而是補上一句：

「會嗎？我不那麼認為。」

「我也不那麼認為呢。我不認為妳的實力很厲害，要不然我們在這裡比一場？」

伊吹同學這麼說完，握緊拳頭。

「伊吹同學比想像中還要蠢呢。所謂的實力不是指那麼回事喲？去看看ＯＡＡ如何？在這所學校的實力要看ＯＡＡ的成績好壞吧。我想我跟妳之間的差距比想像中更大喲？」

伊吹同學露出不滿的表情，彷彿想說等著瞧似的拿出手機，確認ＯＡＡ。

然後她比較了櫛田同學跟自己的綜合能力之後，臉色蒼白起來，默默地關掉了手機。

「希望妳為了班級活用那份強大的實力。要是繼續無故曠課，妳的座位遲早會消失不見。」

「已經不見了吧。哎，這也難怪啦。以堀北同學的立場來看，妳抱持會遭到反感的覺悟，反對讓我退學對吧？所以若我派不上用場，會傷腦筋的是妳自己。我很能理解妳像這樣拚命想要說服我的心情喲。」

櫛田同學應當也很清楚班級的狀況。

「我輸了。我已經沒有任何容身之處。但是，那場全場一致特別考試，我在最後一刻會那麼安分，是為了儘可能給妳造成損傷。只要我今後也繼續曠課，校方就會懲罰有學生拒絕上學的班級對吧？然後受到懲罰的責任問題就會落到妳身上喲。」

確實，要是櫛田同學就這樣繼續曠課，班級就會彷彿不斷在服毒一樣，持續受到損傷。雖然遲早可能會因為特別考試，讓她的拒絕上學戰略走投無路，但櫛田同學仍可以漂亮地達成復仇。

「這對妳沒有好處喲。」

「現在才說這些也太晚了。既然已經沒有東西可以失去，想要儘可能多拉一點人陪葬，是很正常的吧？」

「啥？那才不正常。妳別因為ＯＡＡ的數字稍微好看一點，就得意忘形起來。」

「即便我是抱著一半好玩的心情邀妳進來，但這麼做好像是對的呢。妳這人很有趣喲，伊吹同學。要是只有我跟堀北同學，八成只會變成很無聊的對話吧。的確，或許用『正常』來形容是錯的。對我而言的正常，一定是所謂的異常吧。」

「意思是妳承認自己是異常者？」

「自己是第一我才會心滿意足，我無法容忍對自己不利的事物。」

「真噁心。」

「這也沒辦法吧，因為我沒辦法改變這種想法。這是天生的喲。」

被人說是遷怒或反過來記恨也無所謂。

彷彿大徹大悟一般讓心情冷靜下來的櫛田同學，比平常還要更加詭異。

比她激動地大喊大叫、暴露出弱點那時要棘手許多。

「在校方強制採取行動前，我會繼續拒絕上學。」

櫛田同學宣言她今後也會繼續這種抱持玉碎覺悟的攻擊。

就某種意義可說是無敵的她，平淡地表示：

「妳要怎麼做？」

「沒什麼好做的，我只能像這樣不斷跟妳對話。」

「妳完全沒有對策呢，跟綾小路同學有天壤之別。」

在綾小路同學的名字出現時，伊吹同學的耳朵抽動了一下。

「明明以為是我占上風，他卻一點也不著急。豈止如此，還擬定了反過來利用我的計畫。我覺得他是不能與之為敵的對象呢。」

「那個人——是呀。他可能擁有可以看透各種未來的力量。我最近才察覺到這件事。」

「那跟我一樣呢。」

「是呀。」

之後稍微陷入了沉默。

「妳也真是個傻瓜呢，堀北同學。明明把我切割掉就輕鬆多了。」

「我說不定是個傻瓜呢。毫無根據的直覺、毫無根據的自信。被人這麼認為也沒辦法。但是妳確實是個優秀的學生，這點無從懷疑。雖然對於知道妳過去的我和綾小路同學，妳的衝動行為具備危害班級的因素，至少妳對班級持續貢獻了一年半的評價不會有所改變。」

櫛田同學這一路以來留下了足以自豪的成績。

「如果妳真的以讓班級感到困擾為最優先，妳只要照這樣繼續曠課，作為復仇或許會成功。應該說這樣就好了嗎？」

「妳想說什麼呢？」

「我在問妳這種程度就能滿足嗎？」

「我能滿足喲。因為我現在沒有更多奢望。無論妳講什麼長篇大論來說服我都沒用喲，我是不會點頭的。」

說服。聽到這樣的詞彙，讓我有一種魚刺卡在喉嚨裡的感覺。

我的確希望櫛田同學可以來上學。

因為我想證明自己的選擇沒有錯。

這是眼前的櫛田同學最清楚不過的事情。

但是，這是為了我自己。而對櫛田同學而言，很難說是最適合的答案。

「我說不定誤會了。」

「什麼意思？」

「我原本認為自己是來這裡『說服』妳的。可是，不是那樣子。結果那還是為了自己、為了班級，根本沒有考慮到妳的心情。」

「什麼？妳這次打算因為同情，用哭的讓我點頭嗎？」

「我只是察覺要帶妳到妳根本不想去的學校是一種錯誤。」

「既然這樣，話題可以結束了吧。只要我扯後腿，妳也會自動跌倒。如果我長期缺席的校園生活能讓妳感到痛苦，我會很開心的。」

「不用管我會怎樣。但是，這同時也會讓妳感到痛苦。」

「我會感到痛苦？那什麼意思？」

「因為妳明明還有應該要回去的地方，卻會失去那個地方。」

「妳變得挺會自說自話的嘛。都說我已經沒有可以回去的地方了。」

越是去想、去思考關於她的事情，就會有一種感情湧現上來。

「看著妳就會讓人很煩躁呢。」

「……啥？」

「就算想要貼近，但因為妳太幼稚，根本束手無策。簡單來說，妳只是選錯了所有選項。要是妳沒有企圖排除不會說出祕密、也根本不清楚細節的我，就不會變成這種局面了。綾小路同學的事情也是一樣。」

「我就說我無法忍耐了吧。」

「就是這點幼稚呀。因為無法忍耐所以大鬧……這不是跟小孩子一樣嗎？」

這番話先戳中了一直默默在旁聆聽的伊吹同學。

她不禁噴笑出聲。

櫛田同學對她的反應感到惱火，並表現出煩躁的態度。

「這點程度妳就忍耐一下吧。妳已經是高中生嘍？明明只是走路去教室而已，卻連這種事都辦不到。妳別一直躺在地上耍賴，快點靠自己站起來前進吧。」

「哈——妳真敢說呢，堀北同學。可是，我是個感到受傷的可憐女孩喲。如果現在去學校，會被同班同學排擠，無法像以前那樣生活。而妳居然想把我帶到那種令人難受的地方，還真殘酷呢。根本沒有貼近我的心情呀。」

「雖然我的立場沒資格說別人，妳現在難看到極點喲。」

「……………」

「妳的本性已經被全班知道了。沒有辦法再做什麼補救。所以妳要給班級添麻煩。即使妳在班上大哭大鬧的模樣看起來像個小孩子，但妳真的就是個幼稚的孩子。不，是幼兒呢。感覺好像在應付幼兒一樣。」

「別瞧不起人！」

她高舉起手，毫不留情地朝著我的臉頰揮落下來。

我冷靜地抓住她的手臂，用力地制伏住她。

「這也難怪別人想瞧不起妳吧。只為了自己的愉悅讓我和同班同學傷腦筋，會把這種事擺第

一的人，除了幼兒什麼都不是。」

「妳是要我一個人吃苦忍耐，協助妳和班上那些傢伙嗎？」

「妳別擅自解釋。聽好嘍？妳擁有穩固的實力。既然這樣，『為了妳自己』使用力量吧。周遭什麼的根本沒關係。假如妳為了自己行動、為了自己升上A班，那無庸置疑是妳的『功績』。然後妳利用A班的特權去做喜歡的事情就行了。若想做一樣的事，這次記得去沒有任何人知道妳過去的地方喲。」

瞪著我看的櫛田同學沒有發出下一句話。

「校園生活只剩下一年半喲。應該沒有多困難吧？過去這一年半來，妳只讓班上同學看到表面上的好人樣。這比那個更簡單。還是說就憑妳的實力，連這種事都辦不到呢？」

可以感受到櫛田同學被我握住的手，因憤怒而顫抖著。

但是，我找到了另一個結論。

「我只會來這麼一次。剩下的由妳自己去思考。如果都說到這種地步，妳還是要與我為敵的話——那妳已經無藥可救了。妳就一輩子當個小孩子吧。」

「在我停滯不前的期間，妳會繼續往前進……是嗎？」

即使沒有全部說出來，櫛田同學應當也能看見目前的狀況。

「妳會退學，我則是在A班畢業，實現自己的夢想。想必是很大的差距吧。」

自尊心強烈的櫛田同學想像了最討厭的我的未來，閉上雙眼。

從漫長的人生來看，校園生活占的比例很少。

「妳真的……認為我接下來還有機會回歸校園嗎？」

「這就要看妳了。妳自己決定要不要放軟態度吧。」

她原本還是非常用力的手臂，花上一段時間慢慢地放鬆下來。

「我就聽聽妳怎麼說，告訴我妳在思考的戰略吧。」

在經歷一番迂迴曲折後，終於抵達櫛田同學願意側耳傾聽的狀況。

但是，不能只為了讓她感覺舒服而粉飾太平。

必須述說用來讓她生存下去的計畫，讓她能信服才行。

我當場重新構築原本就存在的幾個暫定答案，同時推敲出理想的回答。

「妳現在還打算裝乖度過校園生活──」

「我沒那個打算。應該說辦不到吧？班上同學已經看到我的本性，無論發生什麼事情，都無法改變這個事實吧？」

「是呀。但換個說法，就是有可能對還沒看過妳本性的人重新裝乖對吧？」

櫛田同學稍微露出在思考的動作，然後低喃一聲：「這可難說。」

「到目前為止，只有堀北同學和綾小路同學等極少數的人知道真正的我。所以我對掩飾本性

這件事還不會感到猶豫，然而現在是以班級為單位增加了吧？不是只有聰明的人，其中也摻雜許多愚蠢又像混帳一樣的學生。」

櫛田同學說的話十分合理。但在我做出反應前，伊吹同學先有了反應。

「講話真毒！」

伊吹同學過敏地對「愚蠢又混帳」這個部分產生反應。

「又不是在說妳，怎樣都無所謂吧？」

「伊吹同學，如果妳無法保持安靜，要回去也行喲？」

「啊，是哦。那我要回去了。可以當作妳會遵守那個約定吧？」

對於打算站起來離開的她，我姑且先傳達應該告訴她的事情。

「不行喲。假如妳現在回去，就視為中途放棄，契約算無效。」

「啥啊啊啊？別開玩……啊～好啦，那我就安靜不說話，妳們快點講完。」

「契約？這個詞還真讓人在意呢。」

「我只是跟她約定如果她肯幫忙把妳帶到學校去，我會在體育祭上跟她戰鬥。」

我補充說明為何伊吹同學會在現場。

「原來是這麼回事呀。我一直在想為什麼會找伊吹同學，這疑問總算解決了。」

「姑且多虧了她，才能進來妳的房間打擾，所以找她是有意義的呢。」

伊吹同學露出有很多話想說的表情，但她努力忍住了。

即使要忍耐到最後也想跟我一決勝負，這種志氣值得讚賞呢。

「言歸正傳，我可以解釋成在被人得知本性的狀態下，繼續扮演好人讓妳感到痛苦嗎？」

「是那樣沒錯呢。若是有意義的演技還能努力去演，但無法努力去演毫無意義的演技吧？」

到目前為止，如果能讓我和綾小路同學退學，繼續扮演好人就有意義。

然而要讓班上所有人都退學這種事近乎不可能。國中時代，櫛田同學陷入類似的狀況時，是讓班級瓦解，將一切劃下句點。

所以她這次也做了一樣的舉動——這就是到目前為止的發展。

「倘若妳不希望那麼做，便沒必要像以前那樣跟班上同學相處。」

「哦？」

不光是眼前的櫛田同學，對伊吹同學而言，這似乎也是個意外的回答，她們兩人都露出類似的反應。

「就算在某種程度上封口，也無法保證絕對不會洩漏出去。既然這樣，無法避免以櫛田同學是雙面人且抱有問題的學生這個前提來與其他班周旋。」

不過，那樣代表櫛田同學這個武器會失去一半的效力。

雖然她在學業和運動方面表現都不錯，但兩邊並非有一流水準。終歸只是個模範生。

即使天生的能力勝過佐倉同學，也欠缺除此之外的魅力。

「沒有任何人信任我。我不覺得大家會接受這樣的我呢，我沒說錯吧？」

「的確無法像以前那樣順利進行吧。但是，真的能說妳完全失去信任了嗎？妳怎麼看？伊吹同學。」

「…………」

「伊吹同學，回答我。」

「是妳叫她閉嘴的吧？」

「我允許妳發言。」

「真是的……一下叫我閉嘴，一下又叫我講話，我可不是妳的小弟還什麼喔？」

「妳不想跟我一決勝負嗎？既然這樣，就早點跟我說——」

「啊～真是夠了！」

伊吹同學一邊亂抓著頭，一邊回答道：

「妳只是一直以來太愛扮演乖孩子而已吧。我不相信有什麼完美的好人，反倒覺得之前的妳還比較可疑。如果要問我相信之前的妳還是現在的妳，現在這個老實的妳或許比較好呢。」

她連珠砲似的講出自己的想法。正因為她不會搞什麼小把戲或耍小聰明，在櫛田同學聽來，大概也覺得她是有話直說吧。

「啊哈哈哈，真是有趣的解答呢。應該說妳的思考方式很罕見呢。但不是每個人都像伊吹同學一樣奇特。反倒該說正常人都會感到厭惡吧。」

「她確實並不正常。」

「喂！」

「無論是誰，多少都會有一點雙面人。妳最看重的是為了自己而行動這個本性的部分受到伊吹同學讚賞。因為妳的本性絕對不會改變。」

想要改變她的本性這件事，說到底是錯的。

「而且只要妳不改變像以前那樣對外的說話方式和語氣，沒有看到妳本性的人，很難在真正的意義上想像妳那個模樣。無論別人怎麼用話語說明，除非親身體驗過，否則人類無法理解。」

「什麼意思？」

「舉例來說，對了，像一之瀨帆波同學。她可以說是比櫛田同學更善良的人對吧。如果有人跟妳說她其實很暴力，講話又惡毒，最喜歡看到別人失敗，妳會立刻信以為真嗎？」

「……或許很難呢，畢竟她好像是真正的好人。」

「雖然我很懷疑就是了。」

「妳懷疑的不是一之瀨同學，而是好人這個存在本身吧？」

「哎……的確，若沒有直接看到，或許不會知道呢。櫛田的事情也是，光從堀北那裡聽說，

本來也沒什麼真實感。」

「對吧？至少這一年半來，一之瀨同學一直在當個好人。就算有人那樣爆料，大家也不會相信。話雖如此，假如她的同班同學都口徑一致地表示一之瀨同學就是那種人，當然我們會感到可疑就是了。但是，果然還是無法完全浮現出那種想像吧？」

使用暴力、爆粗口的一之瀨同學。無論是誰那麼說，都無法澈底相信。

即使會警戒提防，但假如沒看見她那一面，無法信以為真。

「沒體驗過就不會明白這點，或許真的是那樣。格鬥技也是，就算有人口頭說明某個招式，警告說那招很不妙，有時也會完全無法理解。實際上吃了那一招後，便很清楚厲害之處了。」

「拿格鬥技來舉例很像妳的作風呢，伊吹同學。」

「既然還殘留著疑惑，就無法讓人澈底信任喲。」

「這就是妳發揮本領的時候了。妳只能靠今後的作法巧妙地與人周旋。至少妳調整距離感的技術和溝通能力在一般人之上這點是事實嘛。」

能否獲得更深的信賴，在目前這個階段還是未知數。

「就算面對其他班級時只要那麼做就行了，那同班同學呢？篠原同學、王同學，尤其是長谷部同學八成怨恨著我吧。這樣大家還能團結一致嗎？」

「要所有人團結一致，或許不可能吧。但是，光靠妳的能力回報班上，也能產生成果喲。」

只要不斷留下比平均值更好的結果，也能讓成績不如櫛田同學的學生無法輕易地開口抱怨。

「如果不被信賴的一面浮現出來，我會協助妳。」

「……妳覺得我會坦率地相信這種甜言蜜語？妳難道不會背叛我嗎？」

「妳大可懷疑。我背叛妳的時候，我會聽妳埋怨的。」

說到底，對在目前這時已經完蛋過一次的櫛田同學來說，本來就沒什麼好害怕的。

要不要在這時再一次站起來，全看她自己的決斷。現場陷入今天最漫長的沉默，櫛田同學閉上了雙眼。然後她開始嘀咕著什麼，但我聽不清楚。最後她似乎做出了結論，只見她睜開雙眼。

「我知道了。我會只為了我自己奮戰一年半，對班級做出貢獻。我不會為了堀北同學和班上同學戰鬥，這樣就行了吧？」

「我沒有任何不滿，只要妳能用結果回報班級就行了。」

櫛田同學站起來，她這次伸出的不是拳頭，而是左手。

「與那時相反呢。」

之前櫛田同學沒有回應我伸出的手。

「用左手握手好像含有敵對的意思喲。」

「……是這樣嗎？我以前對妳伸出了哪一隻手呢？」

「左手。」

櫛田同學記得一清二楚，她立刻這麼回答。

也就是說，她是在理解其中含意的前提下，用左手要求握手呢。

我也再次站起身，伸出左手回應那隻手，與她互相握手。

「變得好像敵對紀念呢。」

「妳不覺得這樣比較像我們的作風嗎？」

「或許是那樣也說不定呢。」

她用力地回握我的手，我也再次回握。

「對了，我有一件事很想對堀北同學做做看……可以嗎？」

「請求？是什麼呢？」

「就是呀——」

露出微笑的她緩緩地朝我伸出了雙手。

她的手越過身體的高度，靠近臉這邊。

然後才心想她溫柔地觸摸了我兩邊的臉頰……接著左右兩邊同時竄過刺麻的電流。

隨後我才注意到那是臉頰被狠狠捏住的疼痛。

「妳奏什麼……！」

「我真的很討厭妳喲，堀北同學。」

她這麼說，更用力地捏住我的臉頰。

「從今天見到妳時，我就一直覺得很煩躁，已經締結合作關係的現在也覺得很煩躁。一想到從星期一開始，這種情況會一直持續下去，我想那種壓力一定不得了吧。得像這樣稍微發洩一下才行呢。」

她更起勁地捏著我的臉頰，沒有要停手的樣子。

「已、已經夠了趴？」

「不行不行，這樣完全不夠呢。」

我原本打算稍微接納她的任性，得意忘形的櫛田同學卻沒有要停止拉扯我臉頰的樣子。

既然她絲毫不打算鬆手，我也自有辦法。

我同樣地伸出雙手，捏住櫛田同學的臉頰。

「——唔！」

「差噗多口以請妳鬆手了吧？」

我原本認為她只要感受到相同的痛楚就會停手，但……

「啊發發，光速妳的醜臉就夠好笑了，別再開其他玩笑豪嗎？」

我沒有退讓，指尖更用力地緊捏，我抱著要撕裂她臉頰的幹勁還以顏色。

儘管如此，櫛田同學還是一步也不退讓，用感覺超越極限的力道回捏著我。

這麼一來，就是在比誰比較倔強了。

「……妳們兩個就鬧到撕破臉吧？感覺實在太蠢，我要回去了。」

唯一冷靜的伊吹同學這麼說，先一步從玄關離開到外面了。

我們固執地僵持了兩、三分鐘，就在疼痛也開始麻痺的時候。

我們察覺到彼此都在暴露出愚蠢的模樣，不約而同地鬆開了手。

看到櫛田同學的臉變得通紅，我自覺到自己大概也是那樣。

「……星期一記得來上學。」

「真是糾纏不休耶，可以快點回去嗎？」

她幾乎是要趕人地推著我的背，我離開她的房間來到了走廊。

「真是的……」

我撫摸著疼痛的臉頰看向電梯那邊，只見伊吹同學搭進電梯裡。

「該不會是在等我？」

我這麼說並邁出步伐，於是伊吹同學吐出舌頭，按下電梯的按鈕。

「……她說不定擁有惹人生氣的才能……呢。」

但多虧有她才能見到櫛田同學這點也是事實。

在體育祭必須按照她的期望，做個了結才行呢。

2

我從床上抬起沉重的頭，迅速地離開了被窩。

明明不是發燒，卻一直有種輕微的鈍痛。

原因十分明顯，因為我沉浸在罪惡感中，已經蹺課了五天。

明明一直以來除了生病外，我一次也沒有請假過。我受到罪惡感譴責，為了消除那種心情，我試圖思考其他事情，卻無法成功地把那些情緒從腦海中趕出去。要是想趕出去便能趕出去，就不用請五天假了呢……

做點什麼轉換心情吧。我這麼心想，伸手抓住手機。

收到的好幾封訊息仍然是未讀的狀態，我就這樣點開相簿，讀取拍攝初期的紀錄。我滑動手機畫面，感到懷念似的看向照片。

最先讓我停下手的，是剛入學後沒多久，我還沒有可以稱之為朋友的朋友時的照片。

溫柔地露出微笑的平田同學站在還無法自然地露出笑容的我旁邊，這是我跟他一起拍的第一張照片，然後也是唯一的兩人合照。

雖然我現在也不擅長笑，但感覺跟這時相比，已經進步了不少。

「真令人懷念呢……」

在人生地不熟的日本度過校園生活。

最先讓緊張不已的我放鬆下來的人，就是平田同學。

當時我還沒有自覺到「喜歡他」這種心情。

只覺得他帥氣又溫柔，是個很棒的人。

在競爭意識激烈、大家都很會念書的中國根本無暇談戀愛，所以我沒能察覺到。雖然不曉得自己是何時察覺到那份愛慕之情，但從有自覺的那一天開始，我就一直認為自己不會說出來。

因為平田同學很受歡迎，根本不是我能高攀的對象。

就算一時衝動向他告白心意，也只會讓他感到困擾而已。

所以我將這份感情隱藏在內心，只求能待在他的身邊就滿足了。

「——明明如此。」

光是回想起來就再度讓我感到難為情，然後變得害怕，眼淚奪眶而出。

「該怎麼做……」

我喜歡平田同學這件事被全班同學知道了。

大家一定也發現換座位時我是為了換到平田同學的身旁吧？

我不曉得該擺出什麼表情去上學才好啊……

思考到這邊後，這次又有別的罪惡感襲向了我。

讓長谷部同學看到溫柔與嚴厲的一面，便退學離開的佐倉同學。她痛苦的心情照理說是我這種人無法估量的。明明如此，我卻無暇顧及他人，只是希望那場考試快點結束，而按下了贊成她退學的按鈕。

「差勁透頂……了。」

我非常討厭差勁透頂的自己，感覺痛苦得不得了。

我這種人渺小的煩惱……

就在我不想看到笨拙地笑著的自己，打算關掉手機的畫面時，我想起了星期一晚上從綾小路同學那邊收到的簡訊。

綾小路同學現在是什麼心情呢？自己親手讓重要的朋友退學，就算這樣，他還是能好好地去上學嗎？

如果他能夠去上學，是怎樣的……

真想直接與他見面，跟他聊聊呢……

我這麼心想，看了看他傳送過來的內容。

『我想跟妳直接見面聊聊。』

「啊……」

綾小路同學的訊息彷彿連結了我的心情，並將之化為文字。

為了保險起見，還附帶電話號碼與房間號碼。

他願意陪我商量嗎？

除了綾小路同學之外，也有幾個人在擔心我。

還好嗎？我可以聽妳說喔？不用勉強自己喲？

雖然很感謝那些溫柔的話語，但無論回應哪個人的關心，我都沒有自信能因此解決問題。

不過，假如是綾小路同學……

我希望他聽我傾訴，也想聽聽他怎麼說。

「……要不要去……看看呢？」

時間還是傍晚五點半，要吃晚飯也太早了些……

我想這應該是突然拜訪也不算失禮的時間。

我在房間裡來來回回，苦惱了一陣子，只有時間不斷流逝。

我做好覺悟後，下定決心試著造訪綾小路同學。

我拿起電話，即使有些緊張，還是打給對方。

五次、六次……聽見第十次的電話鈴聲響起，正當我猶豫是否該掛斷時……

綾小路同學接起了電話，因此我連忙發出聲音。

「那那……那個，我是王！請問，是綾小路同學嗎？」

『妳終於聯絡我了啊。』

綾小路同學有點回音的聲音與蓮蓬頭的水聲一起微弱地傳入耳裡。

「……是的。我一直不敢離開房間，苦惱了很久……感覺如果是現在就能鼓起勇氣……所以我在想是否能請綾小路同學聽我說一下……」

『現在嗎？』

「你現在不太方便嗎……？對不起，突然打電話給你……我真是糟糕呢……」

我太不會挑時間了，或許不管做什麼都會失敗。

『沒那回事，但可以給我一點時間嗎？給我三十分鐘──不，給我二十分鐘準備。』

綾小路同學似乎知道我沮喪的程度，便這麼對我說道。

「謝……謝謝你！二十分鐘後我會去拜訪你！打擾了！」

我莫名地緊張，實在忍耐不住，便立刻掛斷了電話。

「呼……心跳得好快……」

說不定一星期沒跟人說話這點也有影響……

我在等待的期間整理好儀容，過了將近二十分鐘時，我做好準備，離開房間。

我打開感覺比平常還要沉重的玄關大門後——

「啊，又是……」

有個塑膠袋放在我的房門旁邊。

「今天也來了呢。」

裡面裝著果凍、茶水和三明治等東西。

開端是在星期一晚上，我打算去便利商店而靜悄悄地離開房間時，發現了這件事。

一開始我以為只是有人弄錯才放在這裡的，但塑膠袋裡放著寫有我房間號碼的小紙條。

然而上面沒有具名，不曉得是誰送來的慰問品。

「啊，今天還有沙拉……可是……感覺不是我愛吃的那種……」

含有大量蛋白質的雞柳沙拉。

儘管如此，菜色也是每天都有一點變化，讓人感受到對方的體貼。

「究竟是誰送來的呢？」

塑膠袋裡沒有其他感覺能成為線索的東西，也沒有放發票。我一邊感謝這位無名氏，一邊先把東西放在玄關，走樓梯前往綾小路同學的房間所在的四樓。有男生房間的樓層讓人莫名地緊張呢……

就在我這麼心想並打開大門來到走廊時，房間的門剛好開啟了。

那似乎正是綾小路同學的房間。

但是從裡面走出來的人——

我有一瞬間在想那人是誰，原來是輕井澤同學。

她不是綁著像平常那樣漂亮的馬尾，而是披散著柔順的直髮。

還有一個人是穿著輕便裝扮的綾小路同學。

該不會他們剛才正在房間裡約會吧……

如果是那樣，我剛才的電話應該嚴重打擾到他們了吧……

感覺心情又要變沮喪起來，但都來到這裡，我不能逃著回去。

輕井澤同學立刻採取環顧周圍的行動，於是跟我四目交接了。

「啊，這就是所謂說什麼，什麼就到呢。回頭見，清隆！」

就在我緊張地深呼吸時，輕井澤同學也深呼吸了兩次。

或許她會對我說些關於平田同學的事。

「掰、掰掰！」

「咦、咦？」

我緊張地做好準備，但她只是向我道別，然後就通過我的身旁，沒有再對上視線。

我叫住快步離開的輕井澤同學。

「那個，輕井澤同學！」

「什什什……什麼事？」

「……我突然打電話給綾小路同學，對不起……打擾到你們了呢……」

「沒那回事啦，完全沒有。真的。」

「可是……」

「妳希望他陪妳商量煩惱對吧？清隆有跟我說喲。如果不現在找妳過來，妳又要重新鼓起勇氣才能離開房間。」

看來我的心情果然傳遞給電話的另一端了。

輕井澤同學停下腳步後，稍微往回走，溫柔地對我露出笑容。

「妳就別客氣，請他陪妳商量吧。雖然那傢伙看起來能言善道，卻也有嘴笨的時候，但我想他大概可以給妳答案。」

「——是。」

都來到這裡了，若不把自己現在的想法都宣洩出來就虧大了。

多虧了輕井澤同學，感覺我能夠抱持著這樣的心情了。

「那麼，下星期一等妳來上學喲。」

輕井澤同學這麼鼓勵我後，就那樣連續敲打著電梯的升降鈕。但她領悟到電梯不會馬上過來

後，就走逃生門的樓梯回去了。

「謝謝妳，輕井澤同學。」

至少她看起來不像是對我有所不滿的樣子。

雖然一直有惹她生氣會很恐怖的印象，今天的輕井澤同學有種柔和的感覺，很溫柔呢……

但我現在沒有餘力想多餘的事情，因此我急忙前往綾小路同學的房間。

我按下門鈴後，房門大約三十秒就打開了。

迎接我進房的綾小路同學一言不發，因此我立刻著急起來。

「那、那個……我收到你傳的訊息……所以想跟你聊一下……！」

3

小美幾乎是一秒不差地在預定時間造訪了我的房間。

其實我本來想更早讓惠回自己房間的，這樣也相當迅速了。

雖然覺得應該再多要幾分鐘的緩衝時間，不過也需要顧慮到小美，免得她改變心意，因此這也是無可奈何。

「別客氣，進來吧。」

「打擾了……！」

即使小美無法澈底掩飾她的緊張，卻也完全沒有要折返回頭的樣子。

儘管只是稍微看了一下，但可以看出她正拚命努力地想靠自己站起來。與櫛田還有波瑠加不同，她並不希望一直停留在原地。

「要喝點什麼嗎？」

「不，不用了，謝謝你的體貼。」

她禮貌地婉拒後，非常客氣地坐到了地毯上。

我也坐到她的對面，擺出要談話的姿勢。

「妳來這裡是要商量櫛田的爆料，也就是關於洋介的事情對吧？」

小美聽到洋介的名字，抽動了一下肩膀後，靜靜地點了點頭。

「還有我想知道班上的情況。篠原同學和松下同學，還有長谷部同學。我想知道至少比我更加受傷的人們怎麼了，還有綾小路同學你的情況。」

沒想到她會提到我的名字，但稱不上意外嗎？

畢竟在旁人眼中，我看起來像沉痛地決定將朋友圈裡的一人割捨掉。

「應該有很多人聯絡妳吧？」

「……有很多人替我這種人感到擔心，實在很令人感激。可是，我實在不敢看那些訊息。因為看了就必須回覆才行。」

小美回答她無法做出已讀不回的行為。

既然這樣，她唯一能做的就是不要已讀呢。

「那麼，我想想。雖然沒必要照順序講，假如妳有事情想問我，不用客氣，儘管問吧。」我們很少像這樣兩人單獨交談。即使沒有必要流暢地交談，但要是太客氣，能解決的事情也會解決不了。儘可能走向可以打成一片的路線比較好。

「那麼，我就不客氣了……啊，可是，在那之前……我姑且先確認一下，買了很多東西放在我房間前的，是綾小路同學嗎？」

看到我表現出無法理解的模樣，小美像要補充似的向我說明。從她開始向學校請假後，有個人會每天送一次糧食到她門口。只有另外附上一張寫著小美房間號碼的紙條，沒有任何可以特定贈送者的文字。

我有一瞬間想到洋介，但我完全沒有聽說櫛田和波瑠加周遭有發生那樣的事情。會平等對待同班同學的平田，假若會送慰問品給小美，應該也會對其他學生做一樣的事情，而且應當會在我們最近幾次見面時告訴我這件事才對。

「抱歉，不是我送的，我也沒有頭緒。」

「這樣子嗎……那個人也幫了我很大的忙……如果能向他道謝就好了。」

「無論是誰，這表示有學生很關心小美請假這件事。」

傳訊息給她的人、打電話給她的人、送慰問品給她的人。

或者即使沒有聯絡，但她周遭也有很多感到擔心的學生吧。

小美看起來很開心似的稍微點了點頭後，向我提出了問題。

「綾小路同學有去上學……對吧？」

既然她沒有跟外面的人聯絡，也難怪她甚至不清楚我有沒有出席。當然，她應該也不覺得答應陪她商量煩惱的人，會悶悶不樂地在家躺著吧。

「我這星期也照常去上學。」

「……你不覺得難受嗎？不，你會難受是理所當然的，但你不會排斥去上學這件事嗎？」

「妳是在問整體的情況對吧？畢竟我至今從未做過主導班上同學的舉動，還有我把櫛田逼入絕境，與讓朋友退學的行動，應該讓所有人都大吃一驚了吧。」

「……是的，那跟我原本認識的綾小路同學不同，有一點可怕。」

坦率又老實的她直率地述說自己的感覺。

現在跟她談論關於朋友、同班同學的優劣，還有優先順序的話題也沒用吧。

那些事情我在特別考試中就說明過了，不需要現在還挖出來講。

「我只是靠威壓來掩飾自己變膽小這件事。我原本就不擅長自然地表現出感情，因此沒有任何人注意到這件事而已。我現在能去上學而沒有請假，我想也是因為我覺得那麼做很遜。」

「我也有稍微那麼想過。自己請假就表示櫛田同學說中了我的心事，讓我感到受傷，我實在不想讓周遭的人知道這件事。星期一早上也是，我已經換上制服，走到玄關了。可是，自己就是踏不出那一步。請假一天之後，就覺得大門離我越來越遠，越來越重……雖然這都要怪我自己就是了……」

然後小美像是想起什麼似的，低頭向我道歉。

「因為這種小事請假一個星期，對不起。」

「我不認為這是小事。妳來這裡應該也需要相當的勇氣才對。而且妳並不是完全放棄去上學了吧？」

「當、當然了！其實我很想立刻回去上學。我自己也知道這樣不行。可是……我實在很難為情，覺得自己很丟臉……」

隱藏在內心的愛慕之情。姑且不論有多少學生察覺到她的心意，要是在那種公開場合被人爆料，也難怪她的內心會深深受到傷害。

「我不能說自己可以理解妳置身的立場，或是可以代替妳承受一切。但是，至少班上同學都在擔心小美。」

「是……」

「還有，妳目前在給班級添麻煩這點也是事實。」

小美突然被我用言語的利刃頂住喉嚨，僵硬住的她倒抽一口氣。

不用放在心上。我們會一直等妳——要說一堆好聽的話很簡單，但那些話只具備將結論往後延的效果。

在旁人看起來或許像粗暴療法，但我在內心往前踏出一步。

「只不過，幸好目前櫛田與波瑠加也同樣都缺課，所以這件事沒有浮上檯面。但下星期就不知道了。如果那兩人都來上學，只剩小美沒來上學，妳明白會有什麼後果吧？」

即使是小學生，也能夠想像自己置身的狀況。

或許湧現了恐懼感，儘管手臂微微顫抖著，她仍點了點頭。

要是刺激過於強烈，我原本打算手下留情的，但出乎意料地沒有什麼危險的徵兆。

雖然她身材嬌小且個性膽小，我判斷她的心靈比較堅強，不會輕易屈服。

「妳若無其事地來上學就好，也沒必要特地跟洋介說些什麼。」

「可是……我，那個……我的座位在平田同學的前面……離他很近……」

「這麼說來，在換座位時，小美比任何人都更快確保沒什麼人想坐的正中間附近的座位呢。

那果然是因為妳認為洋介會選那後面的座位嗎？」

「唔……！」

因為她露骨地表現在態度上，用不著請她直接說出來，我就得知了正確答案。

「真有一套啊。妳很仔細地觀察洋介，理解得很透徹呢。」

「唔唔唔，真難為情……」

小美抱著膝蓋，用力地左右搖晃著頭。看來似乎是羞恥心比較強烈的問題。

「平、平田同學他……有對我的事情說了些什麼嗎……？」

她自己問起了她應該一直很在意的部分。

雖然她的臉藏在膝蓋後方，無法窺探到她的表情就是了。

「他當然很擔心妳。他擔心妳的程度，比擔心櫛田與波瑠加還要高上許多喔。」

「……那果然是因為他感到很困擾……沒錯吧？」

既然身為當事者，比起其他問題點，洋介會擔心小美是很自然的發展。

「跟困擾不同。那傢伙反而感到過意不去，認為是自己製造出害小美拒絕上學的原因。」

「怎麼會……平田同學明明沒有做錯什麼……！」

「我明白。只不過，小美應該很清楚那傢伙就是這樣的男人。妳大概比我從更早之前就知道這點了。」

會將某人的喜悅當成自己的事情一樣感到高興。

相反地會將某人的不幸當成自己的事情一樣感受到不幸。

洋介就是這種性格的人。

因為小美本身繭居在家，讓洋介也感到痛苦。

為了打破現狀，讓小美理解這點是最有效且重要的事情。

緩緩抬起頭的小美雖然雙眼還有一點泛紅，儘管如此也沒讓人看見眼淚，她放下了原本抱著的膝蓋。

「我有想過平田同學可能會因為我的事情感到痛苦。但是，我把自己的事情擺第一，一直不去正視那些事……」

看來不用從頭教起，只要給她一個契機就足夠了。

當成一個高二生來看時，小美這個學生可以說幾乎是完整的個體。

「妳的表情與剛才不同了啊。」

「謝謝你。跟你聊了許多事情後，感覺變得非常輕鬆，都是託綾小路同學的福。」

「我沒做什麼大不了的事，只不過是妳重新振作起來時，我碰巧在旁邊罷了。」

「沒那回事。因為我覺得只要見到綾小路同學，說不定就能請你幫忙解決問題。」

小美堅定地用話語這麼告訴我後，深深地一鞠躬。

「我——星期一絕對會好好去上學。」

「我明白。不過，真的感冒時還是老實地請假比較好。」

「不，只有星期一就算用爬的我也要去上學。」

雖然也覺得那樣好像有些徒勞無功，但既然她這麼有幹勁，就足夠了吧。

「剩下令人掛心的就是送慰問品給我的人。因為這五天讓他破費買了不少東西……我想總金額可能將近一萬點吧。」

假如是單獨一人的行動，的確是相當高的金額也說不定啊。

在打道回府時，小美又反覆向我道謝，因此我像趕人似的請她回去了。

「大概是拜父母的教育所賜吧，儘管也覺得有點過頭了。」

對同學也過於禮貌的應對。這也是小美的優點啦。

既然解決了一個問題，先來收拾一下剛才沒能動手整理的自己房間吧。

因為最近造訪我房間的學生也變多了，所以不能馬虎大意。

像堀北和洋介，還有除了他們以外的學生，無論何時前來拜訪也不奇怪。

我迅速地繼續開始收拾，但沒過多久門鈴便再次響起。

即使我立刻查看手機，也沒收到惠或朋友傳來的訊息。

沒有預約的訪客嗎……還真不會挑時候啊。

我試著暫時保持沉默。視情況而定，也可以選擇假裝不在家……

但是，大約經過三十秒，門鈴又再次響了一聲。

傍晚時分，我關掉房間裡的燈光，滑開防盜眼的蓋子，我消除自己的氣息，決定就這樣從防盜眼試著觀察走廊的情況。

就某種意義來說，我現在最不想見到的人物就站在那裡——一年級的天澤一夏。

回想起來，以前好像也發生過這種事啊。

我想起那天她也是很不會挑時間，在不希望有人前來時造訪。

從明明是星期六，她卻穿著制服這點來看，她是去了學校一趟嗎？應該把她的來訪視為單純來露個面，還是故意挑這時候來的呢？

考慮到之前的那些狀況，讓人不得不懷疑這次也是故意的。

她顯然是察覺到我在室內，才前來造訪。

就在我東想西想時，門鈴第三次響起。

「你好，學長～我來找你玩了～」

即使門鈴三度響起，我還是沒有做出任何反應，於是天澤用撒嬌的聲音這麼宣告。

「不好意思，我現在正在忙，能請妳明天再來嗎？」

「那可不行～因為我聽說學長把女孩子帶進房間在做些壞事，所以我是來調查的。學長若不開門，就大有問題嘍——！」

她發出響徹走廊的聲音，試圖強制性地讓我開門。

如果就這樣放任她擅自演講，隔壁鄰居們遲早會聽到這場騷動。

我無奈地打開房門，決定與天澤面對面。

「妳在哪裡聽說我把女生帶進房間這件事的？」

「情報來源就是我～」

「真是個不可靠的情報來源啊。」

「沒那回事喲。學長今天也把輕井澤學姊與王學姊帶進房間了對吧？」

這並非單純的直覺，她毫不遲疑地講出了兩人的名字。就算她能隨便猜中惠有來我的房間，然而小美可不是這樣。她顯然掌握著這邊的行動。

「啊，我先聲明一下，我可沒有在學長房間安裝竊聽器什麼的喲？畢竟校方好像也會仔細地檢查嘛。」

確實，要靠網購等方法購買那種危險的物品，是不可能的吧。

只有天澤肯定有辦法拿到。

「假如是跟月城有關係的妳，就算他讓妳帶一、兩個竊聽器在身上，我也不會吃驚呢。」

對於這邊的指謫，天澤也是依舊笑咪咪地保持笑容，用視線持續物色。

「總之，我可以進去房間嗎？打擾了～」

在我允許之前，天澤就以甩掉鞋子的氣勢闖入我的房間。

然後她不客氣地東張西望，開始環顧室內。

「妳在做什麼？」

「咦？討厭啦，我只是在檢查一下情況嘛。」

真希望她能回答為何有必要檢查我的房間。

毫不客氣地持續物色我房間的天澤將視線看向床鋪，並靠近那邊。

「學長很在意我為什麼能說中王學姊有來學長房間對吧？是碰巧看見她進出房間，還是用某些方法得知的呢？」

「妳闖入別人的房間，是為了炫耀自己的情報網嗎？」

天澤沒有否認，她立刻表示肯定，並用手觸摸著床鋪。

她一邊將床單的皺褶鋪平整，同時用指尖在尋找著什麼，不放過任何角落。

我坐在地毯上，觀察著大概打算調查到她滿意為止的天澤。

「學長的女友頭髮很長不是嗎？這表示學長喜歡長髮的女孩子對吧？所以我目前也在慢慢留長頭髮喲。」

儘管嘴巴說著根本沒人問她的頭髮話題，她的手與眼睛也沒停下來。

我也沒辦法強硬地阻止她，因此我無可奈何地在旁守望，這時天澤忽然停下了動作。

然後她用食指與拇指從床舖的枕頭附近抓起某樣東西。

「這是什麼呀～？」

她洋洋得意地高舉一根閃耀著金色光芒的長頭髮。

「應該是惠的頭髮吧，她最近常來我房間玩。」

「大概是那樣沒錯，但掉在枕頭附近是怎麼一回事呢？」

「我想有很多種可能的狀況，我非得一一列出來不可嗎？」

「不用不用，學長沒必要那麼做啦～」

然後她跪在地板上四肢著地，彷彿警方的鑑識人員般將雙眼看向地板，開始尋找起什麼。

雖然不知道她在找什麼，她應該找不到要找的東西吧。

「妳在White Room學了到別人房間物色東西的方法嗎？」

我向她提出關於White Room的問題，於是天澤當場停止動作。

「學長不覺得疑惑嗎？為了讓你退學而被送進這所學校的我們，到了第二學期也沒有對學長動手，反而融入日常生活這件事。」

「至少妳好像被White Room那邊烙上失去資格和無用的烙印了啊。」

「我不會否認那件事，那學長怎麼看其他人呢？」

「我沒興趣。」

「哎，說得也是呢。假如學長還警戒著我們，就不會做出輕率的行動了吧～」

「我建議妳別管我這種人，好好歌頌校園生活吧。」

「這點我贊成。雖然我也覺得要那麼做……」

天澤稍微停頓了一會兒後，又繼續檢查房間。因為她背對著我，將屁股往這邊翹，所以能從制服的短裙底下稍微窺見內褲。

她不可能沒發現這件事，卻依舊在地上爬，絲毫感覺不到已經曝光一事。

她將臉鑽進床舖底下後，內褲更明顯地露出來了。

「竟然一直盯著我的內褲看，學長真是色狼呢。」

「不好意思，比起看妳的內褲，我更提防的是萬一移開視線，不曉得妳會對我做什麼。」

就在我緊盯著天澤的時候，她將臉從床舖底下移出，轉過頭來。天澤散發著難以想像是一年級學妹的成熟氛圍，就這樣用爬的靠近我這邊。

「我覺得是他開始失控了呢。總覺得他弄反手段與目的了。比起回去White Room，那傢伙更強烈地意識著把學長逼到退學這件事。」

天澤在她的嘴唇與我的嘴唇之間只有幾公分的超近距離這麼低喃。甜蜜的氣味飄入鼻腔。

「還真會給人找麻煩啊。」

「對學長而言是這樣呢。所以我最近一直在思考，乾脆告訴學長他的真面目，讓學長送他上路算了。」

「搞不好是我被送上路呢。」

「啊哈哈哈，真好笑。」

一點都不好笑。

「學長要怎麼做？要我告訴你——他的名字嗎？」

天澤又更靠近我這邊大約一公分後，等待我的回覆。

「感謝妳的提議，但先不用了。」

「因為就算知道名字，學長也沒自信能贏他嗎？」

「要是他從預料之外的地方洩漏了真面目，首先會遭到懷疑的是妳。那樣會有什麼後果？」

「那當然是把矛頭轉向我這邊吧？」

「沒必要為了得知區區真面目，讓妳的校園生活陷入不安。」

如果天澤以敵人身分擋住去路，我不會手下留情，但她目前並沒有要與我為敵的樣子。

「學長真溫柔呢。」

而且輕易地過於信任她也是個問題。假如天澤是設想了好幾個戰略在行動，無法澈底否定她這番發言也是陷阱的可能性。

「既然被拒絕了，我就回去嘍。」

「妳特地來我房間，只為了講這些？還是搜索我房間才是主旨？」

「這個嘛，究竟是哪邊呢？」

天澤彷彿小惡魔般露出笑容，她立刻準備前往玄關，但她忽然看向廚房裡沒有裝太多東西的可燃垃圾袋。

「我來學長房間打擾過幾次，但今天才這麼一點垃圾，就要拿去丟了呢。我還以為學長是那種會把垃圾袋裝滿才拿去丟的人。」

「只是因為有很多蔬菜和魚類的廚餘，我不想放到下星期罷了。」

「既然這樣，要不要我回去的路上順便幫你丟垃圾呢？」

「不好意思，但規定禁止在晚上八點以前丟垃圾。」

「學長很守規矩呢。」

雖然天澤的來訪在預料之外，但我解開了一個謎題。

「我稍微可以看出妳今天來這裡的目的了。妳是為了做出剛才的提議，才來拜訪我的啊。妳會調查我房間每個角落，是因為妳在提防被別人偷聽。」

她會做出在搜索並且找出我個人的私人物品這種舉止，也都是因為她在警戒。天澤是在提防White Room學生是否已經設下圈套。

「學長。我想學長應該沒問題，就算這樣，假如我退學了，請當成那是發生了對學長而言也是預料之外的事情。」

天澤在打道回府時留下這樣的話，然後離開了房間。

我姑且確認一下手機，看有沒有發生什麼奇怪的事情，便收到了明人傳來的聊天訊息。

『波瑠加從下星期一開始會來上學了。』

暫且有個好消息。作為小圈圈的成員，明人成功說服了波瑠加吧。

問題在於這則訊息並不是發在綾小路組都有加入的聊天室裡面。我暫時注視著畫面，於是有新的訊息傳送過來。

『你可以暫時安靜地守望著波瑠加嗎？』

雖然文章本身很平淡，但強調著「安靜地」這個部分。

即使波瑠加會去上學，但不想跟我說話。

正因如此，要是輕率地向她搭話，她可能又會拒絕上學。

是這麼回事吧。十分好懂的理由。只要她肯回來上學，我沒有任何不滿。

『我知道了，我會儘量小心。』

『那真是幫了大忙，要是能再次變得像以前那樣就好了呢。』

然後我暫時從明人那邊收到了幾則接近鼓勵的訊息，我便找了個適當的時機結束聊天。

「一個問題解決了嗎？」

可是，這個解決並非真正的解決。

應該當成波瑠加只是暫時復活而已比較好啊。

眼花撩亂的幾小時終於結束，感覺比平常還要更加疲憊不堪。

「今天就早點睡吧。」

只不過，唯獨丟垃圾這件事絕對不能忘記啊。

4

星期一再度來臨。星期六成了有巨大變動的一天，小美直接告訴我她有來上學的意願，關於波瑠加則是從明人那邊間接得知她打算來上學。

就算這樣，兩邊都沒人能保證她們一定會來上學，剩下就要看她們本人的意志有多堅定了。

至於櫛田那邊，直到今天早上為止，我一次也沒有收到堀北的消息。

假設櫛田會來上學，我猜不透櫛田與班上同學雙方會表現出怎樣的反應。

我在與平常沒兩樣的時間來上學，就坐之後等待那三人來學校。

就在班上約有四分之一的人到校時，一名人物在女生的驚訝與微笑歡迎下現身了。小美有些客氣地走進了教室。

「早……早安。」

來上學的小美也做好了被揶揄的覺悟，她戰戰兢兢地抬起頭。

但根本不用擔心那些，女生們絲毫沒有提及那個話題，立刻迎接小美進教室。

「早啊，小美。」

「早、早呀，平田同學。」

然後這個男人也用絲毫沒變的笑容歡迎小美歸來。

就目前這個時間點來看，還不曉得小美的戀情是否能開拓出一條道路。

只不過，縱然沒有開始，但也確實沒有結束。

在今後的校園生活中，彼此也可能迎向重大的轉換期吧。

這之後女生們一直圍繞在好像還有些緊張的小美身旁，聊著包括上星期在學校發生的事情，並開始傳出快樂的笑聲。

在幾乎所有班上同學都到校時，這次換波瑠加現身了。明人陪伴在她身旁，她看起來像不知何時會逃走一般，為了阻止她逃走，明人一邊在旁協助，一邊跟著她到座位上。啟誠雖然有些猶豫，但他下定決心，走近波瑠加身邊向她搭話。沒想到有一天我會慶幸換座位時沒坐在他們三人旁邊。

波瑠加有一瞬間看向了我，但她立刻移開視線，低頭看向手機。

確認波瑠加就坐後，明人與啟誠稍微打了聲招呼，便回到自己的座位上。

小美還有波瑠加都來上學了。這兩人有在痛苦時會支持她們的朋友。小美有許多女生支持，波瑠加則是有明人與啟誠。即使為數不多，也能稱為摯友的成員們。

暫且可以當作不用擔心會遭到校方嚴重扣分吧。

不過，剩下的櫛田又如何呢？

離早上的班會剩下不到三分鐘時，表情僵硬的堀北一個人來上學了。

她瞥了一眼櫛田的座位後，坐到自己的座位上，筆直地注視著黑板。

因為她早上沒有待在大廳，讓我不禁有些期待，但還是失敗了嗎？

篠原等一部分的學生看到堀北這樣的背影，也聯想到相同的事情了吧。

沒多久後鐘聲響起，來到班會時間。

在除了櫛田的座位以外都坐滿人的狀態下，茶柱老師來到教室。

「看來妳們兩人身體都好多了啊。妳們似乎患上較長的夏季感冒，今後記得多加留意，好好管理自己的健康狀況。」

儘管稍微提出警告，但茶柱老師也沒有太強烈責怪，便開始點名。

「今天缺席的是櫛田嗎？她好像也沒聯絡我——」

這時，從我後方傳來教室門被打開的聲響。

開門者雖然略微氣喘吁吁，但立刻調整好呼吸。

「對不起，我遲到了。」

櫛田發出冷靜沉著的聲音，走進了教室露面。

「這是妳第一次遲到啊，櫛田。妳也缺席了很長一段期間，身體已經不要緊了嗎？」

「是的，下次開始我會小心的。」

櫛田不慌不忙，平淡地這麼回答後，走到自己的座位坐下。她沒有跟任何人交談，視線一直看向前方。

儘管教室裡一下子籠罩在緊張感當中，但因為是不能隨便私下交談的狀況，大家繼續保持著沉默。

「我想發生了很多事情，睽違一星期，所有人又到齊了啊。」

即使感受到班級的情勢還不穩定，茶柱老師仍看似滿足地點了點頭。

「體育祭馬上就要到了，我很期待你們的成長與活躍。」

之後班會一結束，教室便一口氣騷動起來。

不用說，這當然是因為櫛田來上學造成的影響。

學生們小心翼翼地注視著櫛田。

櫛田會就這樣貫徹沉默到底，還是露出平常的笑容呢？或者她會再度顯露出敵意？為了暫且離開教室前往走廊，我靜悄悄地拉開椅子。

然後我迅速地打開通往走廊的門。我不想輕率地將班級內幕暴露給別班。

我這麼心想，但——

『有我在監視，你別擔心。』

手機收到這樣的訊息。我只探出頭看了看走廊，茶柱老師發現我後，點了一次頭回答。確認了這點的我決定關上門，以免被人注意到。會儘可能去做身為教師能辦到的事情——這是茶柱老師對我們的協助吧。

這種無論發生什麼事情都不奇怪的狀況，讓所有人都無法採取行動。

堀北打算拉開椅子起身時，櫛田搶先在她前面站了起來。

那一個動作看起來也像在威嚇堀北別做多餘的事情。

開始行動的櫛田首先走向座位離她很近的小美面前。

總算回到班上的小美彷彿被蛇盯上的青蛙一般僵硬住。

「我聽堀北同學說了，我害妳請假了一陣子呢。」

「啊、咦……呃……」

「妳討厭我了嗎？」

「不……沒有，沒那種事——」

「妳沒必要喜歡我喲，王同學。畢竟我無法改變在大家面前爆出妳祕密的事實，我也不打算跟妳友好相處。啊，這根本不用說嗎？」

不打算友好相處。

雖然語調較為溫和，櫛田強烈的話語讓小美更加僵硬了。

在旁看著櫛田的許多學生，眼中也浮現出不滿、不安和疑心。

如果是一般人，光是這樣也會很難受，但這對櫛田不造成任何影響。

「我不會指望妳去理解我那時的心情，那時我只能那麼做而已。關於把王同學妳當成其中一個攻擊目標這件事，我向妳道歉。」

櫛田這麼說道，並深深地低頭賠罪。與其說是真心在道歉，不如說公事公辦的印象還比較強烈，至少沒有感受到惡意。

「也給篠原同學和松下同學妳們添麻煩了，對不起喲。看來妳們已經和好了呢。」

聽她這麼一說，篠原和松下等人的小圈圈的距離相當近。

或許是洋介和須藤在這次假日期間採取行動，居中協調讓她們和好了。

「妳以為道歉就能解決問題？」

篠原立刻用有些尖酸的話語牽制櫛田。

「即使解決不了問題，但不道歉就無法踏出第一步吧？」

「這……可是妳那樣算是道歉的態度？」

「誰知道呢，但這就是真正的我。」

至今一直戴著的虛偽面具——天使櫛田已經不復存在。

只有這個事實應當無庸置疑地與緊張一同傳達給了班上所有同學。

「在接下來的生活中，我姑且還是打算像以前一樣維持某種程度的形象。所以根據時間和場合，也能幫忙收集別班的情報。但如果班上有人想要妨礙我那麼做，我覺得那樣也無妨。」

無論櫛田如何在外面掩飾真面目，只要內部有人進行妨礙，她便無法建立起關係。

「要不要利用我建立起來的武器，就交給大家去判斷。」

假如櫛田是很重視朋友、害怕孤獨的性格，孤立她也是一種報復方式吧。但櫛田並非被動防守，而是表現出積極進攻的態度。

「還有對於向我展現敵意的人，無論是誰，我都不會手下留情。在特別考試中爆料的祕密真的只有一小部分而已。還有很多人抱有想要隱藏的事實對吧？」

櫛田並非針對特定某人，而是像在威脅全班一樣這麼平淡地低喃。

「不過我跟你們約定一件事。只要沒人來陷害我，我就不會暴露知道的祕密。這不是為了班級著想，而是為了我自己。為了在A班畢業。這是我為了保留自身的價值，所採取的最後一個防禦對策。」

既然班上同學對自己抱持著怨恨、不滿和懷疑，視情況而定，也有可能變成被切割掉的一方吧。所以為了不讓班上同學這麼做，她不會繼續爆料更多祕密。只不過，要是有人從背後捅她一刀，她也不會手下留情。

她在得知保護自身方法的同時，也約定會對班級做出貢獻。

櫛田桔梗的綜合能力數值算是十分優秀的學生。

至少在學力和身體能力方面的課題中，她不會扯後腿吧。

「長谷部同學，妳也同意這樣就行了吧？」

在座位上一動也不動，甚至連視線都沒有看向櫛田的波瑠加雖然接到這樣的問話，但波瑠加什麼也沒有回答，讓視線飄向了窗外。

5

我的日常生活從上星期開始產生很大的變化。

綾小路組再也沒聚會過半次，波瑠加來上學的這一天也沒變——不，應該說沒有恢復原狀。

因為一直以來理所當然的聚會消失了，我在學校的生活方式也變得截然不同。

十分鐘的休息時間我大多一個人度過，或是跟惠聊天。有時也會跟須藤或松下那些成員稍微聊個天，但跟明人和啟誠聊天的機會明顯地變少了。

縱使一開始有種不協調感，但身體也開始慢慢習慣這樣的生活了。

午休也過著類似的循環，不過惠跟朋友一起吃飯時，我會到圖書館坐坐。這是跟以往一樣不變，只屬於我的安息時間。

只是，最近日和似乎沒來圖書館，不能聊關於書本的話題，讓我有些遺憾就是了。

然後這一連串的流程，即使到了放學後也沒有改變。

今天惠事先聯絡我，說她要跟朋友一起去玩然後直接回家，所以我沒有安排什麼計畫。

沒事留在教室也會給現在的波瑠加造成精神上的負擔，因此我決定快步回到宿舍。不過，看到我這樣的行動，發生了意料之外的展開。

「小清，你接下來有空嗎？」

以為不會來跟我接觸的波瑠加，走近打算回家而來到走廊上的我。

她的聲音蘊含著不由分說的氣魄。

她睽違一星期來上學的目的，或許就是為了在公開場合與我接觸。

我沒有轉過頭確認她的表情，照實回答了。

「若有必要，我會挪出時間。」

雖然我像在試探一般，試著散發出我有安排計畫的氛圍，但……

「那你就挪出時間來，可以吧？」

從她不由分說的魄力當中，也感受不到要跟我客氣的意思。

「我也有找堀北同學，我先到櫸樹購物中心的咖啡廳等你們。」

波瑠加只說了這些，便離開教室。

隨後明人彷彿在追逐波瑠加的腳步般，也走向了這邊。

「她打從一開始就是為了跟我說話才來學校的？」

「誰知道呢……我也是第一次聽說。所以我不曉得她要講什麼。但就狀況來說，我想我沒辦法站在你那邊。」

明人感到過意不去似的這麼道歉，但我反倒認為他不站在波瑠加那邊就傷腦筋了。

「那樣就行了。」

結束不會讓人起疑的簡短對話後，明人還有啟誠也離開了教室。

看來波瑠加召集了所有綾小路組的成員，而且還找了堀北過去。

當然可以確定是關於我讓愛里退學這件事的話題吧。

看準三人都離開後，堀北走近我這邊。

「即使我跟她確認過是否可以找我一個人就好，但她堅持你也一定要在場。」

堀北似乎顧慮到我，想要一個人解決這件事，不過畢竟這次的事情比較複雜。

我們兩人一起離開教室，前往波瑠加指定的咖啡廳。

我決定在進入沉重的話題前，先確認一直很在意的事情。

「看來妳成功地把櫛田帶來學校了啊，我坦率地感到佩服。」

「在形式上姑且算是回歸呢。還有很多不確定因素。畢竟無法像之前那樣生活了嘛。」

「就算這樣，現在也無法指望有更理想的發展吧。」

雖然櫛田的說話方式有很大的變化，要讓全班今後能和諧相處，可以說她帶了近乎是最佳解的答案回來。她會做出那樣的結論，肯定也是因為有堀北的忠告吧。

所幸這件事也沒有洩漏給太多別班的人知道。即便遲早會傳遍全校，到時已經過了某種程度的時間，大家可能也逐漸淡忘這件事了。

「妳是怎麼說服她的？我實在不覺得她會只因為有不錯的提議就變得老實。」

儘管最終的妥協點是今天這番發言，在到達這個結果前應該經歷了迂迴曲折的過程。

真要說的話，我對那部分比較感興趣，然而堀北的表情相當複雜。

「明明都高中生了，卻做了很幼稚的事情。幼稚到我不想說呢。」

從她避免說出具體內容這點來看，她是真的做了不想告訴別人的事情吧。

就算深入追究，感覺她也不會回答，因此我無奈地放棄追問。

「可是，若考慮到對象，說不定是正確的選擇。」

堀北似乎在回想詳情，她用左手輕輕撫摸著臉頰，這麼回答了。

「總之，雖然花了一星期，但總算讓全班同學都到齊了呢。」

「這麼說來，女生的爭執也平息下來了啊。」

我事先要洋介去依靠堀北，因此堀北肯定也有干預這件事。

「篠原同學她們那件事由平田同學主導，他讓大家星期天在櫸樹購物中心集合。」

「妳也出席了嗎？」

我假裝不知情，表示我完全沒有想像到那種情況。

「對。在集合之後，關於人身攻擊那件事，雙方同意既往不咎了。篠原同學強烈地抗議了一陣子，但多虧有池同學幫忙安撫她。」

從堀北的說法來看，也能看出池盡到了身為男友的責任。

「有許多學生在不知不覺間成長了呢。」

「妳好像不是很高興啊。」

「我是覺得很高興喲。只不過正因為這樣，相對之下自己看起來更沒出息。我對自己是否有所成長這件事情……感到很不安。」

評價別人很簡單，但替自己打分數很困難。

倘若想寬待自己，要多寬容都不成問題，如果想嚴以律己，也能嚴格審視自己。

「遲早會有第三者給妳答案的。」

「……也是呢。」

首先要傾注全力讓班級重新振作起來。

在那之後自然會有人做出評價。

「聯絡不上的王同學那邊，似乎是你幫她走出來了呢，謝謝你。」

「我只是給了她一點建議而已。就算我什麼也不做，遲早也會有人拯救她才對。」

「能夠讓她儘早回到學校，都是託你的福。這次我也受到許多人幫助。感覺重新體認到光靠自己的力量，什麼也辦不到呢。」

這原本應該是讓人感到沮喪的事情，但堀北反倒以豁然開朗的語調說道。

「喔，對了。我想拜託妳幫我向南雲學生會長捎個口信。」

「我嗎？感覺常接到這種擔任橋樑的任務呢。是無所謂啦。要跟他說什麼才好？」

「幫我回覆他『我答應提議』就好。」

「……答應提議？」

「只要幫我這麼跟他說，他就會懂了。」

「好吧。反正我等下會去學生會室，我會將現在聽到的內容原封不動地轉達給他。」

我還難以決定是否參加這次的體育祭。

但一星期的期限已經到了，所以暫且只能回覆我會接受吧。

畢竟遲早得以某種形式與南雲一決勝負，否則他不會罷休吧。

「剩下就是長谷部同學的問題。老實說我猜不透她會講些什麼。」

「就今天一整天的情況來看，不管她講出什麼，我都不會吃驚啊。」

「看來不要想得太天真比較好呢。」

小美與櫛田跨越課題來上學了。但波瑠加不一樣吧。

她今後很有可能變成障礙堵住我們的去路。

「在等待與櫛田同學見面的期間，我也跟三宅同學和幸村同學稍微確認過狀況。」

沒想到不只是篠原她們，堀北居然也有顧慮到綾小路組。

「在特別考試中感到最難受的是長谷部同學，去關心她的情況是必然的。」

儘管如此，走在我身旁的堀北卻露出鬱悶的表情，這是因為完全沒有成果吧。

「雖然她願意在玄關見我，但什麼也不肯跟我說。三宅同學要我先讓她一個人靜一靜，我才決定先觀察一星期看看。」

然後就到了今天嗎？波瑠加會來上學這件事，對堀北而言也是預料之外吧。

「結果明人成功說服波瑠加，帶她來上學了。可喜可賀，可喜可賀。」

「如果是這樣就好了……但這是不可能的吧。」

既然我們兩人像這樣被找出來，會覺得事有蹊蹺是很正常的。

今後我會振作起來繼續努力，請多指教嘍——她不可能這麼說。

「在那時點名要愛里退學，還有把她逼入絕境的都是我。妳只要在旁聽著就好。」

「那可不行。畢竟我也贊同，所以有同等的責任。不，這一切都是因為我毀約造成的。我必須承受所有後果。」

看來堀北似乎比那時更有餘力面對這些事情，但她什麼都想一肩扛下這點讓人擔心啊。

「雖然波瑠加的事情也很重要，但也有必要將腦袋轉換方向準備體育祭喔。」

我們已經花了一星期在解決班級的問題。既然這段期間其他班也以A班為中心開始積極練習以求勝利，我們也不能落後別人太多呢。

「也是呢。當然我有好好地在思考體育祭該怎麼戰鬥。我認為目前已看透到某種程度了。」

看來堀北在支援櫛田與篠原等人的事情時，也沒有忘記這方面的準備。

「那我問妳，體育祭的終點線是？」

我試著詢問堀北目標。

「這還用問，當然是以第一名為目標。不，一定要拿下第一名，必須拿下第一名才行。」

堀北注視著前方的側臉顯露出自信。

「高舉遠大的目標並不是壞事。畢竟班上的人才也不輸給別班嘛。那麼，妳想到戰略了嗎？即使也包含全年級的戰鬥，但基本上焦點在於同年級之間的綜合分數爭奪戰。坂柳和龍園有時也會採取妳根本沒想到的戰略喔。」

「要是參加的比賽沒滿五項，體育祭結束時會被沒收所有分數的規則。倘若是龍園同學，就算他假裝在比賽中發生意外讓人受傷，想藉此讓人負傷退場也不奇怪。」

就像去年堀北曾經被當成攻擊目標一般，如果是龍園，會選擇這種被稱為卑鄙的手段也沒什麼好訝異的。假若是坂柳，應該會觀察比賽的參加者，將同班同學安排到最適合的位置吧。

「針對各種可能性，妳打算採取什麼方法？」

「基本上是正攻法喲。請須藤同學和小野寺同學爭取大量得分，然後靠我和櫛田同學這樣的學生穩紮穩打地累積分數。只是為了獲勝去做必要的事情而已喲。」

「假如那樣就能獲勝，就不用這麼辛苦了。還有班級人數是三十八人這個不利條件。」

堀北立刻點頭同意。她似乎打從一開始就預料到我會這麼回應。

「所以我決定賭一個風險。我目前正在準備這個喲。」

「風險？」

「為了具體說明，能請你明天放學後稍微陪我一下嗎？」

「意思是妳希望我幫忙做些什麼嗎？」

「不是。你只要待在我旁邊，聽我說就行了。還有在最後客觀地判斷是否有鋌而走險的價值並回答我，就只是這樣。」

「真的只要那樣就行了嗎？」

「畢竟不能像上次那樣凡事都依靠你嘛。」

她已經有某種程度的想法，所以不需要忠告或建議。

既然這樣，我就期待地等著聽堀北為了體育祭所想的戰略吧。

「我知道了，明天放學後讓我聽聽看吧。」

沒多久我們到達咖啡廳，只見綾小路組的其他三人已經就坐在等候。

他們看起來沒有在閒聊，三杯飲料空虛地擺放在桌上。

既然要利用這間店，就必須點一杯飲料。我們各自隨便選了杯飲料後，前往座位。

「坐下吧。」

一抵達三人旁邊，波瑠加便這麼開口，催促我們坐在空著的兩個座位上。

「在我請假的期間，妳似乎好幾次想找我說話，所以我想聽聽看內容。」

波瑠加沒有將視線看向我或堀北的任何一邊，只是平淡地這麼開口說道。

雖然感覺像在對我們兩人提問，但現在肯定是以堀北為主要對象吧。

「是什麼內容？」

「就某種意義來說，問題算是解決了。因為妳缺課了好幾天呀。」

「也就是說妳很擔心吧。因為班級評價可能會降低。」

「當然不只是那樣而已。既然妳請假了一星期，一定有相對的理由，沒錯吧？」

「身體不適。我這麼通知校方了，照理說應該沒問題吧？因為小三跟我說缺課超過一星期可能會有懲罰，我今天才會像這樣來上學。」

哪裡有問題嗎——波瑠加依然沒有表現出任何喜怒哀樂，這麼回答。

「的確。但妳請假的理由並非身體不適。」

「為什麼妳能這麼斷言？我可能純粹是弄壞了身體而已呀。」

堀北沒有否定，將杯子送到嘴邊。

請假的理由是否因為身體不適——這種事情不過是問題的準備階段罷了。

無論堀北怎麼回答，波瑠加都不會感到滿意吧。

「妳好像感到懷疑，但我是真的身體不舒服。但不是因為生病或受傷。而是因為在精神上就連起床也覺得痛苦，又難以入眠，才請假沒去上學而已。」

明人和啟誠看起來像冷靜地在側耳傾聽，但並非如此。

儘管同樣感到痛苦，但他們理解到自己的痛苦遠遠不及波瑠加。

所以只能默默地聆聽她說話。

「別玩無聊的文字遊戲了，直接講出想說的話如何？」

堀北不僅沒有謙遜地聆聽，甚至還表現出強勢的態度。

一般來說，那種態度會造成反效果，但波瑠加不為所動。

簡直就像把感情封印在內心深處一般。非常強烈地讓人留下這種印象。

一旁的堀北也有相同的感覺，所以才會使用過度的表達方式吧。

「班級點數因為特別考試增加了這件事，妳滿意嗎？」

「我並沒有感到心滿意足。畢竟我們跟A班的差距還多達五百點以上。而且如果可能的話，在沒有缺少任何人的情況下以A班為目標才是原本的理想與展望……但是，現在說這些也沒有意義了呢。」

沒有人想選出退學者。

我們在這樣的狀況中戰鬥，不過是因為逼不得已的理由才指名了愛里。

關於這件事的驗證已經結束了。

「我的摯友因為堀北同學自私任性的判斷成了犧牲品，妳有這種自覺嗎？」

波瑠加今天首次吐露出應該是她真正想說的話。

「是呀。」

特別考試結束後已經過了一星期以上，堀北一直面對著自己的判斷，不斷在奮戰。

這種事就算沒有面對面詢問，只要每天在旁看著就會明白。

不過這種事跟波瑠加毫無關係。

並不是因為有在努力就可以原諒。不是有拿出成果就可以原諒。

「以領袖來說很出色呢。因為妳為了讓班級獲勝不擇手段。」

「我還有得學呢。」

「妳知道我是在挖苦妳吧？」

「我當然知道。」

「原本不是說好只會切割一直在投贊成票的叛徒嗎？」

「關於這點，我認為是自己預料得太樂觀了。但既然沒辦法把前幾天的特別考試當成沒發生過，只能記取教訓，活用在下次機會上。」

「有些失誤無法被原諒。」

「關於那點我也不會否認，妳說得沒錯。」

「妳是說留下小梗……留下櫛田同學是正確的選擇？」

「因為我判斷那是正確的選擇，才會抱著招人反感的覺悟留下她。感覺又要鬼打牆了呢。」

「喔，是嗎。」

堀北一直沒有表現出低姿態，這讓波瑠加略微加強了語氣。

「我不打算做沒誠意的道歉。就算找再多藉口，我判斷應該留下櫛田同學，改變了主意這點是事實。妳會怨恨我是理所當然的，而且說不定有一天我會遭到慘痛的報應。但是，為了班級著想，我判斷能成為戰力的人物是櫛田同學。這一點正慢慢轉變成確信。」

「就算櫛田同學很優秀，也有其他無能的傢伙。沒有必要非得是那孩子。」

還有其他應該切割的人才。

波瑠加看著眼前沒有做出那種結論的堀北，接著說道：

「我不會認同的。無論今後有多少人認同堀北同學，我都絕對不會認同。」

儘可能保持冷靜的波瑠加沒有要原諒堀北的意思。

「只能努力讓妳認同我了呢。」

「我都說不會認同了吧。」

「佐倉同學會退學的責任在於我——對，我不否認這點。我無法否認。但就算這樣，我該怎麼做才好呢？難道妳要我現在就退學嗎？」

就算堀北這麼做，愛里也不會回來。她為了班級挺身而出，拚命留下來的一百點也會因為這種行動化為泡影。

「還是妳希望我下跪道歉？那樣能讓妳心情舒暢點嗎？」

雖然堀北的態度看起來強勢且不服輸，但並非如此。

堀北也十分痛苦。儘管感到痛苦，仍虛張聲勢地與波瑠加面對面。

坐在堀北旁邊的我，能夠窺視到她動搖的眼睛中蘊含的真正心情。

「把愛里還來。」

「……就算妳提出我辦不到的要求，我也無法回應。」

「我的願望只有這個。班級什麼的根本無所謂，怎樣都無所謂。」

波瑠加抓住幾根自己的頭髮，用力地扯斷。

「那時的判斷是錯誤的。」

「如果妳感到不滿，當初應該挺身而戰吧？」

在說出這種近乎挑釁的話語後，堀北更進一步追擊。

「但那麼做也沒用呢。就算挺身而戰，妳也沒有方法可以抵抗吧。」

「是呀。的確，就憑我大概束手無策吧。小清利用愛里的心意，毫不留情地把那孩子逼入絕境。一般人絕對辦不到那種行為。」

這時波瑠加首次對我投以了蘊含著輕蔑的視線。

但她似乎不打算跟我說話，就那樣再度將視線拉回堀北身上。

「櫛田同學今後真的會為了班級行動？她也有可能背叛吧？」

「今後櫛田同學扯班級的後腿時，我一定會後悔吧。」

的確，沒人能保證櫛田一定會對班級派上用場。

倘若今後堀北走錯方向，說不定有一天會後悔做出拋棄愛里這個選擇。

「但是，就算我能維持現在的記憶回到過去，我的行動一定也不會有太大改變。我會重複做出為了救濟櫛田同學，選擇讓佐倉同學退學的判斷。唯一會產生變化的，就只是我不會隨便做出約定。」

堀北再次斷言她不會改變結論。

「為什麼呀，為什麼是愛里呀……」

就算我保持沉默，堀北也會回答吧，但我決定述說自己的想法。

「這是思考方式的問題。這次事件對在ＯＡＡ上排名後段的學生們形成強烈的刺激。倘若照目前這樣持續遊走在及格邊緣，說不定下次就輪到自己退學。光是讓他們產生強烈的危機意識，我認為就是一種正面效果了。」

因為這也是指名了愛里的我應盡的職責。

「簡直就像龍園班呢。你是說要切割掉沒有實力的人？」

「是啊。雖然不曉得龍園目前採取怎樣的方針，但很接近某種恐怖政治這點也是事實。是我們班至今為止的方針太過曖昧且寬鬆了。」

「讓人回想起剛入學那時。跟大家都各自為政、自私自利那時一樣。」

要說情況相似確實也沒錯，然而只是相似，實際上截然不同。

「狀況跟那時候不一樣。假如可以不用有人受害，防範於未然是必然的，但這次的狀況是把必須有人受害的損傷控制在最小限度。」

「可是——！」

波瑠加在這時首次激動地大聲吶喊。

「正因為感受到櫛田成為夥伴時，能獲得的效果遠比愛里大上許多，堀北才會做出那樣的結論。然後我也能看見那樣的未來，所以才決定尊重堀北的意見，助她一臂之力。」

基本上根本沒有什麼已確定的未來。我們只能去想像、為了抓住能看見的未來採取行動。人並非萬能。

「明明愛里不在了，回過神時，班級卻已經恢復到以往的日常生活。」

「我可以理解妳感到不滿的心情，不過山內同學那時，妳曾有同樣的想法嗎？」

「那傢伙是自作自受，跟這次情況不同。」

「一樣喲。妳只是因為自己人犧牲而感到火大。」

「這樣又有哪裡不對？」

這場交談沒有明確的終點。

嚴格來說，除了波瑠加讓步以外，沒有解決的機會。

「我無法接受，也無法承受那種現實。」

而且若波瑠加不肯讓步，之後會有很大的問題在等著我們。

「或許櫛田同學的確是個威脅。她現在表面上有改過自新，也許她今後會為了班級去行動。但妳覺得我會因為看到她這樣，就認真協助你們嗎？」

「也是呢。在妳請假一星期的時候，我就感受到這個問題可能會拖得比任何人都更久。」

堀北表示櫛田那邊有必要儘早採取對策，波瑠加這邊她則是做好了長期戰的覺悟。

在考試中失去了愛里的波瑠加，現在無所畏懼。

「但是妳來上學了。如果只是為了要跟我們說話，就算妳繼續拒絕上學，也是能辦到的。我沒說錯吧？」

淡淡的期待——假如波瑠加能靠自己把負面情緒昇華為動力來上學，就謝天謝地了。

不過，現實並沒有那麼美好。

「因為還沒有找到答案，我才試著來這裡看看。」

「答案？」

「我是為了尋找就算一直窩在房間裡也找不到的答案，才來學校的。」

聽到這番話的明人低頭看向下方。

「該怎麼做才能向堀北同學與小清復仇呢？我一直在尋找這件事的答案。」

波瑠加拋出至今最為冷淡的一句話。

從她有些乾燥的嘴唇中吐露出來的話語，和威脅或虛張聲勢的性質不同。

「……妳是認真的呢。」

堀北也被迫察覺到那番話的重量。

「我今天就是想說這件事。我一定會讓妳後悔讓愛里退學。」

波瑠加完全沒碰自己的飲料，便起身離席。

明人也像要追趕上去似的跟在波瑠加背後離開。

茫然地目送他們離去的不只是堀北，還有啟誠。

「無論是堀北或波瑠加，我都不覺得哪邊有錯。這麼說很狡猾，但這就是我的真心話。結果我在根本上還是有只要自己能得救就好的想法啊。」

啟誠彷彿對自己感到羞愧，不過他還是沒有隱瞞，將真正的想法告訴我們。

「無論誰都是這樣喲。希望自己可以得救並非什麼奇怪的事情。」

「所以我無法理解波瑠加現在的心情。就算這樣，我認為自己也沒有叫她住手的權利。就算那是會給班級造成麻煩的事情。」

啟誠無力地用拳頭敲打桌子，然後也起身離席。

「綾小路組已經半毀了。儘管如此，我還是會盡自己所能幫助班級。因為我無法在體育祭中活躍，所以會更加用功念書，對班級有所貢獻。畢竟如果不這麼做……我遭到切割的可能性也不會是零啊。」

就算擅長念書，在運動方面和社會貢獻性上，啟誠也會扯班級後腿。

倘若要用朋友的數量來決勝負，他顯然會被迫陷入特別不利的苦戰。

協定

為了聽昨天的後續，我來到位於櫸樹購物中心內的ＫＴＶ。

扣除掉宿舍，這裡的確是最能夠確保私人空間，最適合的場所之一。

我走進室內，除了我跟堀北以外，沒有其他人影。

「如果只是要談話，沒有必要特地來ＫＴＶ吧？」

我們以前曾經去過彼此的房間，所以選在其中一邊的房間商談也不成問題。

換言之，選在這個地方見面，表示還有其他人會造訪。

我沒有深入追究，決定委身於堀北的自主性。

「距離預定時刻還有一點時間……要唱首歌嗎？」

堀北拿起放在桌上的麥克風，朝這邊遞了過來。

「不，我就不用了。不如妳來唱吧？我可以幫忙打拍子喔。」

「我才不要。」

她立刻否定。妳竟然推薦別人做自己不想做的事情嗎……

「因為我要用功念書。」

堀北這麼說完，默默地拿出筆記本還有自己帶來的參考書，開始念書了。

即使在學校的大部分課程中都會使用平板等設備，自主學習時，果然還是直接打開書本與筆記本來用功，會比較方便學習吧。

若沒有播放任何歌曲，室內其實相當安靜。雖然因為奇怪的對話讓氣氛變得尷尬，但我還是決定乖乖地坐在沙發上，等待時間到來。

然後時間過了下午五點十分。

從五點前開始，堀北每隔幾分鐘就會用手機確認時間，她摻雜著嘆息抬起頭。

「對不起，說不定會比想像中拖得更久呢。」

即便沒有聽說是跟誰約見面，應該可以確定是原本約好五點碰面，不過對方遲到了吧。從沒有任何聯絡這點來看，可能是有逼不得已的理由、或是對方個性比較散漫，又或者是會故意遲到的人嗎？

各種學生反覆在我腦海中浮現又消失，這之後又等了大約十五分鐘。

原本一動也不動的室內門扉，被外面的人用手緩緩地打開了。

從門後現身的是……出乎我預料的人物。

是一年D班的葛城康平。

乍看之下感覺他會很囉唆地要求嚴守時間，這還真是令人意外。

「抱歉，我遲到了。」

「不會，我沒放在心上。想必你也相當辛苦吧，葛城同學？」

「……多少是啦。」

葛城這麼低喃，催促隱藏在自己背後的人物進入室內。

另一個人現身了。

「鈴音，妳希望跟我約會是很好，但感覺很多多餘的人啊。」

是把以前曾是A班領袖的葛城挖角到自己班的男人——龍園翔。

「因為就算跟你兩個人單獨見面，大概也很難談有建設性的話題吧。」

儘管大膽無畏地笑著，龍園仍不忘以犀利的視線觀察著堀北。

因為櫛田的事情告一段落，甩開了雜念，堀北已經恢復到以往的冷靜。升上二年級後，龍園幾乎沒有直接跟堀北交談過，所以就算他在這個階段感受到堀北的變化，也不奇怪。

「你是故意遲到，想在精神上占上風嗎？」

「誰知道呢？」

在會合之前戰鬥早已開始，雙方互相刺探、牽制對方。

看來龍園那邊也還沒聽說被叫到這裡來的理由啊。

「據說妳有話要跟我們說……就讓我聽聽詳情吧。」

「能請你們先坐下嗎？如果一、兩分鐘就能說完，就不會特地找你們出來了。」

龍園瞥了我一眼，然後光明正大地坐到沙發上，抓起充電中的平板進行操作。他用熟練的動作點完東西後，粗魯地將平板扔到了桌上。看到這一幕的堀北伸手拿起平板。

「葛城同學，你要喝什麼？」

「烏龍茶好了。」

堀北聽到之後用平板幫忙點好飲料，然後細心地放回充電位置。

「我說明一下找你們到這裡的理由——」

堀北立刻準備開口說明，但龍園像要給她下馬威一樣，用手制止她。

「在那之前，我有件事一直想問妳。把絆腳石切割掉，獲得班級點數的感覺如何啊？果然特別不一樣嗎？」

他若無其事地詢問感覺會對我們造成傷害的事情。

這也是在還不知道要談論什麼事情的狀況下，試圖居於上位的手法吧。

龍園肯定以他的方式在利用夥伴探查情況呢。

雖然他是預估我們班的內政問題還沒解決才這麼刺探，一旁的堀北卻不為所動。

「確實不是沒有爆發問題。然而真可惜呢，沒有變成你期望的發展。一些大問題已經幾乎都

解決了。」

這是謊言。至少她還沒著手處理波瑠加的問題，不曉得這顆炸彈何時會爆炸。

「妳倒是挺光明正大地在撒謊嘛。」

在套話這層意義上，龍園也斷定那是謊言，但堀北毫不放在心上。

「如果你認為是謊言，隨你高興。說到底，不管我說了什麼，你都不會輕易相信吧？」

「這可難說呢，搞不好我意外地信任妳喔？」

「不管你是說真的還是開玩笑，這都不有趣呢。」

堀北閃避挑釁。

葛城彷彿在分析似的注視著那樣的堀北，同時緩緩地雙手交叉環胸。

「我才想問你打什麼算盤？我還以為你一定會讓某人退學。」

「沒有同夥讓妳感到不安嗎？畢竟這大概表示只有妳做錯了選擇嘛。」

四個班級裡面，有三個班級都保護了同班同學。

龍園企圖讓人留下只有堀北特別殘忍、犯下過錯的印象。

「只有我們選了正確答案，真遺憾呢。畢竟你們在A班爭奪戰中連一步也沒能向前進嘛。」

「暫且到此為止。」

葛城出聲制止，這時有人輕輕敲了敲房間的門。從門後現身的店員送上葛城點的烏龍茶，還有柳橙汁。與龍園一點都不搭的飲料被放在他前面。這種組合的不協調感讓堀北和葛城也有一瞬間被奪走了視線。

順帶一提，我也一樣。龍園跟柳橙汁……已經不是不搭能形容的怪了。

「既然飲料也到齊了，進入正題吧。這次召集我們的意義是什麼？」

儘管每個人都在內心吐槽，葛城仍這麼催促堀北說下去。

堀北點了點頭，她再次輪流看向龍園與葛城，同時開始說道：

「為了打倒坂柳同學班，我提議在接下來的體育祭中締結合作關係。」

葛城的肩膀稍微抽動了一下，表現出驚訝的反應。

隨後，他恢復成平常的態度，再次反問相同的內容。

「……所謂的合作關係是什麼意思？」

就算概括說是合作，也會因為理解方式在程度上有很大的不同。

想要詢問細節是理所當然的事，看來葛城似乎不打算完全否定。

另一方面，龍園雖然沒有大吃一驚，但也沒有感到佩服的樣子。

他只是依舊揚起嘴角露出賊笑在觀察情況。

「這次的特別考試，具備全年級互相競爭，與各年級分開競爭這兩面。只要能在複數人一起參與的團體賽中獲勝，就可以平等地累積分數——我想把這種制度活用到最大限度。」

「為什麼會找上我們班？妳應該不介意我問清楚理由吧？」

身為班級領袖的龍園完全沒有插嘴，始終默默地聽著。

「首先，不用說我們當然不會找A班。要是讓理應追趕上的目標班級獲得分數，就本末倒置了。剩下就是在一之瀨同學班與龍園同學、葛城同學班當中二選一。倘若是一之瀨同學，即使在信賴度方面出類拔萃，但擁有許多身體能力優秀的學生這點則很難說——這就是我的分析。」

「也就是說妳用消去法選了我們嗎？」

「假如是單純的消去法，說到底，我根本不會與任何班級聯手。畢竟比坂柳同學班更不能信賴的就是你的領袖——龍園同學嘛。」

他確實不是容易聯手的對象吧。

葛城也像有同感似的深深點了點頭。

「的確如此。就連已成為夥伴的我都這麼認為，沒有像他這麼讓人害怕去信賴託付的對象。既然這樣，妳為何不惜背負這麼大的危險，也要提議締結合作關係？」

「當然是為了獲勝。不阻止A班這種遙遙領先的情勢，是無法獲勝晉級的。」

「不過，要是那種期待遭到背叛，就沒有意義了吧？這個男人是個不擇手段的男人。因為我也有慘痛經驗，所以很清楚。我實在不建議這麼做啊。」

葛城對自己人陳述著尖銳的意見，讓人難以想像他居然是龍園方的參謀。

要是隨便與龍園聯手，別說無法勝過A班，還有可能被龍園班吞噬。

葛城警告有這個危險性。

「今天的商談，我本來不打算立刻切入正題。畢竟我跟龍園同學一陣子沒有像這樣說話了，而且我果然還是無法信任會若無其事地遲到的人。但是看到為了遲到這件事道歉的葛城同學，我改變了想法。至少你可以信任。」

「妳還真是單純呢。難道妳不會想到我這種態度也是龍園的策略嗎？」

「如果無法看透一個人是否能夠信任，我遲早只會被吞噬吧。」

這也是堀北的賭注吧。

把龍園與葛城擺在一起，相對之下葛城看起來就是個具備良知的好人。

不過，既然堀北表現出做好覺悟的態度，葛城也只能接受了。

「看來妳跟以前有些不同了啊，堀北。這表示妳也在成長嗎？」

葛城感覺堀北的變化是成長，他再次表現出有意與堀北對話的態度。

「我明白你們這麼做的原因了。接下來就讓我述說一下我個人的見解吧。」

他刻意補充是「個人的」見解，應該是在忠告我們「這番話的前提是完全不考慮龍園的意思和想法」吧。

「我這次也想像了與堀北班聯手打倒A班的計畫。」

「你也……？」

「沒錯。你們班有須藤和高圓寺這種實力超越全年級的強者。在二年級的四個班級裡面，身體能力名列前茅，可說是最人才濟濟的一班。跟你們成為夥伴不用擔心會被扯後腿。雖然不是能夠無條件信賴的對象，但也不是會輕易背叛人的班級——這點也是不錯的要素。」

葛城這麼說道，一旁的龍園也將視線看向我這邊。

但他依舊閉口不語。

到目前為止，龍園班沒有其他能夠出面交涉的人選，經常是龍園率先進行對話。不過由於葛城的加入，龍園親自出馬的必要性降低，多了在旁觀察情況的選項。這可以說是非常大的加分要素。

不曉得龍園在想什麼、不知道他何時會做出什麼提議，讓人感覺很詭異。

即使跟葛城很好交談，堀北也開始意識到還有這種可怕的一面了吧。

可是，如果在今後的一年半會定期與他們提出協商，這是無法避免的必經之路。

「但實際上，是否要向龍園提出與你們合作的提議，我有一半是贊成的。」

體育祭的詳情公布之後，已經過了一星期以上。假如要以合作為前提採取行動，就算那樣的話題傳入堀北耳中也不奇怪。換言之，這表示在葛城內心，他優先選擇了剩下的另一半想法——

也就是不跟我們聯手。

「倘若要締結合作關係，當然就會由我們兩班確保第一名與第二名。這麼一來，決定勝負的必然是班級的綜合能力。只論單純的機率，也表示我們要甘於承受堀北班第一名、我們班第二名這種結果的可能性。」

藉由互相合作來超越坂柳班與一之瀨班，表示實際上也製造出了堀北班對龍園班的關係圖。

正因為能看見這個結果，葛城才會回答他一半贊成，一半反對吧。

縱使葛城可以溝通，但也不代表他會爽快地贊同締結合作關係。

倘若不跨越眼前這道門檻，也無法開始與龍園的交涉……

妳究竟會怎麼做呢，堀北？

「也就是說我們班對你而言，看起來是個威脅呢。」

「那當然。狀況已經跟一年前你們被揶揄為瑕疵品聚集地的時候大不相同，你們現在可是B班。而且還是在班級點數曾經一度變成零的前提下爬上B班的。最近除了高圓寺在無人島考試中的單獨勝利外，還在全場一致特別考試中做出割捨掉同班同學的艱難選擇，獲得了一百點。你們無庸置疑地是個強敵。」

「雖然不是我的功勞，但能獲得你這樣的評價，感覺不壞呢。可是，如果不締結合作關係，就這樣各自為政地迎接體育祭，也有可能變成坂柳同學班獲得第一名這種最糟糕的情況吧？最重要的是打倒坂柳同學班，不對嗎？」

「的確是啊。那也是個真理。龍園，你怎麼看？」

這時，葛城首次向龍園徵詢了意見。

「既然妳希望我們協助，應該有準備相對的回報吧？」

「你是不是誤會什麼了？我的確提議了要合作，但也不代表我們必須讓步才行。你反倒要理解自己的立場，是站在能跟最有希望獲得第一名的班級締結合作關係比較好呢。」

「別笑死人了。這邊的立場可是站在就算不跟人合作也能獲勝，但假如妳拚命懇求也可以無奈地協助妳啊。妳若不願意，我也可以現在就走人喔？」

「你知道回程的路嗎？從那扇門出去後往左轉，就能到外面喲。」

堀北根本沒有考慮要做出任何讓步，直接催促龍園與葛城回去。

這種態度是討價還價的本質，同時也從堀北身上散發出她並非把一切都賭在這個戰略上的氛圍。換言之，在龍園起身離開時，交涉就決裂了。一同打倒坂柳的提議會就此中斷吧。

倘若之後龍園重新開口表示可以聯手，立場便會反轉過來。

「妳也開始有虛張聲勢的膽量了嘛。」

「你在說什麼呀？就像葛城同學說的一樣，我們班在體育祭中，是擁有相對實力的班級喲。假設直接正面對決，你能夠拿下比須藤同學或高圓寺同學更高的名次嗎？」

「如果是老實地從正面對決，或許是那樣吧。但方法要多少有多少。妳應該沒忘記去年的事情吧？」

那正是讓我們感到擔憂的地方——龍園會設下陷阱，假裝成意外。

這顯然是他在暗示這種可能性的發言。

「今年好像還有來賓，而且按照體育祭規則的性質來看，校方大概會嚴格監視吧。你能用多卑鄙的手段周旋，還真是值得一看呢。」

「死角要多少有多少，我想不是僅限於比賽中啊。」

也就是指更衣室或廁所這些校方不會監視到的地方。

「你還是老樣子呢，那種思考的確是一種威脅……看來到此為止了。」

堀北並未感到失望，她「啪」地一聲闔上筆記本。

「綾小路同學，謝謝你今天來陪我。看來用不著詢問你的判斷，這件事的風險似乎太高了。我想就此散會吧。」

「如果妳覺得這樣就行，沒問題。」

就是這麼回事——堀北留下這句話，開始整理筆記本。

看到這一幕的龍園什麼也沒有回答，但葛城行動了。

「龍園，看來堀北好像跟以前截然不同，完全超出這邊的想像。要是不正經一點進行交涉，會被切割的是我們喔。」

冷靜地分析了狀況的葛城，再次將視線看向堀北。

「你不是因為優先考慮到跟他們聯手的壞處，才沒有向我提出這件事嗎？」

「我不會主動提議。不過，既然堀北主動提出，情況就不同了。而且我有一種預感，結果應該會超越我的想像。」

更新了擁有的資訊後，堀北班的評價稍微上升了。

換言之，就是他把我們重新評價為值得合作的班級。

「即使她在虛張聲勢，從我的角度來看，那只是個假象。想要在對自己有利的狀況下讓事情順利進行是很自然的行為。雖然她變得比較伶牙俐齒，看起來能有效發揮作用，是因為旁邊有綾小路在。」

龍園這麼說，然後拿起眼前裝滿柳橙汁的玻璃杯，毫不猶豫地將裡面的液體朝我噴灑過來。

我立刻從原本坐的位置側滑閃避，免於中彈。直到前一秒我還坐著的位置上，黃色汙漬一口氣擴散開來，散發出香氣。

「妳也差不多注意到這傢伙有多異常了吧？妳能避開剛才的攻擊嗎？」

「……沒辦法吧。」

「沒錯，若是一般人根本來不及反應，會弄濕全身。縱使一般人避不掉，這傢伙卻一臉若無其事地閃開了。」

「他的反射神經確實很驚人……但跟這次商談有什麼關係？」

「你還不懂嗎？要說的話，綾小路對鈴音而言就是所謂的致命武器。要是能對手無寸鐵的人炫耀自己的手槍，也難怪會變得這麼敢說大話啊。」

「你是為了測試這件事才特地點了柳橙汁嗎……饒了我吧。」

儘管一直覺得有鬼，但龍園還是一樣，會做些很荒唐的事情啊。

一直在留意他何時喝那杯跟他不搭的飲料是正確的。

「你為什麼要避開呢？要是你從正面全部接下，就能封住他的反擊了。」

「別強人所難了，我實在不想被果汁潑到全身。」

那味道很強烈，又黏答答的，還洗不掉。要無條件被潑灑，門檻實在太高了點。

如果是烏龍茶，倒還有辦法忍耐就是了。

想要找碴的時候，柳橙汁是最適合用來潑人的飲料之一。

「假如想進行正經的交涉，就先支開綾小路。接下來才有得談。」

龍園表示要繼續交涉的條件是讓我離開現場。

「真像你的作風呢。但我拒絕。他是我的同班同學。他有權利出席這次商談，我也有權利請他一同出席。我一點都不明白利用拿到手的武器來交涉，究竟哪裡不對呢。」

堀北真的變得很有膽量了啊。最重要的是，她也開始產生至今不會有的想法。

還有一點，就是堀北在我不知道的時候得到了關於我跟龍園的情報。龍園也察覺到這一點。

雖然不清楚程度，但就算她有聽說牽扯到惠的屋頂上的事件，也不奇怪。

堀北從一開始就表示我沒必要幫忙，只要跟她一同出席就好。因為她只是在遵守約定的同時利用我，所以我也無法抱怨。

「處於優勢的我們班提議可以跟你們締結合作關係。如果這樣你無法接受，這次的商談真的可以當作沒發生過喲。」

龍園絕對不會跟坂柳合作。即使向一之瀨提出請求，也不清楚能獲得多少有用的戰力。

倘若在這裡判斷錯誤，龍園也無法避免對今後造成的影響。

即使可能性很低，也有可能成立堀北坂柳聯盟吧。

因為若是堀北班第一名、坂柳班第二名的結果，這樣的局面也不壞。

但要是允許這種情況發生，要追上坂柳就會變得更加困難。

「視商談內容而定，我認為跟你們班聯手也無妨。那麼，要答應還是不答應呢？可以讓我聽聽你的回答嗎？」

接下來的答案不是由葛城回應，而是交付給身為領袖的龍園。

在幾秒鐘的沉默後，龍園做出決斷。

「要答應妳的提議也行喔。」

雖然龍園這麼回答，但他的話還沒有說完。

「只不過我有條件。既然要締結合作關係，就應該是更加穩固且對等的關係嘛。我們班跟你們班，不分先後達成第一、二名的目標時，獲得的班級點數會產生一百點的差距。為了彌補這個差距，拿到第一名的班級要在畢業前的三月一日之前，支付領到的個人點數。把這個約定也補充進去吧。」

這是去年無人島考試時龍園與葛城簽訂的契約內容，他現在打算做一樣的事。

如果其中一方獲得較多班級點數，就要用個人點數來彌補這個差額。

龍園應該也很清楚自己的立場較為不利。他明知道這點卻還是獅子大開口，想要多拿到些好處，而堀北也看透了這點。

「確實，那個條件本身是對等的呢。但我拒絕。哪邊會拿下第一名或第二名，就認真地決勝負吧。這只是在公平競爭後做個了結而已喲。」

假如不管有沒有附加條件都是對等，既然判斷勝算比較大，當然不可能附加條件。

「咯咯，妳不可能那麼輕易地讓我們占便宜嗎？不過，那樣這邊沒什麼賺頭啊。」

「要讓堀北讓步很困難，我認為應該先踏實地跟他們聯手。」

相對於還不打算正式簽訂契約的龍園，葛城表現出柔軟的態度。

「這樣不夠啊。既然要委託我合作，得拿出更多誠意來才行啊。」

「誠意?這點我也是一樣喲?若作戰順利進行,能夠讓坂柳同學的A班變成最後一名,他們就會被扣一百五十點。有充分的餘地可以考慮這個聯手的戰略。但我們也同樣背負著風險喲。」

堀北像要反駁似的接著說道:

「一直盤旋在我內心的疑惑,就是能否可以信任你們。倘若為了組隊,把主力選手都集中在團體賽,就無法避免會疏忽個人賽。」

龍園也很有可能會指示他們班的人背叛,在比賽中放水,或是根本不在約定好的比賽中露面吧。當天堀北等領袖也會忙著參加比賽,能否監視到所有比賽還很可疑。

因為不能帶手機進場,所以也無法從遠處攜手合作。

「相信沒有信用的你。背負這樣的風險,就是我們能做出的最大限度的讓步與合作喲。我不會再讓步更多了。」

只能說這番話對龍園而言也十分刺耳。

即使班上有吸引人的戰力,無法信任龍園這個人——這一點是大前提。

堀北表示她會接受這點,所以要龍園閉上嘴乖乖合作。

「她說得沒錯,你的做法沒有信用可言,我們只能接受了吧。」

「我打從一開始就沒有想要獲得信任啦。」

儘管笑著這麼帶過,但堀北這番話似乎還是讓龍園信服了,他放鬆下來。

「妳真的能信任我嗎？」

「敵人的敵人就是朋友。我決定相信前人創造出的這句方便的話。」

在抱持疑心的狀態下締結聯盟，也很難發揮出本領。

根據情況可能還會比敵對時更需要留意背後吧。

「雖然不是完全認同妳的主張，唯一可以確定的是，照目前這樣讓坂柳班一直遙遙領先並非上策啊。」

葛城和堀北毫不迷惘地點頭同意龍園這個答案。

首先最重要的是不能讓A班再繼續獲勝。

「即便學期末會跟那傢伙直接對決，八成無法靠那一次對決讓班級點數翻轉過來吧。」

在那之前，想先讓A班進入射程範圍內。看來可以相信他這樣的想法。

「綾小路同學，雖然一直請你在旁默默地聽我們說，差不多也該讓我聽聽你的意見了。」

堀北的想法與其風險。

客觀來看，是否要接受這個戰略呢？

「靠利害關係來合作不是壞事。儘管多少會出現異議，大家都明白應該打倒的目標是坂柳。

洋介跟惠也會幫忙說話吧。」

堀北再次對自己的提議抱持了自信。不過龍園在此時喊了暫停。

「即使很想簽訂契約，但話還沒說完。」

「還沒說完？你以為能讓我做出更多讓步嗎？」

「最後再讓我確認一件事。提出這個提議的是鈴音妳嗎？還是一臉若無其事地一直在觀察狀況的綾小路？是哪一邊？」

他強烈地想確認究竟是哪一邊提出與龍園班共同戰鬥的提議。

「如果不是綾小路同學的提議，你就不肯答應這件事嗎？畢竟你跟綾小路同學之間好像有不可告人的關係呢。」

堀北別有含意地這麼說道。

「我親身感受到你們互相認同對手的實力，也感受到我才是走錯棚的人。」

「我有說過半句那樣的話嗎？我只是要妳回答這是誰的提議。」

有些煩躁的龍園瞪著堀北看，催促她回答。

「是我喲。這次只是拜託綾小路同學與我一同出席，直到在這裡說出提議前，我也沒有告訴他這件事。」

倘若知道是自己在主導，龍園說不定會拒絕。

堀北抱著這樣的覺悟老實地回答，於是龍園露出笑容。

「原來如此啊。能聽到妳這麼說，我就放心了。既然這樣，我答應妳的提議。」

彷彿想說這就是決定性的關鍵一般，龍園正式地接受與堀北聯手。

「……為什麼？」

「妳問為什麼？天曉得。妳自己去思考理由吧。」

龍園這麼糊弄過去。

「為了保險起見，正式地準備契約書，對彼此都比較好吧。不，這尤其是為了你們好啊。」

「我當然會那麼做。我打算請茶柱老師和坂上老師居中斡旋。」

把教師也捲進來的契約。裡面當然也會加上違約的條款吧。縱然是龍園，若被不能打破的規則束縛住，也無計可施。

「那麼，文件就交給堀北擬定，那樣就行了吧？」

「好。能夠找你商量調整幾次嗎，葛城同學？」

葛城用視線確認龍園的意見，只見他回以「隨你高興」的反應。

在沒什麼信用的龍園班裡，葛城的存在真的很重要啊。

他不僅腦筋動得快，又能夠信賴，面對龍園也能毫不畏懼地述說意見。

龍園把事情託付給葛城的度量，還有拉攏他到自己班的選人眼光，只能說實在漂亮。

可以說葛城確實有不惜花一大筆錢也要拉攏為夥伴的價值。

「很好。正式締結契約後，就來挑戰體育祭吧。」

就這樣，堀北班與龍園班決定在體育祭中共同戰鬥。

終歸是以班級的勝利為最優先，但在這當中以攜手合作為目標的共同戰鬥。

只不過事情並沒有因此告一段落，葛城換了個話題。

「事情朝互相合作的方向做出結論是很好，但既然這樣，有些事情應該先思考一下。坂柳跟一之瀨也很有可能聯手，關於這點，你們打算怎麼做？」

用聯盟對抗聯盟——這樣的發展也非常有可能。

「沒問題啦。就算一之瀨跟坂柳在這次體育祭中合作，也是這邊占上風。而且那樣坂柳甚至得捨棄掉第三名。就像你擔心跟鈴音聯手會變成第二名一樣，他們要是聯手，一之瀨比較有利。坂柳班因為戶塚退學與葛城轉班，剩下三十八人。也確定坂柳不會參加，等於是三十七人。一之瀨班則是有四十人。三個人的差距意外地龐大。」

以班級的運動能力來說，幾乎勢均力敵。

既然如此，也可能因為三名同班同學的人數差距決定勝負。

「不過坂柳大概會擬定足以彌補人數問題的戰略。」

「你沒看這次的規則嗎？確定不參加體育祭時必須在宿舍待命。既然也不能使用手機，就表示A班的頭腦完全發揮不了作用。」

「你才是有沒有掌握到規則？坂柳因為身體因素無法正常運動，但能夠在形式上參加比賽，獲得基本分五分與參加獎五分，總共十分。只要滿足最起碼的條件，她也能一直停留在外面，傳送指示給其他人吧。」

「自尊心強烈的坂柳，不會讓人看見她什麼也辦不到的悲慘模樣啦。」

既然不管報名什麼比賽都無法全程參與，難以避免只有坂柳會特別引人注目。

「事情不會那麼順利。學生被賦予棄權比賽的權利。只要在形式上參加然後棄權，就不會當眾出醜。」

「那算是逼不得已的理由嗎？既然她是在理解自己身體狀態的前提下報名參加，便需要有正當理由才能棄權吧。她必須在所有人都已經跑完的一百公尺賽跑中拄著拐杖走到終點才行。那傢伙才不可能出這種洋相。」

「的確，照她的性格，一般來說會選擇不參加吧。不過，倘若坂柳知道我們聯手，她也會考慮落敗的風險。我就是在說『斷定她絕對不會參加』這點有問題。雖然你斷言得很輕鬆，但你認為她不參加的機率是百分之幾？認真地回答我。」

「少說有百分之九十啊。」

「以你那種毫無根據的自由判斷，認為是百分之九十嗎？既然如此，合理數值應該會更低一點。頂多百分之七十到百分之八十吧。」

「有這個數字你就該滿足了。」

「那可沒辦法。要是你想強調確實性，就以百分之九十五為目標吧。」

龍園與葛城丟著我們不管，開始唇槍舌戰。

「無聊透了。可是，如果你要求更確實一點，倒是有辦法。在體育祭開始之前澈底圍剿坂柳吧。跟她說要是她參加比賽，我們會動員班上所有人讓她在比賽中出盡洋相。這麼一來，機率就能拉到你說的百分之九十五了吧。」

龍園主張坂柳應該會屈服於踐踏個人尊嚴的威脅。

「從倫理的觀點來看，實在無法認同那種行為呢。」

「我有同感。校方也不會坐視不管吧。」

不過堀北和葛城都否定不會接受那種行為。

「萬一坂柳真的來參加比賽，只需要擊潰她就是了。」

「你別忘記就是因為要擊潰她沒那麼簡單，我們才會掉到後段班的。」

假設坂柳發揮身為司令塔的功能，確實難以預測她會使出怎樣的招式。

她是否參加比賽，也會對這次體育祭的勝負有很大的影響。

反過來說，如果能確實地讓坂柳缺席，表示勝利就在眼前了。

「堀北，妳有將我的貢獻度包含在班級的勝利裡面嗎？」

「我基本上沒有算進去。只有你依舊處於特殊的立場喲。」

「這樣正好。假如坂柳是否參加會讓這種合作關係蒙上陰影，我說不定可以幫上忙。」

「這話什麼意思？」

對我的發言感到有興趣的葛城停止與龍園的對話，轉頭看向這邊。

「假如可以把這件事完全交給我，我會讓坂柳不參加體育祭。」

「咦……？」

「哦？」

堀北露出驚訝態度，龍園感到佩服，葛城則是默默傾聽。

「只不過讓坂柳不參加的代價，就是不要指望我會在體育祭上拿到任何一分。不只是堀北，龍園，你也一樣。」

「我打從一開始就沒把你算進去。若你可以封住坂柳，就省事多了。」

「雖然完全無法想像你要用什麼辦法，但倘若龍園與堀北都相信綾小路你的發言，願意交給你處理，我也不打算針對這件事多說什麼。假設坂柳不參加，要讓A班掉到最後一名也並非難事吧。」

「但你真的辦得到那種事嗎？」

「對。就算我什麼都不做，她也很有可能不會出席，但可以交給我處理。而且我在旁聽時，覺得堀北與龍園也沒什麼機會像這樣聚集起來互相合作吧？我有其他事想要先告訴你們，可以聽

我說嗎？」

在這次商談當中，我一直在思考跟其他三人不太一樣的事情。

「是什麼事呢？」

我開口說出提議後，堀北與葛城互相對視，龍園默默地傾聽。

在我說明完畢的同時，葛城的玻璃杯裡的冰塊融化，發出喀噹的聲響。

「雖然那是個很有趣的主意……」

堀北不曉得是否要接受這個提議，她困惑地看向龍園。

「就規則來說的確有可能，不過——」

「我的提議讓你感到不爽嗎？」

即使是在體育祭上的協定，如果是我提出的提議，龍園也有可能拒絕。

畢竟他的語氣聽起來就像這樣嘛。

「是啊，我覺得不爽。駁回。」

龍園這麼否定，但葛城插嘴了。

「你個人的感情等之後再說。我坦率地認為這個提議不壞。或許有必要聆聽詳情，還有再次確認規則——不，既然是綾小路，應該是仔細確認過後才這麼提議的吧。」

「就規則來說沒有問題。與其只靠我們班動手，不如請龍園班的學生也一起合作，那樣能夠有更強力的發展，沒錯吧？」

「嗯，也是呢。的確是這樣……」

堀北本身也很清楚我們班現在背負的問題。

如果能從其他地方調度彌補這個問題的存在，也能緩和不安的情緒。

「答應吧，龍園。現在應該為了之後與坂柳的直接對決進行準備。」

「聽好了，綾小路。等我擊潰坂柳後，下一個就輪到你了。」

「如果你們班爬上來，必然會變成那樣。」

這句話似乎成了決定性關鍵，龍園也接受了我的提議。

「葛城，把那邊的資料也整理起來。」

「就那麼辦吧。」

「完全就是A班包圍網……呢。」

「不過，首先要把不讓坂柳參加體育祭這件事擺第一。無論是在體育祭上的合作或綾小路的提議，都得先完成這個準備階段才能開始啊。」

「我知道，關於這點就包在我身上吧。」

我有個封住坂柳的戰略，無論是龍園或葛城，還有連堀北也辦不到的。

1

晚上七點前，在櫸樹購物中心內的咖啡廳集合的是二年A班的坂柳、神室與橋本這三人。

「突然被找出來已是家常便飯了，所以我不會吃驚，不過今天有什麼事呢？公主殿下。」

「是關於接下來的體育祭中會發生的事，還有我們應該做什麼。」

「方針不是決定好了嗎？」

「情況時時刻刻都在變化。然後今天又產生了新的變化。」

坂柳這麼說，接著說道：

「龍園同學班與堀北同學班接觸了。」

聽到這番話，橋本的眼神變了。

「是哪邊去接近哪邊的？龍園主動嗎？」

「這點還不清楚。但無論是哪邊，應該可以視作雙方已經聯手了吧。」

「先等一下啦。我不覺得會進行得那麼順利耶。我很難想像堀北會輕易地相信龍園，那傢伙根本不是能勾結的對象吧？」

「有句話說敵人的敵人就是朋友對吧？我們班非常穩固地遙遙領先。縱然沒有信賴關係，但在抱持相同目標的期間，還是可以順利攜手合作的。」

兩人也能輕易推測出那兩個班級聯手是多麼棘手的事情。

這絕非讓人開心的報告，因此他們的表情也僵硬起來。

「照這樣下去很危險呢。」

「妳是說只憑我們會落敗？」

「會落敗。倘若前提是另外三個班級會各自為政地戰鬥，我們還有可能拿到任何一個名次，他們卻從意外的地方產生了連結呢。」

坂柳斬釘截鐵地斷言，並看向橋本。

「如果是我，才不會與龍園聯手。畢竟不曉得何時會被他陷害。」

「假如他會陷害對方，對我們來說反倒正好。龍園同學班第一名、堀北同學班第二名——如果能變成這種簡單易懂的結果我倒是很歡迎，但要是反過來的話，就有些棘手了。」

比起龍園，坂柳更警戒堀北班。

坂柳這番也能這麼解讀的發言，讓橋本收起了冷笑。

「畢竟他們現在的確氣勢正旺嘛。原本以為除了龍園班外，其他班不可能捨棄小嘍囉來抓住一百點。是堀北成長了嗎……還是綾小路在暗中活躍呢？」

橋本強調「綾小路」這個名字，面向坂柳。彷彿在確認什麼似的。

這種刺探當然對坂柳不管用，她平淡地繼續說道：

「他的評價最近也提升不少呢，發生什麼事了嗎？」

「……不，沒什麼。雖然我覺得他隱藏著OAA以上的實力就是了。哎，那種學生也不是只有綾小路啊。」

要是互相刺探起對方的意圖，對橋本不利，因此他立刻收手。

因為他判斷隨便刺激坂柳而被盯上並非上策。

「那妳要怎麼做？妳說體育祭沒有妳會落敗，不過妳會缺席對吧？」

也就是說妳要放棄輸贏嗎？神室這麼詢問。

原本笑著的橋本似乎也很掛心這點，表情再度僵硬起來。僅僅一百五十點。就算A班掉到最後一名，也不會造成太大的損傷。

不過，正因為這是一直穩固地戰鬥到現在建立起來的狀況，實在不太歡迎敗北。

「答案只有一個喲。」

坂柳露出笑容，接著這麼說道：

「我也會參加體育祭。即使他們真的聯手了，也是盤算著如何在我不參加的情況下獲勝。讓他們理解那都是幻想吧。」

「真的假的，妳沒問題嗎？」

「妳這麼有幹勁是很好，可是——真的好嗎？」

兩人對表明要參加的坂柳感到動搖。

「是擔心我被看笑話嗎？這方面我有很多方法可以巧妙地應付過去喲。」

「哎，如果是妳應該能高明地應付吧。既然妳願意參加，那事情就好說了？」

「只不過就算這樣，也並非綜合的運動能力會提升。我終歸只能撿一些或許會有漏網之魚的比賽。換言之，就算我有參加，要奪取第一名也會是場嚴苛的戰鬥吧。」

「我覺得只要不是最後一名就足夠嘍。」

「要讓堀北同學與龍園同學那彷彿玻璃般的關係產生裂痕，也不是多困難的事情。在他們當天拚命想要攜手合作的時候，插手阻撓他們吧。」

橋本與神室十分信賴流露出絕對自信的坂柳。

至今她也曾好幾次不斷拿出優異的成果。

「暫且可以放心了嗎？哎，不過真虧妳能這麼快就撈到情報呢，公主殿下。妳不是親自去打聽來的吧？」

坂柳平常大多是利用橋本或神室來收集情報。

但這次兩人都是首次聽說這件事，因此橋本感到不可思議地這麼詢問。

「別看我這樣，我也是負責擔任A班代表呢。而且在一年級生當中，也多了些認識的人。」

坂柳不慌不忙，宛如在享受危機般，溫和地露出微笑。

2

終於邁入十月，體育祭也即將正式開幕前的放學後。

我跟惠以約會為目的一起來到櫸樹購物中心。

雖然還是一樣會從三年級生那邊感受到充滿壓迫感的視線，明明遭受波及，惠卻絲毫沒有放在心上的樣子。

「我已經習慣了。」——看來她這麼說並非虛有其表啊。

惠今天似乎有幾間想逛的店，我們首先來到了家電量販店。

「妳打算買什麼？」

「咦？我沒什麼想要的東西呀？啊，不對，雖然不是沒有想要的東西，但今天不是為了自己來的。」

不是為了自己——也就是說正好相反，是為了某人而來。

「馬上就要到清隆生日了吧？即使也考慮過給你一個驚喜，不過我想還是送本人想要的東西比較好吧。」

這麼說來，馬上就要到我生日了啊。

「我想說一起到處逛逛，尋找清隆想要的東西。」

「原來如此。」

我想起最近惠經常問我，有什麼喜歡的東西或打算買的東西。因為我沒有多想，總是隨便回答，她才打算直接找出我想要的東西送我的樣子。

「這會動用到妳的個人點數喔？」

尤其惠並沒有多少存款。

「我知道你想說什麼，可是難得你生日嘛。不用客氣，儘管說喲。」

她本人好像不管是什麼都打算買下去，但可不能那樣。

話雖如此，畢竟是這種狀況，我知道回答不需要是錯誤答案，而且可以想見就算想要非常便宜的東西，惠也不會接受。

挑選不會讓惠的荷包損失慘重的東西。

目前需要的就是這樣的發展。

「我可以明白你現在在想什麼喲～？」

惠目不轉睛地盯著我看，然後強硬地挽起我的手。

「我要買清隆想要的東西！懂了嗎？」

「……說得也是。」

至少不能為了減少她的負擔，買些不需要的東西。

就在我們挽著手邁出步伐時，惠將臉頰湊近我的手臂。

「欸嘿嘿，好幸福。」

她這麼說道，更加用力地抱緊了我的手臂。

「我已經沒有任何事情瞞著清隆了。所有的一切都讓清隆知道了。我從來沒想過自己居然會有比爸爸跟媽媽更重要的存在呢。」

儘管紅著臉，但她看起來真的很幸福似的瞇細雙眼。

「清隆也不可以有祕密瞞著我喲？」

「好。」

祕密，那是指什麼呢？

關於我家人的事情、White Room的事情、我打算在學校做的事情。

朋友關係、戀愛感情的事情。

假如有任何一項符合，就表示我有祕密瞞著她吧。換個說法，就是我沒有告訴惠任何真相。

「啊——」

我們一邊討論該買什麼商品，一邊在店內到處逛時，碰到了一個人來店裡的佐藤。

才剛遇上，佐藤的視線就盯著我跟惠挽在一起的手看。

「你……你們真恩愛呢。打……打擾了～」

「啊，慢點……等一下！」

雖然惠試圖挽留佐藤，但佐藤一溜煙地跑離現場。

「……哎呀……」

糟糕了——惠這麼說，手貼向自己的額頭。

「妳還在顧慮佐藤嗎？」

「雖然不是那樣……果然還是感覺不太好呢……」

「既然這樣，只能今後克制在外面挽手的行為呢。」

「我才不要。」

儘管對朋友感到過意不去，她似乎不打算對這點讓步。

「咦？嗨，綾小路！」

我們在電子鍋和熱水瓶區漫步時，碰到了石崎與阿爾伯特。

可以感受到惠挽著我的手略微用力了點。

「你正在跟輕井澤約會喔？而且還挽著手……真是現充啊……」

石崎用羨慕的視線看向這邊，但我更在意站在他旁邊的阿爾伯特的手。他拿著知名廠牌比較大型的熱水瓶。

因為阿爾伯特塊頭很大，所以熱水瓶看起來沒有多大這點，讓人感到不可思議。

「喔，你說這個？因為這個月的二十日是龍園同學生日啦，我們正在挑禮物。」

「咦？你說二十日……原來是同一天生日？」

大吃一驚的惠有些警戒似的抬頭仰望著我。

「我也是現在才知道。」

「跟誰的生日是同一天嗎？」

石崎不經意地將視線看向輕井澤那邊，於是惠在瞪著他看的同時，稍微躲到我後面。

「搞什麼啊，告訴我也——」

就在這個瞬間，阿爾伯特輕輕將手搭到石崎肩上。

石崎這時似乎才總算想到輕井澤會警戒他的理由。

「……啊，對喔……」

糟了——可以聽見他這樣的低喃。

縱然是龍園的指示，但石崎參與了把惠叫到屋頂上，被稱為霸凌的行為。

惠當然會排斥那樣的石崎。

石崎看似對遲鈍的自己感到火大，他咂嘴後用輕輕握住的拳頭敲打自己的頭。

「抱歉……我應該先跟妳道歉啊……我在屋頂上對妳——」

「不要在這種地方說那件事啦。」

雖然石崎打算賠罪，但他還是不夠體貼這點也是事實。

這裡是櫸樹購物中心，無論何時有熟人出現都不奇怪。

在這種時候被人提起屋頂上那件事，惠也不會覺得開心吧。

只要照這樣讓兩人分開，問題就能解決，但假如我跟惠的關係今後也會持續下去，像這樣跟石崎有牽扯的機會想必也不少吧。

「我們換個地方吧。」

即使是在許多人來來往往的櫸樹購物中心內，也有不少形成死角的地方。

儘管一臉不滿的樣子，惠還是沒有插嘴，就這樣挽著我的手跟著我。

阿爾伯特也暫且把商品放回架上，與石崎一同跟了過來。

因為他們感到過意不去的心情很強烈，才會抱有想賠罪的心情。

只要前往緊急出口的旁邊，就能在遠離商店的同時，保持一段雖然可以看見學生，但聽不到聲音的距離。

這個位置就算有認識的人出現，只要在那時停止對話，便不會有問題。

「真的很抱歉！我一直沒有道歉，真的對不起！」

「……無所謂。你這麼道歉也讓我很傷腦筋，反倒覺得更加火大耶。」

「咦……？」

「你們被清隆打得落花流水。只是因為輸了才不得已地道歉。」

「沒、沒有，這是──」

「假如清隆沒有到屋頂上救我……或者輸給龍園他們的話，你根本不會像這樣跟我道歉。不是嗎？這樣只讓我覺得困擾耶。」

惠狠狠地瞪著石崎，斷言他這麼做令人困擾的話語也有一番道理。

現在我也會跟石崎和阿爾伯特有交流，但也是因為發生過屋頂上那件事。即使有惠說的那種ＩＦ也不奇怪。

「我覺得會被責怪也是沒辦法的，不過我還是……」

「我沒有在責怪你。強者比較偉大是理所當然的。我也是不想居於人下，才設法爬到上面，對底下的人擺出強勢的態度。沒錯吧？」

縱然程度有所差異，惠跟石崎的本質是相同的。

他們都擁有趨炎附勢的價值觀。

「我知道妳想說什麼。不過，與石崎有接觸之後，我也稍微明白了一些事情。就是石崎的確從那時候開始往好的方向在成長。」

「好的方向是指什麼呀，在我看來他一點都沒變耶？」

「這終歸只是我這麼覺得，但假如現在龍園打算對其他人做曾對惠做過的事情，我不覺得石崎會輕易地服從他的命令。」

「是嗎？雖然他看起來不像能反抗龍園呢。」

這個指謫說中了吧。石崎說不出話來。

他無法反駁，全身洋溢著懊悔，然後用手心用力地拍打自己的膝蓋。

看到他那副模樣的惠嘆了口氣。

「已經夠了。你現在跟清隆是朋友對吧？即便我不會原諒你，但也不會再責怪你了。」

「這、這樣好嗎？」

「所以我不就這麼說了嗎？這件事已經結束了，懂嗎？」

「好、好！」

石崎很開心似的抬起頭來。

「呃……話說，就是那個。剛才是在說誰的生日啊？」

石崎再次這麼詢問惠。雖然還有些不信任感，惠仍然將食指比向我。

「咦？真假？綾小路也是十月二十日嗎！」

石崎大吃一驚，一副難以置信的模樣。

「這不就是所謂的命運嗎？」

「什麼命運呀，學校有四百人以上，所以就算有人生日同一天也沒什麼好驚訝吧？」

「可是，剛好就是綾小路跟龍園同學，這不是很厲害嗎？」

石崎為單純的巧合感到高興。就像惠說的一樣，這並非什麼不可思議的事情，但不知為何，連阿爾伯特也有一點開心的樣子。

「我們可以回店裡了嗎？」

「啊！對了！先等一下！」

惠大概覺得他這麼大聲很吵，她一臉厭煩似的用手指摀住耳朵。

「我有個提議。方便的話，二十日一起慶祝你們兩人的生日怎麼樣？龍園同學與綾小路的雙重生日派對，簡直棒呆了吧？」

不，聽到這個提案的瞬間，我一點都不覺得棒耶……

即使試著想像，也無法順利浮現出畫面。

「如果他會賠罪，倒是可以喲？」

「咦？」

「我是說如果龍園那傢伙向我低頭賠罪，要答應你也可以喲。」

這回應正適合用來當拒絕的藉口啊。

石崎驚訝地張大了嘴，然後他領悟到這件事有多麼困難，嘴巴變成了倒V字形。

「龍園不會跟我道歉對吧？」

「咦？啊……哎，雖然他絕對不會那麼做啦……」

就連建議龍園道歉這件事，對石崎來說都是不可能的吧。

石崎僵硬在原地，但他彷彿下定了決心般，用力地重新合上嘴。

「假如你們兩人希望他那麼做，就由我來向他提出建議！」

「你還是算了吧？」

要是那麼做，說不定有鐵拳制裁在等著石崎。正因為是很了解龍園的同年級學生，才能浮現出那種想像。

「我會想辦法的！假如他答應賠罪，就來辦生日派對吧！」

「哎……如果真的會實現，倒是可以考慮啦……」

即使石崎熱情洋溢，但輕言承諾可能導致他自取滅亡。

關於這件事，我也應該斬釘截鐵地拒絕。

石崎最近的確變得會強烈地表達自己的意志。此外，就像在全場一致考試中沒有選出退學者一樣，龍園的想法確實也開始出現某些變化。

不過，不能把那個解釋成本能或真心。

就算想要改變，人也不會輕易地改變。

龍園並非試圖改變，而是自己想要進化。

不過是至今只以邪惡為武器在戰鬥的男人，開始使用善良罷了。

他開始自由地控制硬幣的正反面。

假如石崎誤判了這個部分——

「勸你算了啦。」

惠這麼阻止他，但石崎的決心並未動搖。

「若龍園同學願意道歉，你們就會同意參加生日派對吧？」

「可是呀——」

「我知道了！另外也讓我再次正式向妳賠罪吧。我會先準備好比送給龍園同學的禮物更加認真挑選的東西！」

惠似乎敗給了石崎的熱情，儘管並非心甘情願，她還是回答：「我知道了啦。」同意他的提議。

「好，就這麼決定！總之，先去挑選龍園同學的生日禮物吧！」

石崎與點頭同意的阿爾伯特先一步回到量販店。

看來他也理解到不該跟我們兩人一起逛這件事。

「妳為什麼答應石崎的提議？我還以為妳鐵定會拒絕。」

雖然惠聽到石崎坦率的心情，接受了他的賠罪，但老實說我沒想到她會選擇在我生日那天跟石崎他們碰面。

「我當然也想跟你兩人單獨過生日呀……可是……」

「妳是賭上龍園會道歉的可能性嗎？」

「那是不可能的吧。不是那樣啦……」

惠轉過頭去，看向石崎一臉開心似的跟阿爾伯特在交談的背影。

「畢竟我感受到了石崎同學把你當成朋友喜歡的心情。再說你也需要朋友吧。」

我立刻明白她是在指綾小路組的瓦解。

惠發現我察覺到這件事，便紅著臉移開了視線。

「而且呀？石崎同學也說他想再次正式向我賠罪。我只是覺得接受他的賠罪也無妨而已。」

毫不坦率這點很像惠的作風。

只不過，那果然還是不會實現吧。

石崎的提議打個對折聽聽就好。

體育祭開幕前的日子，就這樣逐漸流逝。

3

佐藤先一步衝出家電量販店，在女生廁所前調整呼吸。

「啊～我怎麼逃跑了呢。」

重要的朋友與最喜歡的人在交往。這並不是什麼壞事。

雖然心裡明白，但看到他們挽著手，還是有一種難以言喻的衝動襲向自己。

要是就那樣停留在現場，不曉得自己會擺出什麼態度。

佐藤這麼心想，才突然拔腿就跑，但現在又對這種行為感受到強烈的罪惡感。

她癱坐在原地，抱住膝蓋。

「下次不能再這麼慌張了……」

因為自己會這樣，小惠在教室時一定也在克制自己，避免跟綾小路同學太親密吧。其實她應該想要跟綾小路同學兩人更加你儂我儂的。

就在佐藤這麼心想並站起來時，一個影子遮住了她。

「冒昧打擾了。妳是佐藤麻耶學姊沒錯吧？」

被陌生的學生這麼搭話，佐藤有一瞬間感到困惑。

「是沒錯啦……呃，你是誰？是一年級生對吧？」

「關於我是誰這件事，我想現在並不重要。其實有件事情想儘快告訴佐藤學姊。可能的話，能占用學姊一點時間嗎？」

「咦、咦？怎麼回事？」

佐藤聽到不認識的學弟妹表示有話要對自己說，陷入混亂。

綾小路跟輕井澤緊貼在一起的模樣還留在她腦海中揮之不去，讓她冷靜不下來。

「是關於綾小路學長的情報。」

但聽到這番話，讓佐藤的動作停住了。

「……綾小路同學？」

「是的。是關於他，還有他的女友輕井澤惠學姊的事情。」

聽到對方說出此刻正支配著自己腦海中百分之九十九空間的兩人名字，佐藤也不禁將視線看向對方。

佐藤被對方緩緩地逼近距離，她稍微緊張起來。

「接下來能找個可以兩人獨處的地方慢慢談嗎？」

「這……」

一年級生活用輕盈的身體能力，逼近到嘴唇甚至要碰到佐藤耳邊的距離。

「假如輕井澤學姊退學——佐藤學姊不覺得自己也有機會嗎？」

目前對自己而言最親密的朋友輕井澤，還有心上人綾小路。

一年級生表示有機會改變那兩人的關係，以及自己的立場。

各種感情洋溢出來。

「你、你在說什麼呀？」

「要不要聽我說，就交給佐藤學姊來判斷。不過，如果不聽我說，學姊將來一定會一直感到後悔喔。假如學姊不想被人看見，也可以來我宿舍的房間。」

彷彿口頭告知房間號碼後就滿足了，一年級生背對著佐藤離開現場。

被留在原地的佐藤還無法理解狀況，依舊混亂不已。

但只有一件事深深留在記憶當中。

「自己也有機會」——

暗示著自己有可能跟綾小路交往的話語。

在胸口被揪緊的同時，一種不想知道的感情緩緩地從深處爬了出來。

「我——」

4

儘管還殘留著一部分課題，但班級開始為了體育祭仔細地進行準備。

雖然也有學生反對與龍園共同戰鬥，但真的開始練習時，也沒有起太大的爭執，很順利地進行針對團體賽的練習。一開始持否定態度的班上同學，也為了獲勝不吝惜與對方合作，日夜勤奮地練習，累積鍛鍊。

然後終於到了體育祭前一天的夜晚。

我在晚上九點半過後打了電話給堀北。

『你來電的時間還真晚呢。我都準備要睡了。』

從耳邊傳來吹風機在運轉的聲響。

「是跟體育祭相關的重要事情。」

『你有重要的事情要跟我說？看來認真一點聽比較好呢。』

堀北這麼說，然後她立刻關掉了吹風機開關，耳邊安靜了下來。

『啊，我也有事情想先跟你說。坂柳同學還是一樣，打算參加明天的體育祭喲？你不是說能夠阻止她嗎？』

「就是跟那件事也有關係的事情。明天的體育祭我打算缺席。」

『……缺席？等一下，這什麼意思？』

可以清楚地感受到我突然的報告讓她在電話另一頭不知所措。

傳來「卡鏘」的聲響，她稍微發出哀嚎。

「妳還好嗎？」

『對不起，我不小心弄掉了吹風機……』

可以聽見她把手機放在某處的聲音。她似乎正慌忙地撿起吹風機。

『那麼，缺席是怎麼回事？應該不是因為身體不舒服吧？』

我的聲音乍聽之下感覺很有精神，因此也難怪她會感到困惑。

「對，我的健康狀況沒有問題。反倒比平常更有活力。」

『既然這樣，那又是為什麼？缺席會失去原有分數的十分喲？就算沒有把你的勝利分數計算進去，失去這十分也是很大的損失。』

畢竟我們班的人數比較少，只有三十八人嘛——可以理解她想這麼抱怨的心情。

「我不會說這十分不重要。但這就是我必須採取的戰略。」

『……你的戰略？』

當然，不是父親的刺客會混在來賓裡面這類事情。

我在這時提及至今一直沒有告訴她的事情。

「要讓A班變成最後一名，就一定要設法攻略坂柳——這將是攻略坂柳的開端。」

『攻略坂柳同學……？』

「我說過了吧，我有辦法不讓坂柳參加體育祭。」

『雖然不曉得為什麼你缺席會跟攻略坂柳同學相關，不過……』

堀北本想詢問理由，但她立刻打消念頭。

『現在的我不可能理解你在想的事情呢。而且就算說服你，你也不會改變缺席體育祭的想法吧？』

「對。明天一早我會聯絡校方，說我身體不舒服。」

『既然這樣，看來也只能選擇相信你了呢。』

儘管感到傻眼，堀北還是像承諾似的同意了。

『我姑且打算以至少拿下三項第一名為個人目標，但這下又得多拿到十分才行了呢。』

「拜託妳了。」

結束通話後，我將手機插上充電線。

原本正準備睡覺的堀北，因為要重新計算分數，腦袋又會清醒過來，暫時無法入眠了吧。

即使做了有些殘酷的事情，但就請她當成必要經費吧。

然後我還有一通電話要打。

告訴對方必要事項後，便完成了所有的準備。

早上。我從教職員方守望著聚集在操場上的全校學生們。南雲學生會長正在設置好的講台上進行開幕致詞。從外面邀請來的來賓們守望著他的致詞。人數並沒有很多，大約幾十人。儘管如此，陌生的外人還是讓學生們看起來靜不下心。他們正躍躍欲試地準備投身於體育祭的舞台。

即便事前已經從學生會那邊聽說會邀請來賓參觀，但人數雖不多，卻散發出超乎想像的壓迫感呢。與設立這所學校相關的政界等相關人士。儘管沒有那種會在電視上看到的政治家，但也是地位非常接近的人物們。每個人都身穿西裝，用嚴肅的表情守望著台上。這狀況簡直就像在監視囚犯般。即便置身這種狀況中，南雲學生會長也不為所動，光明正大地持續述說著話語。跟哥哥在學生們面前展現出來的完美形象相比毫不遜色，盡責地達成了任務。學生會長的致詞結束後，學生們送上掌聲，他接著交棒給老師們，再次通知關於體育祭的注意事項等等。然後迎向了開幕時刻。

接下來學生們可以自由行動。只要遵守規則，可以參加目前已報名的比賽。雖然需要兩分，假如看到對戰對手，判斷情勢不利，也能臨時棄權去參加其他比賽。還有一個規定是參加完所有比賽，沒有其他計畫的學生，不能忘記自己有義務到指定的區域替班級加油。要是被抓到在無關的地方閒聊、休息或偷懶，不僅會被剝奪參賽資格，就連原有分數也會被沒收。

此外，我們與締結了合作關係的龍園同學班在個人賽極力分散互相撞上的機會，至於團體賽則是從彼此班上毫不吝嗇地選拔出能獲勝的學生，然後將人數均分，採用無論是輸是贏，兩班都會分配到相同分數的制度。

接著，無論有多麼優秀的學生，也會規定他參加的團體賽場次上限。

這種措施是為了避免長時間綁住像須藤同學或山田阿爾伯特同學這些優秀的人才，我們簽訂了一人最多可以協助三項團體賽的契約。上述的約定限定於「能夠事先報名的項目」這點，也添加到了契約裡面。

畢竟若是在體育祭當天為了要對方協助這項比賽或那項比賽起爭執，實在毫無意義。此外，我們也沒有嚴格設定完全不跟一之瀨同學班或坂柳同學班的學生聯手的限制。倘若有能夠巧妙利用他們的比賽，我們也認同根據情況與他們聯手的行為。

為了避免出問題，我跟葛城同學磨合調整了好幾次，所以我不擔心這點。

剛開幕時大多數人都會參加事先預約好的比賽，因此不用太擔心，但我還是每隔一小時會跟同班同學開會討論，隨時確認有沒有發生問題，也不能忘記進行細微的調整。

我第一個參加的比賽是一百公尺賽跑。比賽是從體育祭開幕的十五分鐘後開始進行，沒必要

著急，但我還是提早到達現場，想先確認參加者的情——

「來吧，堀北！跟我一決勝負！」

在學生各自解散，可以自由行動後，伊吹同學立刻以最快速度來到我身邊。

她氣喘吁吁地瞪著這邊看。

「妳是笨蛋嗎？」

「啥！妳突然講什麼？妳是怕輸給我嗎？是這麼回事？」

「並不是。」

我一秒否定。

「妳接下來要參加的比賽是什麼？調整好呼吸後再回答我。」

「……啥？那當然是一百公尺賽跑啦。畢竟是跟妳一起決定的，我才不會忘記。」

「對，是一百公尺賽跑。而且是報名第一場。我們這麼約定了。換言之，等一下就要立刻賽跑。明明如此，妳卻在比賽前就全速奔跑，還比什麼呀？既然已經決定要對戰了，妳應該在指定的地點等候才對，這種事根本用不著說明吧？」

聽到我這麼說，伊吹同學似乎才理解了自己的狀況，她非常好懂地發出一聲：「糟了。」

「總、總之來一決勝負！」

「放心吧。用不著妳說，我也會跟妳決勝負。」

伊吹同學不是能輕鬆應付的對象。去年的一百公尺賽跑我是險勝。

其實應該是想要先避開的對手，畢竟我也很感謝妳嘛。

假如沒有伊吹同學的協助，說不定櫛田同學還沒有來上學。但我也不能放水輸給妳。妳大概也不希望我這麼做，就讓我光明正大地獲勝吧。伊吹同學好像不想跟我並肩行走，她稍微空出距離，我們一同前往參加第一項比賽。一種舒適的緊張感高漲起來。

首先是只有二年級女生的戰鬥。與事前的預約狀況沒有太大變化，感覺會成為勁敵的人只有伊吹同學而已。不過認為這樣很幸運就太膚淺了。自己能夠輕鬆戰鬥，就表示有人會在不同比賽中與強敵對戰。

1

在開幕典禮結束沒多久後舉行的一百公尺賽跑。與伊吹同學一決勝負的第一戰。結果是我險勝。不可思議的是這次也以跟去年差不多的些微差距獲勝。抵達終點後，伊吹同學很不甘心似的踢起沙土，開始找藉口說這都是因為她在比賽前全速奔跑的關係。

與她的下一場對戰是第四項的跳遠。這中間的兩項比賽是個別的戰鬥。

我參加的第二項比賽是障礙物賽跑，拿到了第一名。第三項比賽則是團體賽的拔河，獲得第三名。

到這邊為止，我個人累積起來的分數是開始時的五分、拿到兩次個人賽第一名有十分、拿到團體賽第三名的拔河有三分，以及參加獎三分，合計二十一分。可以說是很棒的開始吧。

然後在上午十點過後，與伊吹同學的第二回戰——跳遠開始了。

我現在正好結束了一次定勝負的跳遠比賽。

我留下的紀錄是五公尺七十九公分。

還不賴。在不容許失敗的狀況下，應該留下了幾乎是個人最佳紀錄的成績吧。

比我晚三個人之後才會上場的伊吹同學一邊注視著紀錄，一邊調整呼吸。剩下三個人準備跳遠。我目前躍居暫定第一名，非常有機會在這項比賽中獲得分數。

「鈴音！找到妳了！」

正當我守望著下個跑者時，從後方傳來呼喚我的聲音。

我轉頭一看，只見須藤同學正飛奔過來，還有小野寺同學在他後面走向這邊。

是在這次體育祭中備受眾人期待的得分搭檔。

「照你的樣子來看，狀況似乎很不錯呢。」

「須藤同學開幕就三連勝了喲。而且還綽綽有餘，真不愧是須藤同學呢。」

「還好啦。不過小野寺也是參加兩項比賽都拿到第一名啦，對吧？」

「雖然我這邊有一點運氣好的成分在啦。」

在游泳方面無人能出其右的小野寺同學，在田徑方面也充分發揮了她的才能。

「印象中剛入學那時，妳好像沒有跑這麼快呢。妳是在哪邊讓才能開花結果的呢？」

正因為平常上體育課時會觀察她，這點令我感到在意。

「因為我不怎麼喜歡跑步，也對游泳以外的事不感興趣，所以該說我一直是敷衍了事嗎？」

「妳說過絕對不會跑長距離啊。」

「因為那樣超累人，我也沒辦法跑那麼久，根本沒半件好事嘛。」

自從決定組成搭檔後，他們好像連續好幾天都一起練習，看來變成了比想像中更加自然的組合呢。

「只不過說真的啊，可能的話，實在很想跟高圓寺對戰啊。那傢伙也是參加了三項比賽都拿到第一，感覺還會繼續連勝下去啊。」

「那可不行喲。同班同學自相殘殺並非上策，你明白的吧？」

無論是須藤同學或高圓寺同學，都擁有拿下第一名的潛力。

雖然可以理解他想要在相同比賽中競爭的心情，但還是要請他以班級為優先。

「我、我知道，開玩笑的啦。」

「沒事的。我會在旁監視著他，放心吧。」

「也是呢。因為能夠交給小野寺同學，我也可以不用操多餘的心。」

「我還真是沒信用啊……」

須藤同學似乎有些不滿，但我一盯著他看，他便一臉尷尬地移開了視線。

這是他有在反省自己過去曾做出什麼行為的證據呢。

「這之後你們預定會連續參加雙打比賽呢，加油喲。」

「好。我會不斷更新連勝紀錄喔！」

這番話還真是可靠呢。就在這時，最後一個跑者站到起跑線上。

我暫且中斷了對話，將視線看向伊吹同學那邊。

「我們在這邊礙事也不好啊。去偵察下一項比賽吧。」

「就那麼辦吧。回頭見，堀北同學。」

「好。」

我稍微斜眼目送他們離開後，注視著開始助跑的伊吹同學。

我十分了解，她的實力很接近我。

換言之，她也很有可能超越我留下的紀錄。

希望她失敗的感情與想跟她的全力認真較量的感情不斷搖擺著。

照理說她應該感受到強烈的壓力，她的動作卻十分敏捷且優雅。

她跳躍起來然後著地並向前傾倒。

儘管臉部沾上泥土，她的雙眼也立刻看向記錄員。五公尺八十一公分。僅僅兩公分，但就差這兩公分，確定我落敗了。

「太棒了——！」

伊吹同學擺出勝利姿勢，彷彿小孩一般雀躍不已。在沒有退路的一敗狀況下，她跳出精彩的一跳。

「看到了嗎？是我贏了！是妳輸了——！」

雖然知道她是開心到有些煩人，還是有一點火大呢。

「果然是因為空氣阻力比較小，所以妳比較有利嗎……」

既然我跟伊吹同學的實力不相上下，這個差距只可能是這個原因嗎……

「啥？空氣阻力？」

「沒什麼。」

「妳別找些奇怪的藉口了，老實地承認敗北吧。」

「勸妳別得意忘形喲。這樣是一勝一敗。狀況只是回到平手而已。」

即使我提醒她不要興奮過頭，伊吹同學自始至終都露出賊笑的表情。

儘管以我的立場理應為了錯失第一名感到懊悔，但看到她高興成這樣，也覺得無可奈……

「是我贏了！是我贏了！是我贏了！」

……果然還是不那麼覺得呢。

反倒感覺一下子堆積了不少精神上的壓力。這樣是一勝一敗。很想立刻進行第三次對戰，然而待會還有幾場分數較高的團體賽要參加，因此要等到下午舉行的平衡木比賽，才能跟她做個了結呢。

2

體育祭在缺少綾小路同學的狀況下開幕。操場上設置著電子看板，能夠隨時確認哪一班獲得怎樣的成績。

雖然開場時是龍園同學班居於年級第一，過沒多久，由我們B班變成第一名後，就一直守著這個排名。第二名D班、第三名C班、第四名A班，是很理想的排名。

如果能照這個樣子，直到最後都風平浪靜地進行下去就好了。

因為離下次比賽暫時還有一點時間，我移動到加油席，打發時間。

「辛苦了，堀北學姊。」

這時一年B班的八神學弟來向我搭話。

「八神學弟的班級似乎也很英勇善戰呢。目前以些微差距暫居第二對吧？」

「學姊才是，目前不是位居第一嗎？很難想像這居然是去年從D班開始的成績。」

「這是稱讚？還是摻雜著諷刺呢？」

「怎麼可能。我是純粹地感到尊敬。只不過沒有南雲學生會長那麼驚人就是了。」

他的視線前方正好是南雲學生會長越過終點線的瞬間。

「剛才聽到三年級的學長姊在聊天，這下好像是連續五項拿下第一名了。」

在女生們發出歡呼聲的同時，來賓們看向學生會長。

但南雲學生會長面無表情地離開現場，他草草地應付向他搭話的女生們，表示想一個人靜一靜，並與其他人保持距離。

「假如是他，感覺會說些漂亮話，但他看起來一點都不開心呢。」

「畢竟不管是輸是贏，幾乎都確定會在A班畢業了，所以提不起勁吧？」

確實，對於地位穩固的學生會長而言，體育祭的排名沒有什麼意義。他會以第一名為目標，是因為不能在在校生和來賓面前偷懶嗎？

「我去跟學生會長聊一下。」

「這樣嗎？等下輪到我上場比賽，那我先告辭了。」

與八神學弟稍微聊了幾句後，我決定走近學生會長身邊。

只見另一個三年級的學姊在學生會長身旁向他搭話。

是三年Ｂ班的鬼龍院學姊。有時會在跟三年級生的交談中聽說她的傳聞。而且我也知道她在ＯＡＡ上留下非常優秀的成績。

因為不能打擾他們談話，我決定點頭致意，在旁邊等候。

「恭喜你五連勝，南雲。」

「妳來做什麼？」

「用不著這麼冷淡吧。你明明贏了卻不是很開心的樣子，讓我很擔心呢。替你加油的人好像不只一、兩個喔。」

「別笑死人了。只是在那種比賽中獲勝，能說是活躍嗎？」

「如果是你，也能把弱者聚集起來，強制奪取第一名。不過，很難想像剛才那場比賽的成員是一群弱者。」

鬼龍院學姊指謫出南雲學生會長並非在偷懶。

「我聽說綾小路好像缺席呢。這是你悶悶不樂的原因嗎？」

綾小路。他的名字又在這種地方冒出來了。

南雲學生會長一次也沒有將視線看向鬼龍院學姊，他靜靜地嘆了口氣。

「我以為那傢伙可以滋潤我這種飢渴，但看來是我誤會了。」

「真是可憐。既然這樣，要不要由我來當你的對手呀？」

這番語帶挑釁的話讓南雲學生會長首次側目看向鬼龍院學姊。

但看到她無畏的笑容，學生會長再次移開了視線。

「真是廉價的謊言啊。就算我有那個意思，也難以想像妳會跟我一決勝負，沒錯吧？」

「呵呵呵，穿幫了嗎？」

走近南雲學生會長身旁的鬼龍院學姊聳了聳肩，這麼坦白。

「再參加一項比賽，我就盡到最起碼的義務了。之後我打算慢慢地觀戰。」

「我想也是。」

「你不應該再只顧著關心學弟了。至少你支配了整個年級，確保了A班的地位，還有作為學生會長的實際功績。已經足夠了吧？我建議你乖乖地畢業。」

簡直就像在給予忠告般，鬼龍院學姊這麼勸告著他。

「妳居然會給我建議嗎？是怎樣的心境變化？比起跟綾小路有牽扯前的那兩年，之後的半年妳說話次數還比較多啊。」

「說不定是那樣啊。」

「放心吧，鬼龍院。用不著妳說，跟綾小路的遊戲已經結束了。那傢伙選擇了不跟我戰鬥。窮追不捨也沒有意義吧。」

「要是在與學生會長的直接對決中落敗，綾小路也不能像以前那樣裝酷了。體諒一下他逃跑的心情吧。就當作他也有可愛的地方吧。」

與南雲學生會長戰鬥？綾小路同學他嗎？該不會南雲學生會長之前找他去學生會室，就是為了宣告這件事？這樣跟綾小路同學託付給我的口信也搭得起來。

鬼龍院學姊雖然稍微看向了我，不過她沒有特別留下什麼話，便信步離開了。

「讓妳久等了，鈴音。找我有什麼事嗎？」

「不，那個……我原本想問跟鬼龍院學姊一樣的問題。我看到南雲學生會長拿下第一名，卻好像一點都不高興的樣子。還有……原來會長跟綾小路同學約定了要在體育祭一決勝負呢。」

「結果並沒有實現就是了。那傢伙缺席，這下就結束了。」

綾小路同學說過他請假並非因為身體不適，而是要讓坂柳同學缺席的戰略。

南雲學生會長好像不知道這個事實，看來不要隨便告訴他比較好呢。

「等中午休息時，妳撥點時間給我吧。碰面地點就約在——」

因為他不由分說地這麼拜託，我無法徹底拒絕，只好答應了。

在那之後過了一陣子，進入午休時間後，我眺望著在操場上分發的便當。可以從這些並排的

餐點中挑選愛吃的種類。菜色非常豐富，從三明治之類的輕食到豬排飯這種感覺能補充耐力與體力的食物都有。

在我對這所學校的準備周到程度感到佩服的同時，也覺得傻眼呢。

而且在能夠吃完的前提條件下，校方也允許領取複數便當。

雖然大部分學生都只是選一個帶走，但若在旁觀察，偶爾也會看到有男學生拿了好幾個便當離開。其中還能看到大塊頭的學生很開心似的抱了三、四個便當在胸前的身影。好像在一年級生裡看過那學生……如果他打算把那些便當全部吃完再去挑戰下午的比賽，不曉得他是把這所學校還想得太輕鬆，或是特別厲害的大人物呢。

「讓妳久等了。」

就在我伸手想拿輕食時，南雲學生會長向我搭話了。

「是什麼事呢？因為我還得跟班上同學開會討論，希望可以長話短說。」

「好。我想知道的是關於綾小路的事。他好像請了病假，是身體突然出狀況嗎？」

雖然剛才沒有受到指謫，但看來南雲學生會長似乎在懷疑他。

「是的。早上他聯絡我說今天會缺席並感到很抱歉。因為只要有一個人缺席就會損失十分。不過既然是身體不適，也不能勉強他出席。」

只有我知道他是因為其他理由請假。當然在這邊要這麼回答。

「如果真的是身體不適就好了呢。」

「這話是什麼意思呢？」

很難想像他是從我的態度察覺到另有隱情的。

學生會長是否有會讓他這麼認為的理由呢？

「妳聽到我跟鬼龍院剛才的對話了吧？他說不定是怕丟人現眼，才閉關在家的啊。」

「說得也是呢。我想我無法斷言沒那回事。」

為了避免刺激到他，我做了個中規中矩的回答。

「說不定會給你們二年級添麻煩啊。」

「這話是什麼意思呢？」

「他逃跑的代價只能請其他人來支付，沒錯吧？」

南雲學生會長沒有回答我的問題，彷彿自言自語似的這麼低喃了。然後他朝我輕輕舉起手示意要離開後，沒有拿任何便當就走掉了。

「代價……？給二年級添麻煩？究竟是怎麼回事呢……話說回來──」

他的評價真的在各處都很高呢。今天的體育祭也讓我再次對他感到佩服。他說要請假時我捏了把冷汗，不知道情況會變怎樣，但體育祭實際開幕後，坂柳同學也在當天缺席了。

肯定是因為綾小路同學做了些什麼，才能夠封住坂柳同學。

然後看到目前A班的分數與排名，便能明顯感受到他那麼做的成果。

假如指揮官突然無法來現場，也難怪他們無法順利地攜手合作。

雖然有些可憐，但這也是認真的比賽。

就讓我在能獲勝的時候確實地累積勝利次數吧。

3

隔了個中午休息後，體育祭邁入後半戰。已有一半以上的學生結束最少要參加的五項比賽，對運動神經有自信的學生們則是邁入第六項、第七項比賽。面對堀北和一之瀨等人以分為單位在洞察比賽的參加狀況與成員，A班的的場與清水在領袖缺席的狀況中不斷奮鬥。

「接著是在體育館的桌球雙打。剛才里中傳來報告，似乎沒有感覺很強的勁敵。還剩下兩個名額。有充分的可能性可以趕上。」

「我們要儘量累積獲勝次數，最起碼也得避免拿到最後一名才行啊。」

坂柳的缺席讓二年A班籠罩著一層陰影，雖然有許多學生被削弱幹勁，但相反地也有不少學生因此產生動力。

聽到剩下十分鐘就報名截止的桌球雙打沒什麼強敵，兩人放棄原本計劃參加的ＰＫ戰，連忙開始移動。而石崎正好從兩人的前進方向走過來，他稍微低著頭，沒有在看前方。因為他擋住了去路，為了避開走過來的石崎，清水朝右邊移動，但石崎也在幾乎相同的時間點朝左邊移動。

清水本想立刻避開，但沒能澈底閃開，肩膀撞上了。

那股衝擊比預測的還大上一倍，偶然撞上不可能有這麼大的衝擊。

清水判斷石崎是硬要將肩膀撞上來，正打算大喊出聲時——

「痛耶……！你走路不看路的啊！」

石崎搶在清水之前先發出怒吼找碴了。

「你才是走路沒看前面吧，我差點就受傷啦！」

Ａ班的清水與Ｄ班的石崎互相瞪著彼此看。

「沒看前面的是你吧！」

「啥？你怎麼好意思擺出被害者面孔啊……你該不會是故意來撞我的吧？」

「不，啥？不管怎麼看，都是你故意來撞我的吧，對吧？」

清水像要求助似的請求的場支援。

「對啊，是你沒有好好看前面。」

「我才沒有看旁邊，你們兩個人想一起找碴嗎？真卑鄙啊。」

「什麼卑鄙，不管怎麼想，都是你不對。」

「啥啊？我不對？是你們顧著聊天，沒在看路吧？」

雙方互相推卸責任，石崎完全沒有要道歉的樣子，只有時間不斷流逝。急著趕路的的場雖然確信他們自己沒錯，仍催促清水冷靜下來。

「夠了，別管這種人了。」

「我無法接受耶。」

「我懂你的心情。我也一樣無法接受，不過現在有應該優先的事情吧？」

「……說得也是。」

儘管可以體諒清水的情緒，的場還是提醒他別忘記要參加比賽獲勝這件事。

即使不太情願，清水仍點了點頭，瞪著石崎邁出步伐。

「下次小心點啊。」

「……好痛。」

「啥？」

兩人正準備通過時，石崎突然按住左肩，這麼低喃了。

「因為太激動沒注意到……剛才那一撞可能害我受傷了啊。」

兩人有一瞬間無法理解他在說什麼，隨後立刻領悟了一切。

這果然是石崎設下的粗糙圈套。

兩人互相對視，不屑地笑了笑。但事態隨後急轉直下。

「還真是吵鬧啊。怎麼啦，石崎？」

「龍園同學！請你聽我說！這兩個傢伙來找我麻煩啦！」

正要起爭執時，龍園來到現場。

「龍園……來了個超級麻煩的傢伙啊……想不到你們居然會用這麼容易看穿的手段呢。」

「啊？你在說什麼啊。我只是聽到騷動聲，才過來看看而已喔？」

「少開玩笑了，你們有前科吧？」

「前科？前科嗎。我們的確有類似的前科也說不定啊。」

「你終於懂了嗎？」

「不過啊，就算有前科，也跟我們這次有沒有動手完全無關。如果可愛的小弟被A班用卑鄙的手段擺了一道，甚至還受傷，可是個大問題吧？」

「什麼可愛的小弟啊。是你教唆他這麼做的吧？我差不多要叫老師來嘍……！」

「咯咯。的確，若碰上麻煩，只能拜託老師解決啊。這不是很好嗎？我們可是被害者。我們會抗爭到底，你們放心吧。對吧，石崎？」

「對，我才是被害者。」

「什麼被害者啊。你們這些根本不打算認真參加體育祭的傢伙……可以叫老師來是吧？」

的場判斷這也是逼不得已，向清水耳語幾句，讓他往某個地方跑去了。

過沒多久，去叫老師的清水露出悶悶不樂的表情回來了。

「怎麼了，老師呢？」

「呃，這個——」

清水帶回來的不是老師，而是同班的橋本正義。

「我看到清水臉色大變地跑過來，就問了是怎麼回事。隨便叫老師來的話，會讓騷動變大。假如要爭個是非對錯，可能會沒辦法參加比賽喔。」

「可是啊！」

「我知道。但把騷動鬧大就是龍園的目的，別上了他的當。」

橋本將手搭在清水的肩膀上，指示他放鬆。

「總之，先由我來談談看。」

「……我知道了，麻煩你快點。」

的場無奈地將事情交給橋本擺平，稍微保持距離守望著狀況。

「龍園，讓事情和平地解決吧。」

橋本聽說了事情，便在騷動當中用沉穩的步伐走近龍園這邊。

「啊？是你們先設下圈套的吧。我們不過是接受你們的挑釁罷了。」

「我知道。但倘若你不肯讓步，我們也很傷腦筋喔。這邊可是被絆住了能在體育祭中爭取不少分數的主力選手。這麼說不太好，就憑石崎不能留下多好的成績，對吧？」

無論由誰來看，顯然都是龍園方在找碴。

橋本指出這一點，試圖壓制住龍園，讓他無法擺出太強勢的態度。

「你們別瞧不起人啊。石崎可是為了今天嘔心瀝血地不斷努力練習，就為了展現出能跟你說的主力得分選手對等戰鬥的可能性啊。沒錯吧？」

「對。」

橋本平常就看到好幾次石崎四處玩樂的樣子，他不由得感到傻眼。

「真是夠了，你這傢伙還是一樣喜歡遊走規則邊緣啊。」

雖然橋本早就知道靠正經的議論說不過對方，還是忍不住搔了搔頭。

「這下就弄清楚啦。你是認真地想在這次體育祭打垮我們啊。一年級的菁英會死纏爛打地跟著我們，也是你指使的吧？」

橋本從很早就注意到二年A班有實力的學生會出場的比賽，都有身體能力優秀的一年級學生跟著報名參加。就算注意到這點，也無法阻止他們報名，目前只能留下遠低於預想中的成果。

「因為公主殿下當天缺席的緣故，我們可是非常拚命想避免變成最後一名。甚至還要與你為

敵的話，就毫無勝算了。就讓我們和平地各退一步吧。」

「各退一步？」

龍園到目前為止算是比較友善的態度忽然轉變，收起了笑容。

「我才不管A班有什麼狀況。我們可是D班。為了從最底層往上爬，會卯足全力去做。你們妨礙我們在先，還以為能輕易和解，可就大錯特錯了。」

龍園彷彿會襲擊過來的氣魄，讓原本皮笑肉不笑的橋本表情瞬間凍結起來。

「那麼——要怎麼做才行？你要我們單方面道歉？」

「你倒是很懂嘛。我們並不是想要錢。只是希望你們能打從心底賠罪。沒錯吧，石崎？」

「對。手臂也沒那麼痛了，我只求他們道歉就足夠了。」

最讓人吃不消的是在這裡浪費更多時間。確認龍園他們並非想要求金錢賠償後，橋本決定接受這個提案。

「給我一點時間說服他。」

「動作快點喔。我們也要準備下一場比賽啊。」

這場糾紛開始後，已經過了五分鐘以上。

時間相當緊迫，現在立刻道歉然後趕到體育館去，也不曉得能否勉強趕上。

「你聽到了吧。我想你應該無法接受，但還是老實地道歉比較好。」

「別開玩笑了。因為你說會想辦法，我才默默在旁邊聽著。結果你卻單方面地任對方擺布，要我賠罪？我怎麼可能照辦啊。」

「那麼，就算贏不了比賽也沒差是吧？硬要在這邊跟他們爭執，或許可以保住自尊心吧。但因此差五分或十分輸掉的時候，你能接受嗎？」

「這、這個……」

「現在最重要的是班級能夠獲勝這件事，沒錯吧？偶然踩到狗屎感覺很不爽——只是這麼回事罷了。」

只要一句道歉就能立刻去參加比賽——橋本這麼催促清水。

「可惡……！為什麼是我……」

清水露出非常焦躁的態度，但他之後冷靜下來，雖然不情願還是答應了。

為了跟石崎賠罪，他走上前。

「等一下，清水。那邊的的場也是同罪。他斷定我在看旁邊。」

「……的場。」

「我知道啦……」

兩人無奈地並肩站著，儘管只是一點，還是對石崎低頭了。

「是我們不好……這樣就行了吧？」

兩人很快地抬起低下的頭想要離開現場，但石崎立刻叫住他們。

「龍園同學……我總覺得不能接受耶，這是怎麼回事啊？」

「那是當然的啦。他們根本不想道歉，只是不情不願地稍微低個頭，內心其實在對你吐口水啊。這樣當然不會覺得自己收到道歉了吧。他們根本沒有誠意嘛。」

「龍園，你認真的嗎？我們也沒辦法再繼續讓步嘍。」

畢竟才剛要求的場和清水道歉，橋本也判斷這麼做已經是極限了。

橋本判斷除了找教師介入以外別無他法，便跑向教師身邊。

然後大約一分鐘就帶了教師回到現場。

「究竟發生了什麼事？」

「其實是——」

「我接受賠罪。」

橋本正想說明內情時，石崎先一步這麼宣言了。

「不好意思，龍園同學。雖然你為了我這種人給了很多建議，但只是稍微被撞到肩膀，該說我太幼稚了嗎……剛才這兩人也向我道歉了，所以我打算就這樣扯平，不行嗎？」

「沒差吧？如果這樣你可以接受，不是當事者的我也沒什麼好插嘴的。」

看到龍園他們打算讓事情結束，教師試圖理解狀況。

認為別無他法而帶教師來的橋本也跟不上這種發展，感到困惑不已。

只看到眼前狀況的教師做出結論：

「你們兩人撞上石崎而向他賠罪。然後石崎接受了道歉。是這麼回事對嗎？」

「這！」

彷彿問題已經解決般的發展讓清水想大聲抗議，然而橋本阻止了他。

「看來好像是這樣，已經解決了。」

「那就好。總之儘量避免在體育祭進行中產生糾紛，知道了吧？」

為了讓怒火快爆發出來的兩人迅速地離開現場，橋本揮手趕人。

「趁老師還在看時快走吧，好嗎？」

即使兩人好幾次轉過頭來瞪著石崎與龍園看，沒多久便混入人群中前往體育館了。然後龍園他們也在這個時候散開。

橋本在周圍不剩半個人時深深嘆息。

「居然在眾目睽睽之下做這種事嗎，真是夠了……真不想與他為敵啊。」

捏了一把冷汗的橋本雖然嘴上這麼說，看來很高興似的一個人笑了。

4

下午三點。體育祭終於到了最後階段，剩餘時間不到一小時。

我們保持著第一名進入最終局面。跟以第二名逼近的二年D班的分數差距僅僅十七分。他們超乎想像的強韌，應該可以認為是龍園同學看不見的戰略發揮了作用吧。儘管如此，我們這些二年級生也沒有發生糾紛，很順利地在發揮作為同盟的功能。

只不過，假如無法在這一小時累積分數，也很有可能被逆轉局勢呢……

我站在體育館的一角，注視著剩餘比賽的規則與行程表。

這時，伊吹同學毫不掩飾煩躁情緒地逼近了我。

「來一決勝負吧！」

「妳說的話還真奇怪呢。結果不是已經出來了嗎？是兩勝一敗，我贏了。」

「我沒有參加！」

「我才不管呢。要怪妳自己沒有在指定的時間到場吧？」

「唔……！我、我只是搞錯了時間嘛……」

沒錯。在下午一點二十分報名截止，用平衡木來對決的命運之第三戰。

伊吹同學沒有趕上報名時間，無法參加比賽。

我當然沒有疏忽，儘管錯失第一，不過也拿到第二名，獲得了三分。

「雖然妳大概無法接受，但一般會把這種情形稱之為不戰而敗喲。」

「是一勝一敗！妳還沒有跟我做個了結！」

在我耳邊不停吵鬧的她似乎不打算退讓。

「我總共參加了九項比賽。是還可以自由參加一項比賽啦……」

「對，就是那個！告訴我妳要參加什麼比賽吧。」

「如果妳想求我再給妳一次機會，得表現出相對的態度才行呢。」

「唔……！」

「妳希望我跟妳較量？還是不希望？」

「求、求求妳……拜託了……請妳、跟我……一決勝……負……！」

伊吹同學彷彿會從嘴裡吐出火焰般憤怒地顫抖著，同時這麼懇求我。

「這樣妳滿意了吧！」

「是呀。感覺稍微痛快了點呢。」

狀況時時刻刻在變化，比賽的名額逐漸被填滿。

要按照當初的計畫進行，還是應該以更高的得分為目標呢？

「好啦，快回答我妳要參加什麼比賽。」

「能請妳安靜一點嗎？」

「辦不到！」

伊吹同學立刻這麼回答，她將手心平放，反覆彎曲著手指挑釁我。

儘管不想理她，但要是無視，她只會變得更吵呢。

「按照計畫，我原本考慮參加折返跑。」

「折返跑是那個一直來回跑來跑去，直到跑不動為止的比賽嗎？」

「沒錯。也叫做來回耐力跑呢。」

「我國中時好像跑過吧。不錯嘛，很適合最終決戰不是嗎？」

伊吹同學看似滿足地點了點頭，準備飛奔去報名。

「妳在做什麼呀？」

「妳要參加的話，請便。」

「不，妳也要參加對吧？我們不是同一組就沒意義啦。」

「我只是在考慮而已喲。我還沒有確定要參加。」

「啥？」

「老實說，我現在想報名的最後一項比賽是排球喲。」

「排球？排球要六個人參加對吧？照妳的樣子來看，大概是突然想到的，現在才要找隊友也找不到人吧？」

排球是當天公開的比賽之一，且是男女分開、全年級參加型的比賽。因為需要六個有實力的人，我判斷這點會是瓶頸，我們班是採取不參加的方針，而其他班似乎也有同樣的想法，目前參加排球比賽的隊伍，給人的印象出乎意料地弱。

「在報名時間只剩十分鐘的時候，還有三支隊伍的空缺喲。參加的隊伍看起來也沒什麼強敵呢。假如能獲勝，這項比賽有足以放棄折返跑的價值喲。這種只能臨時組隊的團體比賽，傑出學生的實力會造成很大的影響。只要再找到一、兩個對本領有自信的學生，也能看見勝算呢。」

「那我剛才那樣拚命懇求，到底算什麼？」

「雖然遺憾，只能請妳放棄了呢。」

伊吹同學一臉錯愕。還以為她又會發火，不過她的表情轉變成失望與死心。

畢竟追根究底來說，原因在於她自己搞錯了受理報名的時間嘛。

「……是喔。既然這樣，勝負就到此為止了嗎……」

「妳不參加排球賽嗎？」

「要跟妳對戰需要五個人。我又不可能找得到人，Pass。」

「畢竟妳沒朋友呢。」

「妳還不是半斤八兩。」

「只要我開口問，我想至少還有同班同學願意協助我吧。」

「這可難說。儘管很想做個了結，但還是等下次吧。」

在紀錄上姑且算是我贏了……不過算啦。

「妳不參加折返跑嗎？」

「我只對跟妳做個了結有興趣。我不打算特地對龍園做出貢獻。」

「這樣正好呢。若不會被妳搶分，我們班又離勝利更進一步了。」

看來別隨便刺激她，就這樣目送她離開比較好呢。

雖然我這麼心想，但不知為何，伊吹同學沒有要離開現場的意思。

「還有什麼事嗎？」

「要是湊不到人報名排球賽，妳應該會參加折返跑吧？」

排球的報名截止時間是三點二十分。折返跑的報名截止時間是三點二十五分。

伊吹同學注意到我刻意沒說出口的部分了。

「看來我說了多餘的話呢。想不到妳居然也會動腦思考。」

「吵死了。因為這樣，我會暫時再纏著妳一陣子。」

最糟的是若湊不到參加排球賽的人數，就得跟伊吹同學用折返跑一決勝負。

哎，或許那樣也不壞。

我看向位於加油席的班上女生，試著尋找可用之才。但當然不可能立刻找到剛好可以參加的學生，只有時間淡淡地流逝。

回過神時，一旁的伊吹同學已經坐在原地打起呵欠。

快點死心，用折返跑跟我一決勝負吧——她用這樣的眼神回看著我。

「奇怪～？這不是堀北學姊跟伊吹學姊嗎～？辛苦了——」

在我等待著感覺能邀請的成員時，一年級的天澤學妹向我搭話了。

那一瞬間，原本坐著的伊吹同學站了起來，瞪著她看。

「咦，討厭。學姊的表情很可怕耶……該不會是大姨媽來了？」

天澤學妹這麼揶揄著伊吹同學。但是她說的話好像只有一半傳入伊吹同學耳中。

「如果妳還有餘額可以參加比賽，要不要我陪妳一決勝負啊？」

「這麼說來，今天沒碰上學姊呢。不同年級的話，實在沒什麼較量的機會，這也沒辦法就是了。還是不要一決勝負比較好吧？學姊會輸的喲？」

「別小看我。妳該感謝沒有碰上我啊。」

「學姊還是一樣強硬呢。話說回來，妳們兩位在這裡做什麼呢？若是不參加比賽，沒有幫忙加油的話，應該很不妙吧？」

「妳也參加折返跑吧，天澤。這樣就能一決勝負了吧？」

「啊，學姊妳們預定要參加折返跑？我呀——」

「總算找到妳了。」

就在我們話說到一半時，櫛田同學現身了。原本以為她是有事找我，但櫛田同學看也不看這邊，而是看著天澤學妹。

「我還在想有人追了上來，原來是櫛田學姊呀。什麼事？假如堀北學姊她們在場也無妨，我可以聽妳說喲？」

「堀北——同學……妳在啊？」

她好像注意力都放在天澤學妹身上，甚至沒有發現我的存在。

「啊，對不起，櫛田學姊。因為我的夥伴好像都到齊了，我差不多該走了。」

天澤學妹這麼說並指著的方向，可以看到同樣一年級生的七瀨學妹，還有陌生的四名女生。

「我是來體育館參加排球賽的。我是第一次體驗排球呢～」

看來天澤學妹似乎預定參加排球賽。

這表示看到陣容不強的參加隊伍狀況，一年級生果然也採取了行動呢。

「那麼，回頭見。折返跑請加油喲～」

天澤學妹擅自過來又擅自講了一堆想說的話後，便與小組成員會合了。

「那傢伙說要參加排球賽耶。」

伊吹同學瞪著她的背影這麼說了。

「好像是呢。」

「既然這樣，我也要出場。反正妳根本湊不到五個人吧？」

「咦？」

「我說我也可以陪妳參加啦。雖然要跟妳聯手很不爽，但這是打敗那個囂張一年級生的好機會吧？」

倘若伊吹同學願意協助，以戰力來說無可挑剔。

可是……

「妳別擅自決定。我還沒有說要拉妳加入隊伍。」

「啥啊？妳明明連一個人都還沒有找到耶？」

「團體賽會平等地分配分數。比起找其他班的學生來補洞，會想要靠自己班的人補滿是理所當然的吧？」

即使我好不容易爭取到分數，伊吹同學也是第二名的班級。

換言之，就是我們兩班之間的分數完全不會拉開差距。

「我才不管那些。我只要能看到天澤懊惱的表情就好。」

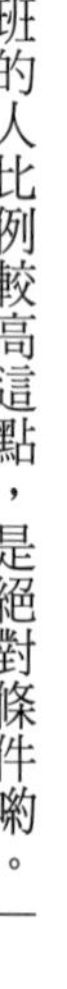

「總之，要看其他成員來決定呢。我們班的人比例較高這點，是絕對條件喲。」

「既然這樣，可以讓我也參加嗎？」

同樣看著天澤學妹背影的櫛田同學沒有改變視線方向，這麼說道。

「妳在打什麼主意呢，櫛田同學？我目前很難想像妳這麼做是因為已經改過自新，願意協助我了。」

我坦率地說出內心的想法，櫛田同學也沒有否認。

只不過她的雙眼並非看向我，而是強烈地盯著天澤學妹這點讓我感到在意。

「我欠一年級的天澤學妹一筆債呢。」

「欠天澤學妹……？」

「妳也是？」

「雖然我不打算說明理由，但為了奉還那筆債，我可以協助妳喲。」

「如果是這麼回事，那很歡迎喲。畢竟妳是同班同學，而且以戰力來說也無可挑剔。」

敵人的敵人就是朋友，這句話說得真好。夥伴以出乎意料的形式送上門了。

「但她肯定會是個強敵呢。」

「我想也是。」

伊吹同學很快地開始暖身，鼓起了幹勁。

天澤學妹遠遠地看著伊吹同學那模樣，感到滑稽似的笑了。

我跟伊吹同學都親身體驗過天澤學妹有多厲害，但並不清楚後面那些人的底細。假若只想起ＯＡＡ的數值，我記得七瀨學妹的身體能力算是比較強的，對後面那些人卻沒有印象。我應當會記得成績接近A的學生名字，所以就算高估一點，應該也可以確定其他人是B以下吧……

而比這更重要的問題是，我們還缺三個人。

明明連參加條件都沒滿足就在分析對戰對手，這如意算盤也打得太早了。

「剩餘三人的條件是？只有想避免從龍園同學班找人而已嗎？」

櫛田同學提出關於人選的問題。

「是呀。當然我想儘可能只找同班同學組隊，不過還是以比賽和戰力為優先。」

「我知道了，那稍等我一下。」

櫛田同學這麼說完，便邁步離開我們身旁。

「那傢伙說知道了，她打算怎麼做？其他人不會這麼輕易地幫忙吧？」

我與感到不可思議的伊吹同學追逐著櫛田同學的身影，只見她去找坂柳同學班的六角同學搭話。她們談了一陣子後，緊接著又兩人一起去見同班的福山同學。最後前往在體育祭替其他比賽加油的學生身邊。

「記得她是一之瀨同學班的姬野同學呢。」

櫛田同學帶著A班的兩人與C班的一人，四人一起談了幾十秒。

然後櫛田同學帶著三人回到了我們身旁。

「她們願意參加排球賽。雖然姬野同學不擅長打排球，但只要我們五人可以幫忙掩護，她就同意參加。比賽交給我們就可以了喲。」

櫛田同學用她平時的模式向姬野同學這麼搭話，那是絕對不會對我擺出的態度。

尤其是A班的兩人願意坦率地協助我們這點，讓我無法掩飾自己的驚訝。

「我們也因為快輸掉感到著急，再說就算贏不了，最少也想留下有做出貢獻的紀錄。」

對吧——兩人互相對視，彼此點了點頭。

正因為A班大幅下滑到最後一名，她們才想要立下功勞。

櫛田同學看穿那樣的心理，同時在瞬間看透有實力的學生。

這表示即使不記得OAA上的具體成績，櫛田同學身為福山同學與六角同學的朋友，也清楚地掌握著她們的身體能力大概多強。

「這是妳一輩子都辦不到的絕招呢，伊吹同學。」

「吵死了，妳還不是沒有找到半個人。」

「體育館裡還有五、六個好像可以問問看的人……但要說目前能組成的成員，大概這些人就是最佳組合了吧。」

無論如何，原本擔心可能無法參加的排球賽成員湊齊六個人了。

與龍園同學班的人數差距只有一人份。就這樣用折返跑互相競爭也只能產生兩、三分的差距，倒不如在排球賽中勝利並獲得十分，能得到更大的利益。就算落敗，分數差距也不會縮小，也是對這邊有利的點呢。

我跟伊吹同學擔任雙前鋒，還有櫛田同學、六角同學與福山同學這些能配合的學生。用來湊人數的姬野同學多少會造成負擔，也算是綽綽有餘的戰力了。

5

我們中規中矩地打贏第一戰，然後觀戰天澤學妹隊的比賽。掌握比賽主導權的是七瀨學妹。無論進攻或防守，她都以出類拔萃的動作壓制著敵我雙方。

「之前沒注意七瀨，那傢伙看起來沒想像中厲害？」

「我一直在警戒著她，感覺的確沒有特別厲害呢。雖然我一直以為她說沒有打過排球是開玩笑的……」

雖然也有可能是她故意放水，然而就我所見也並非那樣的氛圍。

無論進攻或防守，即使跟完全動不了的學生相比好很多，看起來並不構成威脅。

但是，在比賽過了一半時間後，狀況開始慢慢地產生變化。

原本有些沒勁的伊吹同學，眼神也開始變認真起來。

在不到十分鐘的比賽時間裡，天澤學妹她們很明顯地在進步。

那壓倒性的適應力與球感，是無法只用身體能力很強來解釋的。在天澤學妹開始顯露出片鱗半爪的才能時，七瀨學妹一記扣球得分讓比賽結束了。

「她們下下場才會與我們對上。說不定到時又變得更厲害了呢。」

「就算是那樣，才區區幾場比賽而已，根本談不上什麼經驗吧。能贏的啦，沒問題。」

儘管過於樂觀很危險，但實際上由於七瀨學妹的引導，天澤學妹沒怎麼碰到球就獲勝了。

我們理所當然地獲勝晉級，在三點四十分時迎向了決賽。

體育祭有許多與一般比賽規則不同的地方，排球也不例外。例如發球不存在輪轉順序，能夠任選一人發球，還有是以先得十分或在十分鐘內得分較多的隊伍獲勝。假如時間到又同分，則是進行先得一分者為勝的延長賽，被追上的一方持有發球權。

「這表示到了可以觀賞妳喪家犬模樣的時候呢。」

「妳光靠排球賽的輸贏就能滿足了嗎，伊吹學姊？」

「首先用排球打倒妳，然後打架也會贏妳。」

「啊哈哈，我不討厭那種想法喲。」

兩人並非互相讚揚彼此的奮戰，而是在迸出激烈火花的同時，等待著比賽開始的信號。縱使天澤學妹的存在很詭異，然而最應該警戒的是七瀨學妹。

「跟前面的比賽一樣，我會擔任主攻手。我會把球全部扣向對面的場地。」

伊吹同學比至今更加倍鼓起幹勁地這麼宣言。

即便在控球方面多少有點瑕疵，不過她扣球的破壞力無可挑剔，因此我沒有異議。決賽一開始，負責發球的伊吹同學就順勢先奪得一分。

還以為可以順著這股氣勢領先，但立刻因為七瀨學妹的扣球被搶回一分了。

原本以為會打得難解難分，比賽卻在我們較為有利的狀況下結束開場，我們以四對二的成績稍微領先。與預估的一樣，七瀨學妹雖然能跟我和伊吹同學互相抗衡，論其他成員的實力，看來是我們這邊略微有利呢。

狀況是在剩餘時間不到五分鐘時產生變化的。

伊吹同學在三步助跑後跳躍起來，打出一記扣球。從網子另一頭現身的天澤學妹擋住了到目前為止拿下許多分的這一擊。

不，她還把那股氣勢直接朝正下方往下扣。

球被扣到我們的場地上，一年級生隊得到了一分。

「真遺憾呢～伊吹學姊。小七瀨，這一招叫什麼來著呀？」

「好像叫扣殺吧。雖然我也不清楚就是了。」

「扣殺呀。我已經看穿學姊的攻擊模式了，接下來不管用嘍。」

「可惡！下次絕對會得分！」

「冷靜一點。只是碰巧被擋住一次罷了。」

「吵死了。記得下次也把球傳給我呀。」

然後在得分變成五比三時，輪到這邊發球。

如果這一球能分出勝負就輕鬆多了，不過……

規則是球一旦出界，對手就會立刻獲得一分，因此不能瞄準太亂來的落點。

倘若打到比較安全的位置，當然會被打回來。

但是，這時還是穩固地堅守，把球傳給伊吹同學。

「這次一定要——打垮妳！」

伊吹同學改變步調，在兩步助跑後高高往上跳躍，打出她今天最強烈的一記扣球。為了攔網而跳起來的兩名一年級生連球都碰不到，只見球筆直地朝對方場地的地板掉落下去。接住這一球的是天澤學妹。簡直就像早已知道球會落到那個地點般，她用漂亮的接球抵銷球的氣勢，讓球在敵人陣地的空中飛舞。

只見金色秀髮飄動，高高跳起來的七瀨學妹打出一記扣球，那一球飛向姬野同學那邊。姬野同學僵硬在原地無法動彈，櫛田同學強硬地鑽進她前面試圖接球，但無法控制住球的氣勢。

一年級生隊開始急起直追，逐步逼近，與她們的勝負在來到尾聲時終於變成平手。

六比六。剩餘時間也只有大約兩分鐘，如果照目前這種步調比下去，也很有可能以時間結束落幕吧。

「下次也由我來攻擊！」

被天澤學妹擋住兩次的伊吹同學激動地表示她下次一定會得分。

我也指示隊友將球傳給她，繼續進行比賽。

變成接球大戰後，這時天澤學妹首次擺出要扣球的姿勢。

「我絕對不會讓妳得逞的！」

伊吹同學跳起來攔網。但隨後可以從天澤學妹的背後看見七瀨學妹。

「真可惜～」

露出微笑的天澤學妹是佯攻。她們從一開始就打算讓七瀨學妹扣球。

被攻其不備的伊吹同學雖然伸手想阻攔，但還是碰不到球。

球以銳角瞄準場地地板——只見櫛田同學滑向球的落點，在千鈞一髮之際接起球來。

「伊吹同學！」

所有人的意識都集中在伊吹同學身上，一年級生連忙採取防守的姿勢。

天澤學妹用游刃有餘的表情準備迎接伊吹同學的攻擊。

「別開玩——！」

伊吹同學試圖從嚴苛的狀況中強硬地扣球，但找不到球的落點。

儘管伊吹同學想強硬地打下去，她咬緊牙關，轉換成托球。

我察覺到伊吹同學的決心，解放一直保留到現在的體力。

打出去的扣球鑽過天澤學妹的攔網，筆直地衝向等候已久的七瀨學妹。開始感到疲憊的七瀨學妹無法順利地接起球，球掉出了場地。假如是萬全的狀態，她說不定能打出漂亮的截擊。

總之，這下就是七比六。在剩餘時間逐漸減少的狀況中，我們領先了一分。

無論是哭是笑，大約再一分鐘比賽就會結束的尾聲，輪到這邊握有發球權。

「那麼，差不多該拿出真本事了嗎～」

彷彿想說到目前為止都不是認真的一樣，天澤學妹說出了這樣的話。

七瀨學妹聰明地追上並擋住伊吹同學的發球。

氣勢變弱的球高高地飛舞到空中，我們都緊盯著那顆球的去向。

「目標是——！」

她打出來的排球像要發出低吼般，以猛烈的速度逼近了我。

我明明有集中精神防守，反應卻還是慢了半拍，在我想伸出手的瞬間已跟球拉開一段距離，根本搆不到。響起球激烈地扣向地板的聲音。

「出界！」

不幸中的大幸是因為我反應慢了，沒有碰到球這件事。球有半邊落在劃分場地內外的白線外側。

「哎呀。抱歉，小七瀨，我打偏了。完美的控球挺困難的呢。」

「得救了……不過，果然不能小看她的潛在能力……」

儘管天澤學妹深不可測的能力與球感讓我佩服不已，但對這邊而言可說是九死一生。一分的差距變成兩分的差距了。縱然隨後被搶回一分，在這時哨聲響起，托球的七瀨學妹露出猛然驚覺的表情。原本準備將球扣向這邊的天澤學妹沒有揮落手，在地板上著地。

「時間到了耶。雖然比賽才剛開始變得有趣呢～」

只是在玩排球的天澤學妹沒有絲毫懊惱，她這麼稱讚我們的奮戰。

她跟七瀨學妹稍微聊了幾句後，離開了球場。

即使輸了比賽，她們也在排球賽中獲得第二名，因此有得到分數。

然後我們當然以第一名的身分，成功地獲得了大筆分數。

「總覺得無法接受……該說沒有獲勝的感覺嗎？」

「畢竟最後被壓制得很厲害呢。一想到如果比賽沒有限時，就讓我毛骨悚然呢。」

原本計劃要贏得比賽讓心情舒暢的我們，留下了半吊子的疙瘩。

儘管如此，這場勝利仍然十分重要，是非常適合替體育祭做個總結的激戰。

回過神時，發現周遭有不少觀眾，也獲得了零星的掌聲。

6

體育祭終於到了最後階段。團體賽在體育館各處展開了決賽，散發出異樣的熱烈氣氛。

「馬上就要比賽了呢，須藤同學。你準備好了嗎？」

須藤與小野寺在這次體育祭組成搭檔，參加了許多雙打比賽，他們以網球的男女混合雙打作為第十項比賽，進入了決賽。

「……好了。」

儘管須藤有些沒勁的回應讓小野寺有種不協調感，她仍接著說道：

「話說回來，你不覺得我們是很棒的搭檔嗎？到目前為止的雙打賽是四戰四勝。班上同學一定也很驚訝吧。」

到目前為止的兩場比賽，有一場是同年級對決、一場是跟三年級對決，但須藤小野寺搭檔並未陷入危機，順利地獲勝晉級，現在正準備拿下團體賽五連勝。

而且包括個人賽在內，須藤甚至已經是九連勝，處於即將達成十連勝的狀態。

另一方面，小野寺雖然沒有九戰都拿到第一，但也都有獲得不錯的名次。

儘管嘴上附和著小野寺說的話，須藤的視線卻是看著其他方向。

「你很在意那個一年級生？你一直在看他呢。」

「咦？」

「記得他叫……寶泉嗎？他塊頭大得難以想像是一年級，而且散發出很驚人的氛圍呢。但該怎麼說呢，感覺須藤同學注目的並不只是這些，發生什麼事了嗎？」

「沒什麼啦，妳別擔心。」

在眼前進行比賽的寶泉搭檔一面倒地獲勝，決定了決賽的對手。須藤心不在焉地一邊與小野寺對話，一邊注視著寶泉，小野寺則是注視著須藤那樣的側臉。

到目前為止，須藤一直什麼也不想地面對比賽，但現在他的內心明顯感到動搖。

不只是今天，在這次體育祭的準備期間中，兩人幾乎是一同行動。從練習時間到午餐時間，就連早上的通學時間也會互相配合，累積了多次討論與練習。

正因如此，小野寺也學會了看透須藤表情變化的能力。

運動神經超群的他也有幾個缺點。

個性粗枝大葉，而且馬上就會得意忘形，還有很容易發飆的個性。

在一起行動的狀況中，那些缺點有時會扯後腿。

「接下來即將進行決賽。請準備上場。」

就在兩人坐著讓身體休息時，一名工作人員過來這麼搭話。

「那麼，迅速地拿下優勝，讓我們班氣勢更旺吧。」

須藤裝出平靜的模樣，這麼向小野寺搭話，而小野寺也配合須藤，將腦袋放空。

就算他跟寶泉之間有什麼過節，只要不會變成麻煩事就好。

「ＯＫ。」

小野寺像在說服須藤還有自己一樣，拿起了球拍。

同班同學們也陸續在體育館現身，趕過來替須藤他們加油。

大人們似乎也對決賽比較感興趣，路過的人們停下腳步。

「這種氛圍感覺好像大會呢。」

「是啊，有種舒適的緊張感與興奮感啊。」

包括社團活動的大會在內，對於不怕大舞台的兩人而言，不用擔心他們會怯場。

不過……

「沒想到居然會跟你在決賽中對戰啊，須藤學長。」

「寶泉——」

寶泉隔著球網向須藤搭話這件事，讓氣氛改變了。

「你該不會以為如果是網球就能打贏我吧？我會把你打得落花流水，儘管期待吧。」

有限制比賽時間的雙打賽拉開序幕。先得四分者勝一局，先勝兩局者獲勝，採三局兩勝制。發球權並非每比完一局換邊，而是採用被得分者可獲得發球權的短期決戰特別規則。此外同隊者不需要輪流發球，也可以任選一人反覆進行發球。

比賽一開始是從寶泉的猛攻拉開序幕。魁梧的寶泉發出來的強烈發球玩弄著對手，輕易地打進對手的場地。另一方面，須藤的發球則是缺乏亮眼的表現，接連地被打回界內，然後不到一分鐘，就被逼入三（四十）比零（Love）的局面。

「騙人的吧……太快了……他應該有經驗吧？」

也難怪小野寺會慌張，寶泉的球以快到讓人覺得恐怖的速度襲向球場。

「怎麼啦，須藤？憑你那樣子，根本不是我的對手喔。」

「可惡啊！」

須藤緊握球拍的拳頭更用力地握住，然後他舉起球拍，想將球拍甩到地面上。

「須藤同學，不行。」

「——唔！」

「你不知道自己像那樣火冒三丈的時候，總是會失敗嗎？」

「可、可是啊！」

失去可以發洩焦躁情緒的對象，須藤突然感受到強烈的壓力。從球網對面看著這光景的寶泉不屑地笑著。

「雖然沒辦法把球打回去的我沒資格說什麼自以為是的話，不過你的動作明顯比上一場比賽遲鈍喲？」

小野寺指謫須藤因為只顧著眼前的寶泉，動作變得遲鈍。

「我沒辦法交給現在的須藤同學發球。」

拿起球的小野寺發出指示要須藤遵守，然後自己發球。

即使小野寺打出難以想像是女生而且沒有打網球經驗的俐落發球，但寶泉迅速地拉近距離，彷彿把球拍當成手指般揮動，展現出精彩的技術。

儘管須藤伸手想接球，光是讓球碰到球拍邊緣就已經竭盡全力，一年級生隊沒有讓須藤與小野寺拿到任何一分，先拿下第一局勝利。

「你果然沒什麼大不了啊，須藤。喪家犬很適合你喔。」

跟打從心底享受著比賽的寶泉相比，與他搭檔的女生無法徹底掩飾住畏懼的表情。關於比賽也幾乎都由寶泉一個人在應付，實際上就像二對一在戰鬥。

沒有退路的第二局，原以為寶泉會繼續單方面的猛攻，卻看到出乎意料的發展。

寶泉打出的球沒有剛才那股氣勢，小野寺開始適應那種速度，上前將球擊回。

寶泉開始疲憊了嗎——正當眾人這麼心想時，寶泉的手臂使勁地高舉起來。

他這一記高壓扣殺球宛如子彈般快速且強烈。簡直像以守在前面的小野寺為目標一樣，球筆直地展開突襲。只見球掠過小野寺的臉頰，讓她浮現出痛苦的表情。

驚訝與恐懼讓小野寺不禁讓球拍掉落到地板上。

「你這傢伙是故意的吧！」

「啊？在網球比賽中瞄準對手身體附近是當然的吧。要是打太遠可能會被對準打點打回來。你連這種事都不知道？才一球也能這麼囉哩囉嗦啊。」

「可惡！」

寶泉光明正大地主張正當性。小野寺連忙撿起了球拍。

「不用擔心喲。只是稍微掠過而已……而且就像他說的，網球不就是瞄準對手附近打回去的比賽嗎？」

「那是在打網球的人才有資格說的話吧，這可是體育祭耶？」

如果是平常就在打網球的人也就罷了——須藤吐露出煩躁與牢騷。

雖然再次輪到須藤發球，但第一次發球發出了界外。

第二次為了瞄準界內而控制力道發球，因此輕易地被寶泉給擊回。被擊回的球氣勢並不強，追上球的小野寺用球拍漂亮地打回去。雙方持續了兩、三次來回對打，就在小野寺再次上前將球擊回時——

拉近距離的寶泉揮落手臂，將球彈了回來。

「呀啊！」

沒多久前才感受到恐懼的剛速球讓小野寺無法揮拍，僵硬在原地。球掠過她的身旁。雖然須藤窮追不捨地把球打回對手的場地，但之後寶泉糾纏不休的截擊一直瞄準小野寺的周遭。寶泉似乎利用比賽在玩樂。

然後這局迎向了須藤隊三（四十）分、寶泉隊兩（三十）分的局面。

即使小野寺為了克服恐懼努力掙扎，球又飛到自己的臉部附近，這讓她不禁動搖起來而扭到左腳，當場倒落在地。

「小野寺！」

為了掩護站不起來的小野寺，須藤緊追著球打回寶泉那邊。

須藤打出的球勉強掉落在界內，於是由須藤隊拿下第二局。

須藤當然不可能因此感到高興，他更加激動地爆發怒氣。

「你給我差不多一點！你連公平競爭都辦不到嗎！」

「你要讓我說幾次？這要怪那個技術爛到家的女人吧，真無聊。」

「不行喲，須藤同學。你又在重蹈覆轍。」

小野寺無法站起來，她就那樣跌坐在地上安撫著須藤。

「那種事我知道啦！但是可以允許這種事嗎！」

「裁判的確也感到可疑。可是須藤同學給人的印象也在妨礙裁判的判斷，你明白的吧？」

寶泉彷彿想說在網球上已經分出勝負般，比起獲勝，他顯然更偏向於如何折磨須藤。

他將恐懼深植在小野寺內心，就是企圖讓小野寺因為一個失誤導致受傷。

「總之你先冷靜下來，須藤同學。」

儘管小野寺受到疼痛的折磨，她仍用溫柔且堅定的話語勸說著須藤。

即便如此，火冒三丈的須藤還是忍不住怒瞪寶泉，但看到因疼痛而蹙起眉頭的小野寺，他想起了應該優先的事情。

他匆忙地替扭到腳踝而受傷的小野寺進行包紮。

「真遺憾啊。輸掉了一局。不過，對你們而言是還有一局要打。說不定那樣才是地獄啊？」

寶泉打著呵欠並稍微看了一下兩人後，向與他搭檔的一年級生搭話。

「那傢伙……他是打算折磨我們到最後一刻，才故意輸掉的啊……」

須藤看著小野寺的左腳，一臉擔心地向她搭話。

「妳還好嗎？」

「哎，還行。但覺得自己真沒用呢。因為害怕球而躲開，結果卻跌倒還扭傷了腳。」

小野寺自嘲地笑著，輕輕拍了拍纏著繃帶的腳。

「這也難怪啊。雖然那傢伙讓人非常不爽，他的運動神經的確超群。」

十足優秀的肉體打出的高威力截擊，就連須藤也感受到恐懼。除非有打網球的經驗或是網球社的學生，否則無法立刻消除這種恐懼。

「我呀……從剛入學時起，就對須藤同學有不錯的評價喲。」

「啊？怎麼突然講這些啊。乖乖地接受包紮啦。」

「有什麼關係嘛。這是因禍得福，表示我們得到一點可以冷靜下來的時間喲。」

「妳的心臟還真大顆啊……話說，妳居然對以前的我評價不錯嗎？」

「嗯，同時也是最不想扯上關係的人呢。畢竟你那時態度很帶刺。」

「唔……」

「即使你因為素行不良跟成績太差被周圍批評，不過我支持認真參加社團活動的人。須藤同學擁有實力，也付出很多努力不是嗎？」

「妳怎麼會知道這些啊？」

「我知道喲。我因為社團活動很晚才回家時，會經過體育館。我心想應該已經沒有人在而窺視裡面時，總是看到須藤同學一個人留到最後一直在練習。還會好好地收拾整理完才走，很認真地面對社團活動。」

「搞……搞什麼啊，居然被妳看到了嗎……真丟臉耶。」

「可是——照現在這樣下去，須藤同學果然還是不會在真正的意義上受到很高的評價。」

「……啊？」

「你為了我生氣。我雖然不討厭這個事實，但就算這樣，你太容易動怒的性格還是沒變。照這樣下去，總有一天會惹出比至今更大的麻煩。」

「……這……」

「你差不多該改掉動不動就發火的脾氣嘍。」

「我、我知道啦，可是……」

「運動也是一樣，感到煩躁的時候，經常會失敗不是嗎？」

「哎……是啊。像投籃的成功率，可能會極端地下降……」

「我也一樣。感到火大的時候，儘管會自暴自棄地想要刷新自己的最佳紀錄，但反而變得比平常更慢，實在沒什麼好事呢。」

「原來妳也一樣嗎？」

「輸掉重要的比賽時，會無可奈何地感到懊悔，連衣服都忘了換，在更衣室裡大鬧……還讓

手受傷了。後來真的很麻煩呢。」

小野寺懷念起以前的自己，然後像感到難為情似的稍微吐了吐舌頭。

「那時我明白了，就算生氣也不會有好事，最後倒楣的還是自己。」

「妳是怎麼做才克服了那種情緒，讓自己不會生氣啊？」

「這個呀，是因為學姊教了我一個魔法。」

「魔、魔法？」

「嗯，我也把這個抑制憤怒的魔法教給須藤同學吧。」

「要、要怎麼做？」

「聽說憤怒的顛峰其實意外地短暫，頂多幾秒鐘而已。所以想要怒吼的時候，我會先在內心吶喊一次，然後深呼吸數到十。」

「也就是說……把生氣的時間移到大約十秒鐘後嗎？就只有這樣？」

「沒錯。我想光是這樣就會有所改變，可以試試看喲。」

「……原來如此。」

儘管半信半疑，須藤仍將這番話牢記在心裡。

「我對須藤同學有很高的評價，所以才想跟你組隊。請你不要背叛我的期待。」

「小野寺……」

包紮好傷口後，小野寺確認自己的狀態，站了起來。

「沒事的。無論是哭是笑，這一局就會分出勝負了。輸掉這局是我們落敗，贏了這局就是我們獲勝喲。」

「——是啊。」

第三局開始了。小野寺因為左腳負傷，動作變得遲鈍，寶泉便一直糾纏不休地針對她攻擊。即使因為做得太過火導致自己丟掉分數，他也絲毫沒有要停手的意思。

須藤隊以三（四十）比一（十五）領先。

寶泉只要再丟分比賽就會結束，但他又再次朝小野寺擊出剛速球。

這次小野寺沒能完全閃開，球直接命中右手上臂。小野寺痛得當場蹲下。

「這樣子才不是比賽……開什麼玩——！」

縱使抱持著血液彷彿要沸騰般的憤怒，須藤仍想起小野寺剛才告訴自己的魔法咒語。雖然雙眼瞪著反覆做出挑釁行為的寶泉，須藤在自己內心發出怒吼。

將怒氣移到十秒後。只要忍耐十秒就好。

須藤數著一、二、三，深呼吸讓情緒冷靜下來。

八……九……十……應當會破口大罵寶泉的那些話，都縮回到喉嚨深處。

煩躁的情緒當然並非完全消失無蹤，須藤卻成功地能夠保持冷靜且客觀地看待狀況。裁判們

感到懷疑的眼神、小野寺的視線、非贏不可的比賽，與剩餘時間。倘若在這時對寶泉怒吼，裁判當然會喊暫停。

「小野寺，妳願意相信我的能力嗎？」

「……那當然。因為我相信你，才一起參加比賽的不是嗎？」

調整好呼吸的須藤將球拋到空中，發出今天最精彩的發球。沒有退路的寶泉也窮追不捨地將球擊回，接著開始了須藤與寶泉單挑的來回對打。雙方一步也不退讓，進入不斷回以對手強烈一擊的激戰，但不夠頑強的寶泉回了一記較弱的擊球，須藤沒有放過這個機會，將一記高壓扣殺球打進對手的場地。

「贏啦啊啊啊啊啊啊！」

須藤緊握著球拍，發出響徹整個體育館的戰吼。

「太棒了，萬歲！」

儘管居於壓倒性的優勢，但直到最後都沒認真戰鬥的寶泉因為輸掉比賽而感到惱火，將球拍摔到場地上斷成兩半。

「我們贏啦，小野寺！都是託妳的福！」

須藤興奮地飛奔到小野寺身旁，氣勢猛烈地緊抱住她，共享勝利的感動。

「什什什……什麼！」

小野寺有一瞬間不曉得發生了什麼事，陷入恐慌狀態。

「慢點，很痛……很痛喲，須藤同學！」

小野寺被粗壯的手臂緊緊勒住，她發出似乎很痛苦的聲音，這讓須藤也恢復冷靜。

「啊，抱歉抱歉！」

須藤因為勝利再加上成功抑制住怒火一事而十分高興，他露出今天最燦爛的笑容。

「恭喜你全勝，須藤同學。」

「哦，謝謝妳啊，小野寺。要是沒有妳的力量，我絕對會輸掉這場比賽。」

「沒那回事喲。我反倒扯了你的後腿……」

「雖然不是因禍得福啦，但我因為妳受傷而抓狂的時候，我覺得自己輸掉了一次。是妳把我叫醒的。」

「這樣呀。那麼我們……應該算不錯的搭檔嗎？」

「對啊。跟妳很容易配合、也很可靠。妳真的是棒呆啦，小野寺。啊～要是鈴音也在哪邊看到我剛才的活躍就好了。」

因為來賓跟學生都增加不少，須藤無法立刻找到堀北。

「鈴音……嗎？」

「啊？哪裡？她人在哪裡！」

「啊，不是～呃……抱歉，我認錯人了。」

「可惡。對了，她說不定在操場那邊啊……」

「改天參加完社團活動時，我們一起去吃飯吧。」

「咦？喔，可以啊。先別說這個，幫我一起找鈴音吧。妳在哪啊，鈴音！」

「啊哈哈哈，絕對不要。」

「喂，須藤。你可別因為在這種遊戲裡獲勝，就得意忘形啦？你應該知道要是我認真打，會輸的是你吧？」

明明比賽已經結束，但寶泉還是一臉無法接受的模樣，走近了這邊。

「等下我在後面陪你玩，你可別跑啊。」

「等一下，你——」

寶泉過來找麻煩，須藤靜靜地制止想對抗他的小野寺。

「我跟這傢伙之前有一些糾紛啦。哎，他會來找我麻煩也是沒辦法的事。」

「可、可是！」

須藤察覺到小野寺想保護自己不被捲入麻煩的心情，露出笑容。

然後他重新面向寶泉。

「不好意思，但我不打算接受你的挑釁。」

「啊啊？哪有什麼接受不接受的。你接下來就是我的沙包啦。」

「就說我不會跟你打啦。」

對於這麼拒絕的須藤，寶泉按住他的肩膀，將握住的右手拳頭揍向他的腹部。在沒有高舉起來的狀態下揮出的強烈一擊，讓須藤跪倒在地。

「須藤同學！」

但須藤用手制止小野寺，緩緩地站了起來。

即使教師飛奔過來，須藤也回答自己沒有被怎麼樣，讓教師離開了。

「真痛耶。啊……我已經知道你打架很強啦。那時我也有錯，所以不能抱怨什麼。不過，你要是想再繼續找麻煩，我也只能請老師介入嘍。」

「真沒出息啊，喂？之前會來找碴的你還比較好喔？」

「或許吧。小野寺，我們走吧。」

「嗯、好。」

「真是個無聊的傢伙。再也別跟我扯上關係啊。」

別扯上關係這句話反倒讓須藤有一種安心感。

只要自己不主動找碴，麻煩就不會繼續擴大下去。

須藤得知了只要能忍住一時衝動，事態就會大幅地好轉。

「也得感謝寶泉才行啊。看到他像那樣對周圍散播著殺氣，該說我痛切地感受到自己以前真的很遜嗎？雖然我不太會說明……但嘗試妳教給我的方法時，好像想通了什麼。我忽然覺得一直以來，我為什麼會那樣發脾氣啊？應該說是清醒過來了嗎？」

須藤在感謝僥倖得到十連勝的同時，也對這次體育祭與小野寺抱持著同樣深切的感謝。

客人

在上午十一點過後，可以隱約聽見從緊閉的窗外湧現的歡呼聲。看來體育祭相當熱鬧啊。

雖然不是一切都很順利，我們班還是為了獲勝不斷努力至今。

有充分的實力能夠與其他班或其他年級抗衡。

正因為可以這麼判斷，我才能毫不迷惘地選擇缺席體育祭。

那邊的事情已經都安排好了，所以剩下的就交給坂柳理事長吧。

即便是理事長，也並非能夠完全信任，倘若他會背叛，實際上我也不可能繼續留在這所學校。因為能乾脆地這麼想，心情倒是挺輕鬆的。

剩下就看二年級生們會在體育祭中展開怎樣的戰鬥，留下什麼結果了。

在這當中，會大幅影響到勝敗的坂柳，究竟會不會參加體育祭呢？

我暫且看向玄關。

我使出了用來封住坂柳的戰略……但效果似乎浮現得有點慢。

即使有很多在意的地方，包括體育祭的狀況在內，現在只能等待了。

差不多該準備午餐了。就在我開始這麼心想時，房間的門鈴終於響起了。

好啦，這位訪客是否值得歡迎呢？

唯獨這點必須去應門才會知道答案。

「午安，綾小路同學。」

對方大概預料這邊會警戒吧，正當我與玄關保持距離，守望著情況時，傳來了這樣的聲音。

我稍微放鬆警戒，伸手打開玄關的門。

雖然試著設想了各種狀況，在對方闖入宿舍時，等於是這邊敗北了。

房門另一頭只有便服裝扮的坂柳，她露出微笑，抬頭仰望著我。

「方便的話，可以讓我打擾一下嗎？縱使校方只是禁止離開宿舍，但在體育祭中造訪男性的房間，還是會有一點問題。」

「妳進來房間也是更大的問題呢。」

儘管嘴上這麼說，我也沒有趕坂柳離開，而是決定讓她進來。

「打擾了。」

行動不便的坂柳以緩慢的動作脫掉鞋子，進入房間裡面。

「這麼說來，坂柳是第一次來我房間啊。」

「畢竟平常不能隨便造訪嘛。你吃過午餐了嗎？」

「我接下來正想準備午餐。」

「這樣子嗎?那真是太好了,這是伴手禮。」

坂柳這麼說道,把一個小塑膠袋交給了我。

「這是我今天一大早從便利商店買來的。似乎是新商品,機會難得,我想與你一起享用。」

我從上方窺探塑膠袋,只見裡面裝著兩個小巧的蒙布朗。

既然是蒙布朗,感覺泡咖啡來搭配比較好啊。

「與其坐地板,不如坐床上比較好吧。找妳喜歡的位置坐下吧。」

「謝謝你的體貼。」

我讓坂柳坐到床上後,站在廚房扭開水龍頭,將水注入電熱水壺。

「看來妳不是因為突然心血來潮,才來拜訪我的啊。」

我用若無其事的表情這麼說道,但背後的坂柳感到滑稽似的輕聲笑了笑。

「倘若是平常,不曉得會有誰待在宿舍裡。身為A班領袖的我獨自造訪綾小路同學的房間這種關係圖,應該在大家的預料之外吧。」

無論是誰,看到那樣的坂柳都會大吃一驚,也會胡亂猜測。

所以坂柳平常不會在宿舍跟我接觸。

直到今天這個瞬間為止。

「綾小路同學，你真是個壞人呢。這是你的戰略對吧？」

「戰略？這話什麼意思？」

「呵呵，不需要耍小把戲。今天我會來這裡一事，你近乎確信……不，我訂正一下吧。你確信我會來這裡吧？」

從坂柳的角度來看，似乎想都不用想，就已經識破這是個陷阱。

「這次的體育祭，我們A班人數比較少，在起跑點相當不利。而且雖然有鬼頭同學和橋本同學等可以期待的學生，但平均來說還是遠不及堀北同學班。既然這樣，為了獲勝需要做的事情，就是設法看透誰會參加哪項比賽，還有在正式比賽中釐清勁敵會不會參加，並以秒為單位管理行程表。」

我按下電熱水壺的開關，於是電熱水壺開始安靜地燒起開水。

然後我從櫥櫃裡拿出裝有咖啡粉的瓶子，並準備杯子與濾網。

「若我有參加，就不曉得情況會如何發展了。」

「妳還是一樣，對自己的評價很高呢。」

「為了讓其他班確實地勝過A班，最好的方法就是不讓我參加體育祭。」

體育祭需要在縝密的行程下進行。假如是坂柳，便有可能在腦海中組織行程，將人員安排到適合的位置並做出指示。

而且利用其他年級的學生來調整比賽參加者，也是她的拿手本領吧。

「昨天晚上我從父親大人那邊聽說他請綾小路同學你缺席。他在宿舍安排了警衛，據說是為了防止你跟White Room以來賓身分派來的人接觸。」

「坂柳理事長的確有拜託我不要參加體育祭，但我沒想到他會把這件事也告訴女兒。」

「你真愛開玩笑。是綾小路同學你指示他把剛才那件事告訴我的吧？」

她理所當然似的看透了我的手法。

就算是親生女兒，坂柳理事長也不會做出公私不分的行為。

所以我拜託坂柳理事長將實際情況告訴她，而且不要說是我這麼拜託的。

我表示坂柳也有可能因為身體狀況在體育祭請假，萬一她被捲進我跟White Room之間的糾紛就不好了，因此希望理事長可以事先向她說明內情。

雖然坂柳身為A班領袖有意參加體育祭，但很難想像理事長會知道這件事情。假設就算理事長知道，還是先跟坂柳說一聲比較安全，這樣就算她在體育祭當天突然要請假也無所謂。因為理事長應該知道如果是自己的女兒，可能會插手干涉吧。

不過，那樣的坂柳理事長也有沒能看透的部分。

他無法輕易壓抑住坂柳擁有的本能——也就是好奇心。

再說如果我會缺席，就算坂柳認為這是不會被任何人妨礙、可以跟我慢慢聊天的好機會，也不奇怪。

實際上，她就像這樣無所畏懼地現身在被認為是最危險的我的房間。

「妳選在中午前來，是為了讓我感到不安嗎？」

「我只是試著稍微使壞一下。我想讓你以為我說不定無視你的戰略，去參加體育祭了。」

「原來是這樣啊。」

「順帶一提，今天除了我跟綾小路同學以外，所有人都會出席。」

看來在坂柳擁有的情報網中，有人會確認各班的參加者，然後在體育祭前用手機向她報告詳情。關於這點，她似乎也沒有疏忽。

「雖然也有一點壞心眼的成分在，但其實我原本打算更早一點來訪的。」

坂柳這麼說道。這時正好水壺的熱水燒開了，開始發出咕嘟咕嘟的聲響。

「剛才我下樓到大廳，去確認了外面的狀況。」

對外說是請病假的我，被嚴格禁止到房間外面。

另一方面，坂柳也不能離開宿舍，但她並非因病假而缺席。就算不小心被人撞見，被警告不准外出，也不會違反她請假的理由。

「那麼，一樓的情況如何？」

「有三名推測是警衛的人士。不只是這間宿舍，似乎全校都有配置，所以看起來應該不會特

別不自然吧。」

即便包括保護我的目的在內，那些警衛終歸是為了保護政府相關人士。

「這次體育祭的殊勛賞不是向龍園同學提議合作的堀北同學，也不是接受提議的龍園同學。而是綾小路同學的一聲令下，以確實的方法讓我缺席了。因為僅僅這樣就決定了勝負，只能說真不愧是綾小路同學。」

「還不曉得結局會變怎樣吧？」

「確實也有所謂的爆冷門，但首先無法期待這種情況。此刻A班大概正被從正面奮戰的堀北同學班，以及用盡各種手段的龍園同學班玩弄於股掌之上吧。即使手下優秀，沒有頭腦也是無可奈何。因為這就是我建立起來的班級嘛。」

龍園也可以說是類似的狀況，就是領袖過於強大的問題啊。領袖會解決所有問題這件事，反過來說假若領袖不在，就什麼也解決不了。

「不過算了。這次付出一百五十點的代價，就是讓我享受與綾小路同學相處的時光嘛。」

她看起來完全沒把A班遭受到的損害放在心上。

「妳不會抗拒班級點數減少這件事啊。」

「這所學校的制度對我而言只是遊戲的一部分。畢竟只要能在某種程度上保持A班的地位，就不會有問題嘛。」

我想說機會難得，便把蒙布朗從袋子裡取出，移到盤子上，然後將兩個盤子都擺到桌上。接著我拿水壺朝裝了咖啡粉的濾網注入熱水。

「你很熟練呢。」

「這點程度沒什麼大不了的。」

「對綾小路同學而言，這種準備的每一個步驟，也是新鮮且愉快的事情嗎？」

坂柳也知道這是在White Room絕對不會做的事情吧。

「在學校的事情都是那樣。畢竟我只是想要做普通的事情而已嘛。」

話說回來，剛才坂柳說的話讓我有些掛心。

「妳姑且還是有維持A班的目的意識啊。是因為妳的自尊心嗎？」

我在將牛奶與糖包放到桌上的同時，試著詢問這件事。

「我一開始對A班並沒有什麼執著。不過知道綾小路同學你在這所學校後，那就變成我的目的了。等你有一天率領班級爬上B班時，說不定能認真地與你戰鬥不是嗎？」

說得好懂一點，就是她會在寶座上等我。

「D班在一年級的第一學期吐出了所有班級點數。但在某個時間點之後，開始增加班級點數，最終甚至升上了B班。變成這樣的理由，當然是因為綾小路同學你在暗中活躍的關係。」

坂柳簡直像在炫耀自己的事蹟般，饒舌且十分高興似的這麼說道。

她拿起桌上的盤子，將蒙布朗放在自己的膝蓋上。

「我們一起吃吧，綾小路同學。」

她催促我坐在她身旁，而我也沒有拒絕，便坐到了床上。

於是坂柳不知想了些什麼，她用叉子叉起蒙布朗，朝我遞過來。

「請用。」

「……請用是指？」

「你看不出來嗎？請吃掉吧。」

「不，是看得出來啦……」

「沒什麼關係吧。現在只有我跟你，不會被任何人妨礙。」

我原本以為她有什麼企圖，但看來並非如此。

我將叉子含在嘴裡，於是一陣甜膩的香味蔓延開來。

其實這是我第一次吃蒙布朗。

「好吃嗎？」

老實說，我沒有很喜歡這味道。

個人認為簡單的草莓奶油蛋糕的滋味還讓我比較有好感。

但我也不想對伴手禮挑三揀四。

「是啊。」

我簡單地表示好吃，於是坂柳淺淺地露出微笑。

「那麼，我也開動了。」

她毫不在乎那是用來餵我的叉子，就這樣叉起自己的份，送入嘴裡。

「雖然比不上咖啡廳的商品，但以便利商店的甜點來說，算是及格呢。」

坂柳看似滿足地點了點頭，又再次將叉子遞向我這邊。

因為是兩人一起吃一個蛋糕，所以很快就吃完第一個蒙布朗了。

「下次我會帶別的蛋糕過來。」

「咦？」

「因為看你的反應，這似乎不合你的胃口。」

「……我以為自己很普通地回了好吃耶。」

「別看我這樣，我也是對自己優秀的洞察力感到自豪。尤其是關於你的事情。」

想不到居然會被她看穿我覺得蛋糕不怎麼好吃的事情。

「認真地以思考在較量時，你明明絕對不會露出破綻，但在這種私生活上，卻意外地無法澈底隱瞞呢。」

「果然還是因為不習慣也說不定。」

「呵呵，這種地方也讓人很有好感喲。」

坂柳做出這種不知道是認真還是開玩笑的回應後，接著說道：

「下次請讓我雪恥吧。如果找到好吃的蛋糕，我會再帶過來的。」

「要是有像這樣能確實避免被人看到的時候就好了啊。」

無關平日或假日，除非有大家都離開宿舍的時候，否則近乎不可能。

或者也可以挑在清晨或深夜，不過那麼做也會浮現出其他問題。

「但不可思議的是你的心境變化。照理說你一直在靜觀其變，然而在這樣的校園生活中，你不僅有時會出手協助，甚至還正式地開始以A班為目標，這是為什麼？」

「原來妳也有不知道的事情啊。」

「我並不是神明大人。而且正因為我知道綾小路同學的境遇，才會有無法理解、思考跟不上的部分。能請你告訴我答案嗎？」

受到未知的探究心驅使的天才想要知道答案。

坂柳之所以對A班或D班這些階級不感興趣，最大的理由是她畢業後不會受到任何恩惠吧。

坂柳同時也是這所學校的理事長之女，在學業上也天賦過人，大部分事物都是觸手可及。

因為無須利用A班的特權來達成什麼，所以不會執著。

這番話也可以套用在畢業後確定要回到White Room的我身上。

縱然目標和方針不同，但都很清楚A班的特權不具任何意義。

「或許看起來很不可思議吧。」

「也並非像高圓寺同學那樣，是為了用大量個人點數揮霍玩樂對吧？」

「那傢伙的立場確實也跟我們很類似吧。」

是只靠父母親的權力與自己的才能掌握未來的類型。

那樣的高圓寺有時會為了班級點數，而心血來潮地替班級做出貢獻。

「至少妳也有權利問我決定對班級做出貢獻的理由。畢竟妳故意落入這種顯而易見的陷阱，幾乎把在體育祭中的勝利都捨棄掉了嘛。」

假如背負著失去一百五十點的風險，卻沒有任何收穫，就沒有未來可言。不過，倘若先撒一點魚餌給她，就算我又使出相同的戰略，也能留下她會故意上當的機率。

「若我的問題能得到答案，下次又有同樣的狀況時，我會再過來這裡。」

「別講出我現在正在想的事情啦。」

「呵呵呵。」

「基本上就跟坂柳妳打算做的事情一樣。妳想透過打倒我，找出天才具備什麼意義。我則是想用自己的做法來證明White Room的教育絕對不是完美的制度。」

無法從坂柳身上感受到驚訝。這證明她縱然沒有確鑿的證據，也已經設想到這個可能性。

「意思是綾小路同學你想親手打造出最強的班級嗎？」

我點頭表示肯定，於是坂柳將食指內側貼在嘴唇上。

「雖然並非沒有想過……但也殘留著幾個疑問呢。」

「我想也是。」

「例如這次的體育祭。即使有內情，但你應當也能強硬地參加。直接在現場做出指示，應該能讓獲勝機率變得更高、更穩固吧？畢竟你也不是害怕我參加。」

「這次體育祭我是以一個主題為基礎在度過。」

「那還真是令人感興趣呢。是怎樣的主題呢？」

「就是『靜觀』。我判斷這是個好機會，可以認清如果我不直接干涉體育祭，只靠我以外的學生能奮戰到什麼程度。讓妳缺席算是那麼做的附帶收穫吧。」

「畢竟採取靜觀只會讓我過來見你，並非你直接針對體育祭的內容做了些什麼呢……原來如此。」

坂柳在交談中先一步推敲出了結論。

「也就是說——唔。」

我從正面輕輕地撞倒正想說出答案的坂柳。

不，倒也沒有誇張到要用撞倒來形容。我只是輕輕抓住她的雙肩將她往後推，柔弱的坂柳便承受不住地往後倒落。

從床墊傳來「噗呼」的聲響，還有金屬微弱的嘎吱聲。

即使是自負為天才的坂柳，應該也完全沒有料想到我這種行動吧。

在坂柳理解狀況之前，我像要覆蓋住她似的俯視著她。

「那、那個？」

總是態度強勢且從容不迫的坂柳，無法跟上這種狀況的變化。

「我在自己的計畫之下過著校園生活。包括妳今天造訪這裡、還有對我的計畫顯示出興趣，推敲出答案的可能性與路線也是。」

坂柳應該沒有被男人像這樣推倒過，她因為焦急與緊張而嚥下口水。

「要是妳把現在這些話告訴其他人，會對我的計畫造成影響。」

「你是說……我會講出去？」

「那種可能性目前並不是零吧。如果妳威脅我不想被洩漏出去就要跟妳一決勝負，以我的立場來說，也只能選擇接受而已。」

「原來如此，確實……是那樣沒錯呢。不過，假如我想用那種事情強迫你跟我決勝負……只要隱約透露關於White Room的情報也行吧？」

「不，那樣沒有效果。就算讓那種設施的存在廣為人知，也不是其他人能理解的東西。而且

也不會變成我個人要背負的風險。」

綾小路是在White Room這個教育機關被培育長大。

就算聽到這樣的事情，大部分的人都只會感到疑惑吧。就算上網搜尋也查不到什麼東西。

坂柳的主張多少會產生一些混亂吧，我這邊當然什麼也不會做。

「但我想做的計畫目前還不到讓眾人知道的階段。這足夠讓妳拿這個當把柄來勒索我了。」

我稍微逼近坂柳，配上天花板的燈光，形成深邃的影子。

「也就是我不期然地得知了這件事呢……你要怎麼做呢？」

「祕密就用祕密來掩蓋，威脅就用威脅來應付。現在留在這間宿舍裡的只有我跟妳。也就是說無論在這裡發生什麼事，都沒有人會來救妳。就算妳大聲喊叫，頂多是洩漏到走廊上罷了。」

「你該不會不惜犯罪，也打算守住那個計畫吧？」

「犯罪？我跟妳會是在雙方同意下共有祕密。」

我拿出手機，啟動相機功能。

「要拒絕共有祕密，妳只能靠自己逃出去了啊。」

行動不方便……不，就算雙腳沒有任何問題，坂柳也無路可逃。

在這種絕望的狀況下，她會怎麼回答？

「——你以為能贏過我？」

「能贏過妳？」

「假設現在事情按照你預想的進行了，你就當真能居於優勢了嗎……我就是這個意思。」

「不好意思，但妳沒有勝算。」

「些微的經驗差距只要找到一個學習的方法，很快就能追上並超越。說不定你反倒會因此得知自己用功的方法有問題喲？」

即使在被逼入絕境的狀況下，坂柳也儘可能保持冷靜的思考。

雖然她應該感到著急，但還是能壓抑到這種地步，實在有一套。

我將手機丟到床舖底下後，緩緩地將手湊近坂柳。

我抓住她的肩膀，將手移到後頸領口。

即便如此，坂柳也只是移開視線。

「開始特別授課吧。」

大膽無畏地笑著的坂柳沒有抵抗，靜靜地閉上了雙眼。

1

「你真的是個壞心眼的人呢。」

「或許是吧。」

打從坂柳來到我房間後，經過了大約一個小時。

「這麼一來，我跟綾小路同學之間就有了不可告人的祕密。」

「妳這說法感覺有語病啊。」

「最先製造出語病的不就是你本人嗎？」

「的確是啊。」

「話說回來，這還是我第一次躺在男性的床鋪上。」

「才十秒鐘就起來了，根本不算數吧。」

「你這樣太小看女孩子的紀念了呢。」

我一邊讓坂柳看手機的畫面，同時選定必要的東西，並加以處理。

這時似乎滑得太前面了，畫面上顯示出我跟惠的照片。

是我們兩人在櫸樹購物中心一起拍的照片。

「看來你跟輕井澤惠同學交往得很順利呢。」

「哎，是啊。」

坂柳一邊看著惠很開心似的笑著的照片，一邊繼續說道：

「她的外貌、聲音、個性——這當中有一項特質讓綾小路同學著迷……一般應該會這麼認為吧，但也有讓人稍微難以理解的地方。」

坂柳接著抬頭仰望我的眼神十分銳利，露出彷彿在跟我戰鬥時的表情。

「我在能調查到的範圍內調查了關於她的事情。從放學後都做些什麼，到度過假日的方式為止。畢竟現在的綾小路同學也處於很容易尾隨的狀況。」

既然所有三年級生都在監視我，就不會一一去在意周遭的眼光了。

就算坂柳的密探混在那裡面，我也難以區別。

就算是以前察覺到在尾隨我的橋本，或是他以外的人，我也無法辨別。

「綾小路同學為何會選擇跟她交往呢？雖然我沒能查明真相，但也看出了某些端倪。她對你抱持強烈的信賴與愛情，她的行動簡直可以說是盲從。今後你打算利用她進行某些實驗，或是試圖救濟她嗎？這是我推理出來的結論。」

我不記得自己有給過多餘的情報。她大概也不像龍園那樣擁有許多關於惠的情報。在這種狀況當中，真虧她能推測出如此接近真相的內容。

「對我的特別授課也是跟那些計畫有關吧？」

「真不愧是妳——雖然這種話我也差不多要說膩了，但妳答對了。」

我跟坂柳縱然不用話語交流，也能夠以跟惠不一樣的方式進行溝通。

叮咚——

毫無緊張感的呆愣門鈴聲突然在房間裡響起。

目前是十二點半過後，大概是學生們也差不多用完午餐的時間。

在照理說沒有任何人留下來的宿舍突然出現了來訪者。

我跟坂柳互相對望後，同時注視著玄關的大門。

大廳應該有三名保鏢在待命才對，難道來訪者硬闖進來了嗎？

不，就算對方本領高強，用武力壓制了保鏢，問題也不僅止於此。

他可能不會悠哉地按門鈴，而是直接闖進房間吧。

門鈴又再次被按響。

因為有我在房間休息這個前提，再繼續無視來訪者也很奇怪。

雖然可能性很低，也可能是學校的相關人士。

「請問是哪位？」

我沒有從床上的位置移動，留在原地這麼詢問來訪者。

「就保持那樣別動，聽我說。」

或許是從聲音聽出我坐在離玄關較遠的地方，男人這麼回答了。

很年輕的聲音。並不是大人，而是跟我同年代。

「這聲音很耳熟啊。」

但腦海中沒有浮現身影。感覺是學生的聲音，明明沒有印象，卻只有聲音很耳熟。當然，在學校裡生活，有時也會聽見不特定多數的聲音。

不過，我立刻理解聲音的主人是誰了。

「你曾經打過一次電話給我對吧？」

我這麼反問，於是玄關另一頭的人物稍微陷入沉默。

「真是有一套。只聽過一次就記住我的聲音了嗎？」

那是在我父親造訪這所學校後發生的事情，這點也讓我印象深刻。

「你那時沒說什麼重要的事情啊。」

「雖然打了電話，隨後發生了不方便說話的事情。那之後就沒跟你聯絡……你大概會感到在意，而我是誰這件事跟你無關。因為我對你而言不是敵人也不是同伴。」

「既然這樣，你來做什麼的？」

「排除掉月城後，只要再排除掉White Room學生，就會恢復到和平的日常——我在想你是不是有這樣的誤會，才來給你忠告的。」

「呵呵，好像是挺有趣的話題呢。能夠讓我也加入嗎？」

「坂柳有栖嗎？」

對於坂柳忽然冒出來的回應，房門另一頭的男人也沒有露出動搖的樣子。

反倒只聽見聲音，便立刻說中她是誰了。

他早就鎖定了今天的缺席者，還是他曾跟坂柳見過面，對聲音有印象呢？

「總之，假如你想繼續過著校園生活直到畢業，就先做好防備吧。」

「要說是中立，你好像挺偏袒我啊。」

「你的存在會造成負面影響。我只是想防止情況繼續惡化下去。」

聲音逐漸遠離，同時這麼回答了。

看來他似乎不打算逗留太久，應該可以當作他已經離開了吧。

「那聲音……好像在哪……」

「妳對聲音的主人有頭緒嗎？」

「我沒辦法像你一樣明確地回答是。只不過，我總覺得自己好像對隔著房門傳遞過來的氣息有印象。」

換言之，與靠聲音記憶的我不同，坂柳是因為其他理由嗎？

「不是最近才有的印象。五年、十年……總之是相當古早的記憶。」

「如果妳的記憶是確實的，他是White Room學生的可能性非常低啊。」

「是呀。假若我是在小時候曾與他見過面，就會是那樣呢。」

這樣也能理解他得知坂柳在場時的反應。

不但沒有絲毫驚訝，他表現出來的反應也像在對待認識的人。

不過，無論是天澤還是那個男人，對我來說都不是會放在心上的事情。

既然他們目前不會實際危害到我，我也懶得去處理他們。

2

我缺席的體育祭幾乎以理想中的形式落幕了。

憑這一年半以來的成績實在難以想像的最終結果，讓班上同學也欣喜若狂。

與A班的差距縮小，堀北班在無人島考試、全場一致特別考試還有體育祭增加了班級點數的行動，無庸置疑地是很大的財產。

之後經過幾天，在十月也過了一半的時候。

關於體育祭的排名，第一名是堀北班、第二名是龍園班、第三名是一之瀨班、第四名是坂柳班。當然，拿到第一名並非某一個人的功勞，而是憑藉班級全體的意志與實力。不僅如此，須藤與小野寺搭檔還在個人賽中各自獲得了第一名。

高圓寺也在十項比賽中都達成了第一名，因為都是個人賽，最後以第二名作結。

他本人似乎覺得那樣就足夠了，也沒有發生什麼問題。

然後須藤與小野寺雖然被賦予選擇轉班的權利，他們毫不猶豫地選了個人點數。儘管還有些不穩定的地方，但我們確實沿著通往A班的階梯在往上爬。

好像跟朋友有約的惠表示要先去逛櫸樹購物中心再回家的這一天。

我一個人準備踏上歸途時，堀北向我搭話了。

「我想跟你稍微聊一下，方便嗎？」

「如果妳不介意邊走邊聊的話。」

「那樣就足夠了。」

既然她特地挑在要回家時向我搭話，應該是不想被太多人聽到的事情吧。

「在上次的全場一致特別考試中，我學到了很重要的事情。」

「讓我聽聽是什麼吧。」

體育祭結束了，問題並沒有全部解決；儘管殘留著不穩定的狀況，班級仍開始向前邁進，在這當中，堀北現在也感到苦惱，而且好像學到了什麼事情。

「我並沒有做錯。我重新認識到我選擇留下櫛田同學的決斷是正確的。」

在追求結果的狀況中，櫛田在體育祭裡也拿到不少分數，對班級做出貢獻。

在平常的校園生活中，她再次變回認真的模範生，即使她ＯＡＡ上的社會貢獻性在十月初降低了，接下來要再次恢復到原本的成績，恐怕也只是時間的問題。

倘若要毫不留情地做比較，櫛田作為同班同學的貢獻遠比愛里多太多了。

當然，也不是只有優點。

「我明白的。還殘留著好幾個不安要素。尤其是長谷部同學，老實說我還不曉得該怎麼辦才好。但是，假如又再次碰上類似的特別考試時，我想我下次能更高明地周旋。」

「妳的根據是？」

「在那場考試中，我為了達成全場一致，做了輕率的約定。我明明說要讓叛徒退學在先，卻違反了這個約定。雖然要達成全場一致，那是一條比較輕鬆的捷徑，我沒有理解到那種風險有多大。我內心早就知道櫛田同學是叛徒。而且在還沒下定決心讓她退學時，就做出那樣的判斷。那就是我的失誤。」

「如果還有剩餘的可能性，隨便做出約定的確只會自掘墳墓啊。」

縱然是在時間緊迫的狀況下採取的苦肉計，假若在那個階段留下會淘汰愛里或跟她相近的缺乏實力者的可能性，同時達成全場一致的話，就不會像現在這樣留下這麼多後遺症，這點也是事實吧。

要捨棄什麼，選擇什麼呢？

「我們獲得了班級點數。失去的東西也不少。那場特別考試教了我許多事情。讓我看到成功與失敗這兩面。」

「雖然能不失敗是最好啦。」

閉上雙眼的堀北吐出一口氣後，又再次睜開雙眼。

「我才高中二年級，還是個孩子喲。就算失敗也沒關係吧。」

「妳看開了啊。」

「畏畏縮縮地煩惱一點都不像我的作風。我——要照自己的風格行動。或許無法像其他班的領袖一樣高明地帶領大家，但有平田同學在、有輕井澤同學在、有須藤同學和小野寺同學在，還有櫛田同學和高圓寺同學在。我要在他們的扶持下向前邁進。A班就在那前方等著我們。我決定這麼想了。」

「這樣啊。」

「當然，你也是其中之一喲。雖然不曉得你在想什麼，也有許多不合作的部分……對班級而

言、對我而言，你都是不可或缺的存在喲。」

我的存在就類似腳踏車的輔助輪。

即使一開始是不可或缺的東西，但在拿掉輔助輪後，反覆著跌倒與搖晃的過程，最後就能輕易地學會騎腳踏車。

幫忙扶著妳開始踩下踏板的腳踏車、在背後支持妳的人並非只有一人。

同班同學都會支持著妳。

再稍微見證妳的成長後——

我要離開妳的班級。

即便現在還不會說出口，但堀北遲早也會知道理由。

然後——

妳一定會理解。

即使是確信絕對能獲勝的班級，有一天也得面對贏不了的現實。

我會告訴妳這點。

不是為了別人，而是為了自己本身。

我只要自己能贏就行了。

如果我變成敵人，決定打倒堀北，那就是確定事項了。

不過，正因為我希望被打倒，才會試圖離開。

我期盼著一個不確定的未來。

明明已經有了答案，卻希望那答案是錯誤的矛盾。

秋天的來訪

「讓你久等了。」

長谷部向在玄關等候的三宅這麼搭話，並輕輕拍了拍他的肩膀。

「不會，沒等多久，反正也沒事做。」

雖然長谷部請假了一星期，但那之後她每天都會到學校露面。

「你辭掉弓道社真的好嗎？」

「畢竟原本就像因為惰性才持續到現在的嘛。」

「是我害的對吧？」

「不是的。是我想要退出，才辭掉社團而已。先不說這些，妳開始來上學真是太好了。」

她在體育祭中只有參加最起碼的五項。

即使沒有留下什麼成果，也對班級做了最起碼的貢獻。

只不過，她幾乎不跟三宅以外的人說話，與同意讓佐倉退學的幸村也變得有些疏遠。

三宅認為她現在會這樣也是無可奈何，什麼也沒說地一直陪伴在她身旁。

「我一開始想要破壞掉一切。不只是小清，對愛里見死不救的所有同班同學，我都想要還以顏色。我也是個壞女孩呢。」

「不……我懂妳的心情。」

「那個場面必須有人退學才行。而那個人應該是櫛田同學。因為一開始是這麼約定的，所以那麼做才正確，我說得沒錯吧？」

「……是啊。」

「我不會原諒小清。不會原諒班上同學。但是，我覺得一直扯大家後腿，一直折磨他們也不對。」

她向三宅坦承所有的念頭，還有貫徹至今的沉默的答案。

「欸，小三。你願意和我一起——協助我進行僅僅一次的復仇嗎？」

她的眼神毫無笑意，三宅沒有勇氣反問她是否認真。

「波瑠加……」

「沒有啦，我開玩笑的。」

波瑠加笑著敷衍過去，邁出步伐。

「復仇由我一個人來做就好。」

「我——」

長谷部伸出的手收了回去。

她背對著三宅邁步前進。

儘管露出有些猶豫的模樣，三宅仍舊一言不發地追逐著那個背影踏出步伐。

後記

好久不見，又或者是幸會，我是衣笠彰梧。

這次是很正經的後記。

各位讀者是否已經注意到了呢？

相隔五年後，決定要製作並播出「《歡實》的電視動畫續篇」了。（註：本文提及的資訊皆為日本當地的狀況）

雖然寫成文字只是簡短的一行，但是直到可以正式告知消息為止，真的經歷過許多辛酸與苦惱。

也不只一、兩次差點停下執筆的手。

說不定再也無法製作成動畫了——我也曾經感受到這樣的不安。

不過，能夠幾乎沒有打亂出版速度，一直寫到今天，都是因為在二〇一七年的動畫播放結束後，也承蒙「許多讀者大人支持」。

如果沒有這種長期且龐大的實際成績，我想再次動畫化是絕對不可能實現的吧。

身為作家，沒有比這更令人高興且值得感激的續篇決定了。

真的真的真的非常感謝大家。

然後只有這句話，請讓我堅定大聲地說出來。

我比任何人都還要引頸期盼《歡實》的續篇動畫化。

好像會推出動畫、說不定可以製作成動畫——大概在兩年前曾出現過這樣的消息。真的嗎！雖然我在內心滿懷期待，但是過沒多久就因為世界性的病毒影響，導致耗費了許多時間才能告訴大家。

總之，能像這樣順利告知大家消息，我想為此感到開心。

然後我會提醒自己切勿鬆懈，原作也要按照原作的步調，努力將《歡實》的故事接續下去。

儘管還有很多講不完的話題，但這篇後記先就此打住。

即使過了一段漫長的歲月，但一想到又能看見綾小路他們的成長，我從現在就期待不已。能不能乾脆就這樣一路把動畫製作到小說完結呢？好嘛！欸！

哎，暫且不提這些……呀呼————！太棒啦啊啊啊啊啊啊啊啊啊啊！

今後也請各位讀者多多支持關照！！！！

國家圖書館出版品預行編目資料

歡迎來到實力至上主義的教室. 2年級篇/衣笠彰梧作；一杞譯. -- 初版. -- 臺北市：臺灣角川股份有限公司, 2022.11-

冊； 公分. -- (Kadokawa fantastic novels)

譯自：ようこそ実力至上主義の教室へ 2年生編

ISBN 978-626-352-164-3(第6冊：平裝)

861.57 111018409

Kadokawa Fantastic Novels

歡迎來到實力至上主義的教室 2年級篇 6

（原著名：ようこそ実力至上主義の教室へ 2年生編 6）

2023年1月27日 初版第1刷發行
2024年10月4日 初版第3刷發行

作 者：衣笠彰梧
插 畫：トモセシュンサク
譯 者：一杞

發 行 人：台灣角川股份有限公司
總 監：呂慧君
總 編 輯：蔡佩芬
主 編：林秀儒
編 輯：楊芫青
設計指導：陳晞叡
美術設計：宋芳茹
印 務：李明修（主任）、張加恩（主任）、張凱棋、潘尚琪

發 行 所：台灣角川股份有限公司
地 址：104台北市中山區松江路223號3樓
電 話：（02）2515-3000
傳 真：（02）2515-0033
網 址：www.kadokawa.com.tw
劃撥帳戶：台灣角川股份有限公司
劃撥帳號：19487412
法律顧問：有澤法律事務所
製 版：巨茂科技印刷有限公司
ISBN：978-626-352-164-3